民國文化與文學研究文叢

研究
文叢

七 編

第 8 冊

民國文學：
眾說紛紜的鄉土敘事（下）

晏 潔 著

花木蘭文化出版

國家圖書館出版品預行編目資料

民國文學：眾説紛紜的鄉土敘事（下）／晏潔 著 -- 初版 ---
新北市：花木蘭文化事業有限公司，2017〔民106〕
目 2+162 面；19×26 公分
（民國文化與文學研究文叢 七編；第 8 冊）
ISBN 978-986-485-052-5（精裝）
1. 中國當代文學 2. 鄉土文學 3. 文學評論
820.9   106013215

ISBN-978-986-485-052-5

9 789864 850525

民國文化與文學研究文叢
七 編 第八 冊   ISBN：978-986-485-052-5

民國文學：
眾說紛紜的鄉土敘事（下）

作　　者　晏潔
總 編 輯　杜潔祥
副總編輯　楊嘉樂
編　　輯　許郁翎、王　筑　美術編輯　陳逸婷
出　　版　花木蘭文化事業有限公司
社　　長　高小娟
聯絡地址　235 新北市中和區中安街七二號十三樓
　　　　　電話：02-2923-1455／傳眞：02-2923-1452
網　　址　http://www.huamulan.tw 信箱 hml 810518@gmail.com
印　　刷　普羅文化出版廣告事業
初　　版　2017 年 9 月
全書字數　321309 字
定　　價　七編 31 冊（精裝）新台幣 58,000 元

民國文學：
眾說紛紜的鄉土敘事（下）

晏潔　著

目次

第三章　鄉民敘事：隨意肢解的國民形象

　　「舉目四顧，我看到農民們在有條不紊地、認眞周到地、心滿意足地勞動著。正是他們賦予了這片寬廣的平原以生命。……世界上沒有任何其它的農民能夠給人以如此絕對純眞而又如此依附於土地的印象！」〔註1〕這是德國哲學家赫爾曼・凱澤林在中國旅行途經鄉村時發出的感慨，一語洞穿了中國農民最重要的特點：那就是對於土地忠誠的熱愛與無限的依賴。農民，是幅員遼闊的中國大地上最主要的居民，他們在土地上勞動、耕耘、收穫，生生不息。將中國稱爲「農民中國」恰如其分，這不僅是因爲農業人口的龐大數量，也是因爲中國文化歸根究底的鄉土特性，「原來中國社會是以鄉村爲基礎，並以鄉村爲主體的；所有文化，多半是從鄉村而來，又爲鄉村而役──法制、禮俗、工商業等莫不如是。」〔註2〕近代以來，西方文化在中國社會的強勢介入，明顯映照出傳統鄉土社會的落後。因此，改造中國就是改造中國鄉村，改造中國國民就是改造中國農民。

　　晚清以來，特別是新文化運動以後，文學文以載道的社會功能被放大，成爲了改造社會、教育國民的工具，鄉村以及農民不可避免地成爲了文學書寫的重要題材，特別是農民，無論其形象、日常生活，還是品性，在不同的作家筆下呈現出不同的審美外在和思想內涵。我們應該注意這樣一個問題，

〔註1〕〔德〕赫爾曼・凱澤林：《一位哲學家的旅行日記》，何兆武、柳卸林主編：《中國印象：外國名人論中國文化》，北京：中國人民大學出版社，2011 年，第 245 頁。
〔註2〕梁漱溟：《鄉村建設理論》，上海：上海世紀出版社，2006 年，第 10 頁。

由於農民自身的知識局限，他們無法書寫自我，因此無論在歷史敘事中，或者在文學敘事中，農民都是以作爲表現對象的「他者」面目出現的，農民群體實質上是一個「無聲」的群體，其形象與訴求都通過知識人爲媒介來表達，正如魏斐德所言，「無論多麼眞誠地想對傳統中國的農民致意，歷史學家發現對老百姓重要性的欣賞只是情感上的，……這些耕作帝國土地、養活了帝國統治者的『黎庶』只是一個抽象的刻板形象。他們無聞無名，只能由統治者來定義」〔註3〕。

進入 20 世紀，在改造中國的呼聲中，農民被文學多角度地發現和重新定義，中國現代文學作家們創造了數量眾多的農民形象，這些農民形象在作品中呈現出某些截然矛盾的外在行爲和迥然各異的品格特質。韋勒克曾指出：「文學在任何時候都是爲了某種特殊目的而從生活中選擇出來的東西」。〔註4〕作爲一個抽象的整體概念，中國農民群體有著屬於自身的豐富特質，作家的觀照角度決定了他們只是選取某個想要言說的部份，如同盲人摸大象，每個角度都被視爲或者刻意塑造爲對象的全部。面對現代文學對於鄉民形象的多重書寫，我們看到的鄉民既是愚昧的，也是淳樸的；既是自私的，也是大義的；既是木訥的，也是精明的；既是保守的，又是叛逆的，這不禁讓我們發出這樣的疑問：「中國農民究竟是怎樣的？」我們需要借助歷史與文學的互動，深入鄉民敘事話語的內部，探究其生成的深層內涵。

第一節　愚昧與麻木：啓蒙主義視角下的鄉民敘事

晚清以來，中國亦步亦趨、調適自我去適應外部世界，但似乎都無濟於事。從西方歸來的啓蒙先驅們認爲其根本原因在於傳統文化對於國民思想的封閉，造成了其愚昧無知，萎靡不振，致使無論溫和的改良也好、激烈的革命也罷，都無法持續地深入進行下去。面對「適者生存」的社會進化法則，啓蒙知識分子對國民現狀無比焦慮，國民的素質決定了一個國家的強弱，沒有人的現代化也就談不上國家的現代化，因此必須改變落後的國民性。中國之病，病根在於國民精神之病，因此思想啓蒙是啓「愚民」之蒙。作家們秉

〔註3〕〔美〕魏斐德：《中華帝制的衰落》，鄧軍譯，合肥：黃山書社，2010 年，第7頁。
〔註4〕〔美〕勒内·韋勒克、奧斯汀·沃倫：《文學理論》，劉象愚等譯，南京：江蘇教育出版社，2005 年，第 247 頁。

持批判的態度，通過文學書寫表現了由於「愚昧」的精神病態而導致的國民麻木的意識、冷漠的看客心態、無意識的糊塗行為，揭示了傳統文化規訓下國民的精神壓抑與扭曲。

1、愚頑之國民：思想啟蒙話語的批判主體

　　國民，一國之人民，對於鄉土中國來說，基本可等同於農民。「農民」一詞在《中文大辭典》中的解釋為「農民　從事稼穡之人也」〔註5〕，在《漢語大詞典》裏的解釋為「指務農的人」〔註6〕，《辭海》裏的解釋為「直接從事農業生產的人（不包括農奴與農業工人）」〔註7〕，在《不列顛百科全書》中的解釋為「Peasant　小農　作為小土地所有者或農業勞動者耕種土地的一個階級的任何成員」〔註8〕。這是四個不同版本的詞典對「農民」一詞的解釋，從中可以發現，「農民」中的「農」指的不是農村而是指「農耕」。美國學者詹姆斯·斯科特也指出「對農民一詞的大多數定義都至少包括兩條特徵。首先，農民是農業耕作者……」〔註9〕。因此，「農民」是一個在鄉村裏以耕種為主要職業的群體，這不僅包括在屬於自己的土地上耕種，也包括在租種的土地耕種的農業生產者。這意味著如果從經濟的層面來劃分，「農民」實際上包括不完全以出租土地為生的部份中小地主、自耕農以及佃農。需要注意這樣一個現象，即：鄉村中的地主階層，基本上絕大部份都是鄉紳，可以這樣說，地主不一定能夠成為鄉紳，但是鄉紳或多或少都擁有一定的土地。從「農民」的概念來說，鄉紳實際上就是鄉村中有文化的農民，其土地身份與文化身份是重合的。因為本章主題是「鄉民」敘事，因此還需要「鄉民」來做一個概念上的界定。

　　鄉民，從字面上來說是鄉村中的居民，與「農民」一詞側重於務農這一職業相比，「鄉民」側重以區域劃分，應包括居住在鄉村中務農和不務農的人，具體來說，完全以出租土地為經濟來源的地主、出租部份土地與自耕同為經

〔註5〕中文大辭典編纂委員會：《中文大辭典》，臺北：中國文化學院出版部，1968年，第33冊第2頁。

〔註6〕《漢語大詞典》：上海：漢語大詞典出版社，1992年，第10卷第6頁。

〔註7〕《辭海》：上海：上海辭書出版社，2009年，第3冊第1677頁。

〔註8〕《不列顛百科全書》（修訂版）：北京：中國大百科全書出版社，2007年，第13冊第115頁。

〔註9〕〔美〕詹姆斯·斯科特：《農民的道義經濟學——東南亞的反叛與生存》，程立顯等譯，南京：譯林出版社，2013年，第202頁。

濟來源的中小地主、自耕農、半自耕農、佃農以及居住於鄉村以其它途徑爲經濟來源的居民，都可以稱之爲「鄉民」，因此「鄉民」與「農民」相比範圍更廣，也更加客觀，也更加符合現代鄉土文學作品的書寫對象的範疇。所以我將選用「鄉民」一詞作爲論述對象。鑒於「鄉紳」已在第二章單獨論述，因此，本章所論述的「鄉民」指的是鄉村中不具備文化身份的自耕農、佃農和以其它以家庭手工業、小商業爲生的底層民眾。

中國是一個以農爲本的國家，鄉民是一個絕對不可忽視的社會群體和文化群體，「中華民族是在傳統的精耕細作農業基礎上孕育發展起來的、以農民爲主體的民族，而中華民族的 8000 年歷史可以說始終就是一部農民史。」〔註10〕在中國古代文學中農民的形象並不少見，古代的知識分子是以一種悲天憫人的儒家情懷來關心農民的疾苦，無論是《憫農》裏「鋤禾日當午，汗滴和下土」，或者是白居易筆下那個「滿面塵灰煙火色，兩鬢蒼蒼十指黑」、雖然深冬季節「可憐身上衣正單」，但是爲了賣炭換錢仍然「心憂炭賤願天寒」的賣炭翁，還是杜甫悲歎在冰天雪地中「朱門酒肉臭，路有凍死骨」的災民，我們都可以從中看到終年面朝黃土背朝天、日夜辛勤勞作卻不得溫飽的鄉民形象。雖然也有《水滸傳》裏一幫敢於對抗官府的鄉民俠客，但他們之所以落草爲寇，都是因爲各種原因被「逼」上梁山的，沒有外力的推動，這些驍勇的俠客們大約也是願意安於鄉土的。元朝詩人張興羊更以一句「興、百姓苦，亡，百姓苦」，宣告了盛世也好、亂世也罷，鄉民都無法擺脫悲慘的命運。

鄉民從來都是社會的弱勢群體，雖然歷代的官方史書中也不乏記錄屢有農民起義的事件，但在古代歷史學家的解讀中，都將「盜賊」出現歸因於「官逼民反」，沒有被苛政逼到生死邊緣，鄉民是不會以身犯險的，史學家們將此類事件收入官修史書的目的是想藉此告誡統治者應對農民施以仁政、給予生存空間，才能長治久安，延續統治。因此，古代的文學作品中大多數的鄉民形象便是年復一年的日出而作日落而息、辛苦勤勞、順從忍耐、安守土地，是昏庸暴政的犧牲品，走投無路才會不得已揭竿而起。清末民初的社會變局促生了思想啓蒙時代的到來，文學作品中的鄉民形象發生了實質性的轉變。如果說古代儒家知識分子在仁政關懷的政治視野中書寫的鄉民形象是針砭朝政、寄託著士大夫們治國平天下理想的話，那麼在思想啓蒙時代裏懷抱西方人文關懷與啓蒙理

〔註10〕　孫達人：《中國農民變遷論——試探我國歷史發展周期》，北京：中央編譯局出版社，1996 年，第 5 頁。

想的知識精英們又將如何書寫鄉民呢？

　　文化啓蒙是一場「自覺地反對傳統文化中諸多觀念、制度的運動」，「自覺地把個人從傳統力量的束縛中解放出來的運動」，「一場理性對傳統，自由對權威，張揚生命和人的價值對壓制生命和人的價值的運動。」〔註11〕其中的關鍵詞「解放、理性、自由、人的價值」意味著對個人自由權利的伸張，知識分子借用這些來自於西方的觀念，反對傳統綱常倫理對於個人的規訓，去迎向「代表了社會發展的最完美的方式」〔註12〕的西方。處於啓蒙語境中的文學敘事，必然也是以西方爲鏡來反觀中國傳統社會與國民，用形象化的方式重新評價中國傳統文化，以批判的態度勾勒出一個呈現病態的中國圖景。從本質上來講，敘事本身就是一種建構，這種建構是以對以往觀念的解構爲前提的。因此啓蒙作家寄予了文學極大的希望，期待用文學敘述重新建構起對於中國歷史和傳統文化的整體意象，大膽顛覆傳統的歷史敘述，以此「合法化當下的行動方案」〔註13〕──新造一個啓蒙敘述空間。在作家們用啓蒙話語搭建的敘述空間裏，遵循著啓蒙話語的語法，即思維邏輯。首先凸現的一個邏輯起點便是，國家落後源於國民的蒙昧。於是原本作爲亂世教訓存於史書和知識分子悲憫對象的鄉民進入了文學敘事的中心，被推到了啓蒙的前臺。

　　客觀地說，中國鄉民的文化心理、思維模式的形成經過了一個漫長的歷史過程，也是與傳統鄉土社會相適應的，有其存在的合理性。但是當傳統文化遭到了來自西方文化觀念的質疑與挑戰時，中國知識分子所認同的「啓蒙理性」此時給出了這樣的答案，「社會達爾文主義開始衝擊非西方世界時，它代表了啓蒙理性陰暗的一面；或者說它是啓蒙理性的怪胎兒，因爲它正是在啓蒙文明的名義，把人類劃分爲『先進』與『落後』的種族」〔註14〕。這一理論使推崇西方理性文化並以此爲師的知識分子在啓蒙焦慮中對中國鄉民進行了非理性的評價。作爲一個社會和文化群體，鄉民有著複雜的文化和精神

〔註11〕　胡適：《中國的文藝復興》，歐陽哲生、劉紅中編，北京：外語教學與研究出版社，2001年，第181頁。
〔註12〕　余英時：《現代危機與思想人物》，北京：生活・讀書・新知三聯書店，2005年，第47頁。
〔註13〕　〔美〕李懷印：《重構近代中國──中國歷史寫作中的想像與眞實》，歲有生等譯，北京：中華書局，2013年，第7頁。
〔註14〕　〔美〕杜贊奇：《從民族國家拯救歷史──民族主義話語與中國現代史研究》，王憲明等譯，南京：江蘇人民出版社，2009年，第20頁。

品性，而這些來源於他們適應鄉土社會生存所積纍下來的生活經驗或者心理心慣，正如瓦萊里眼中的中國鄉民，「他們既聰明又愚蠢，既軟弱又有忍耐性，既懶惰又驚人的勤勞，既無知又機靈，既憨厚又無比的狡猾，既樸素又出乎常規的奢華，無比的滑稽可愛。」〔註 15〕鄉民身上同時存在著這些好的或者不好的品性，並不能用單一的標準一概而論。但是當鄉民進入文學啓蒙的話語中心之後，啓蒙知識分子用「落後」來本質化鄉民的品性，從而遮蔽了鄉民所具有的其它複雜的性格構成，成爲了鄉土文學敘事中的批判主體。

在確立了鄉民成爲啓蒙鄉土文學的批判主體之後，如何批判便是作家們進入文學創作的切入點。「落後」是對鄉民行爲習慣和精神面貌的總體概括，其「落後」體現在鄉民的語言行爲、心理活動等各方面，但究其造成「落後」的根本原因，啓蒙知識分子將之歸因於——鄉民的愚昧。在魯迅那個著名的比喻裏，「黑暗的鐵屋子」之所以密不透風、將致人於窒息，就是因爲鐵屋子裏昏睡的人們不知不覺，完全沒有認識自身環境的意識。雖然鐵屋子是不活動的，但是單靠少數清醒的人絕對沒有足夠的力量來打破鐵屋子的禁錮，可惜連起來呼救的人都寥寥無幾，而那寥寥幾個先覺醒者的呼喊之聲也會被那些不願清醒的大多數人所淹沒，所謂「你永遠都無法叫醒一個裝睡的人」。當學醫出生的魯迅在觀看外國人殺中國人而中國人還在旁邊毫無表情的觀賞時，終於清醒但又是絕望地意識到中國人的病不在身體而在精神，「凡是愚弱的國民，即使體格如何健全，如何茁壯，也只能做毫無意義的示眾的材料和看客，病死多少是不必以爲不幸的。所以我們的第一要著，是在改變他的精神」〔註 16〕。國民的素質決定了一個國家的現代文明程度，陳獨秀曾大聲斥責「中國人民簡直是一盤散沙，一堆蠢物，人人——懷著狹隘的個人主義，完全沒有公共心，壞得更是貪賄賣國，盜公肥私，這種人早已實行不了愛國主義，似不必再進以高論了。」〔註 17〕知識上的無知導致了精神上的愚昧，使中國國民的思想意識仍然停留在前現代的蒙昧狀態裏，在以小農經濟爲主的鄉土社會裏，他們只需要遵循代代相傳的感性經驗便可以延續日常生活，

〔註 15〕〔法〕瓦萊里：《中國和西方——盛成〈我的母親〉序》，何兆武、柳卸林主
編：《中國印象：外國名人論中國文化》，北京：中國人民大學出版社，2011
年，第 70 頁。
〔註 16〕魯迅：《〈吶喊〉自序》，《魯迅全集》，第 1 卷第 439 頁。
〔註 17〕陳獨秀：《卑之無甚高論》，《獨秀文存》，北京：外文出版社，2013 年影印版，
卷 2 第 125 頁。

正如一位西方學者所說的中國人的理想生活是：

　　「像植物一樣根植土壤，

　　生長、結果然後腐爛。」〔註18〕

　　中國鄉民安於鄉土，沒有機會同時也不願去觸碰任何的「現代」經驗，也就不可能具備啓蒙者所說的現代意識。因此儘管鄉民們聚居於村落，雖然形成了一個所謂的「鄉土社會」，但究其根本，將之稱之為血緣家族群落可能更為恰當，沒有具備個人獨立意識與社會公共意識的鄉民，只是一群如散沙般的「烏合之眾」，他們所構成國家和社會，就如同傅斯年曾說的那樣，「中國社會，是附著在岩石上半沙半石的結合。……至於鄉下的老百姓，更是散沙，更少社會的集合。」〔註19〕啓蒙知識分子認為中國要走向現代，開啓民智是目前最為緊要的方法，因為由愚民所構成的沙聚之邦顯然是不可能走上現代性民族國家的道路。胡適更是認為中國所有問題的癥結就是在於國民的愚昧，所以當他在談到中國究竟應該建立怎樣的一個國家時，提出首先要打倒五個仇敵：貧窮、疾病、愚昧、貪污和擾亂，追根溯源，貧窮、疾病等問題的根源就在於國民愚昧，「愚昧是更不須我們證明的了。……因為愚昧，故生產力低微，故政治力薄弱，故知識不夠救貧救災救荒救病，故至今日國家的統治還在沒有知識學問的軍人政客手裏。」〔註20〕由此可見，掃除國民的愚昧是啓蒙精英們的思想共識，同時也啓蒙運動的核心任務和建立一個現代國家的基礎。當知識分子將文學敘事作為思想啓蒙的手段之一，其創作的目的性敘事使作家將敘述的焦點集中於表現和批判鄉民的愚昧行為與心理，以揭示鄉民因精神愚昧而帶來的悲劇性後果，這也成為這一時期啓蒙鄉土文學的主要題材和內容。

　　中國的思想啓蒙運動與西方以自我啓蒙為核心的思想啓蒙運動有著本質上的區別，確切地說，此次的「啓蒙運動本質上是一種經過僞裝的政治規劃」〔註21〕，知識精英們是要通過對國民的思想啓蒙，最終達到擺脫民族危

〔註18〕〔美〕明恩溥：《中國人的氣質》，劉文飛、劉曉暘譯，南京：譯林出版社，2011年，第148頁。

〔註19〕傅斯年：《社會　群眾》，歐陽哲生主編：《傅斯年全集》，長沙：湖南教育出版社，2003年，第1卷第151頁。

〔註20〕胡適：《我們走那條路》，歐陽哲生編：《胡適文集》，北京：北京大學出版社，1998年，第5卷第355頁。

〔註21〕余英時：《現代危機與思想人物》，北京：生活·讀書·新知三聯書店，2005年，第85頁。

機、建立西方式的現代民主國家的政治目的。因此，啓蒙精英們對於鄉民的品性去其精華、取其糟粕，以一種平面化的敘事模式去刻畫鄉民形象。這種敘事策略即是通過對鄉民的形象書寫將中國國民塑造成愚昧的精神弱者形象，構建啓蒙話語場域中的批判主體。在這一時期的鄉土作品中，鄉民主要是以與啓蒙精英相對立的愚眾、庸眾形象出現，但我們也必須清楚地意識到作爲知識精英的啓蒙作家因其家庭出身和教育經歷，無法割裂與傳統文化的內在精神聯繫，因此在激烈批判鄉民的背後依然延續著傳統士人對於鄉民深深的同情。

2、奴隸之人格：傳統鄉土社會的國民特性

啓蒙知識分子認爲，中國在政治上的專制體制與禮教道德傳統使中國人完全失去了自我思考的獨立意識，經濟上的小農自然經濟使中國社會固步自封難以進步。正如「鐵屋子」的隱喻，在這個封閉自足的環境中，無意識地沉睡是最好的生存之道。孫中山曾這樣評價中國人：「我中國人民久處於專制之下，奴性已深，牢不可破」，以至於「不識爲主人，不敢爲主人，不能爲主人者」。〔註22〕更加可悲的是正因爲這種缺失主體性的奴性文化心理，使國民完全沒有類似於西方式自我啓蒙的可能性，奴性意識宛如一種文化基因代代相傳，已然成爲了中國人的集體無意識。

奴性意識不僅僅是在強權面前卑躬屈膝，同時也是一種扭曲的人格特徵，表現在雖然自己已經非常卑微，但當遇到更弱勢的人時，就會以一種補償心態去凌駕於弱者之上，被奴役者也正是奴役他人者，因此不僅自己是受害者，同時也是施害者，而且還毫無被害與受害的意識，每個中國人都深陷其中、同類相殘。即使改朝換代但終究只是一種循環往復，國民的奴性文化心理並未隨著時間向前而有所改變，因此對於中國人來說時代沒有好壞之分，也沒有先進與落後之分，而只有「一、想做奴隸而不得的時代；二、暫時做穩了奴隸的時代。」〔註23〕如果不破除國民的奴性意識，中國將永遠被關在現代的門外，因爲一個強大的「自由平等的國家不是由一群奴才建造起來的！」。〔註24〕要改變中國人奴性的文化心理，呼喚具有主體意識的現代國

〔註22〕 孫中山：《建國方略》，牧之等選注，瀋陽：遼寧人民出版社，1994年，第68～69頁。

〔註23〕 魯迅：《燈下漫筆》，《魯迅全集》，第1卷第225頁。

〔註24〕 胡適：《介紹我自己的思想》，歐陽哲生編：《胡適文集》，北京：北京大學出版社，1998年，第5卷第511～512頁。

民，去除傳統文化加諸於中國國民的精神枷鎖，啓蒙知識分子首先從正面批判開始，陳述其害才能讓國民瞭解，從而才有改變的可能。啓蒙主義鄉土文學通過塑造具有奴性人格特徵的鄉民形象來詮釋思想啓蒙的必要性，以達到獲取民眾認同的目的。

　　啓蒙鄉土文學由《狂人日記》肇始，圍繞著批判封建專制這一主題，形成了一個批判傳統文化、批判國民性的創作風潮。這些作品書寫了眾多的鄉民形象，從不同的角度描寫了他們身上存在的奴性意識。啓蒙鄉土敘事中鄉民形象的一個共同點是沒有主體性與理性認知，這一點是本質化的，可以說是所有鄉民形象的底色，在這種本質化的性格特徵之上，鄉民形象分爲以下三種類型：一、麻木的鄉民；二、冷眼刻薄的看客；三、無知糊塗的遊民。

　　首先我們來看，第一種類型「麻木的鄉民」。這種「麻木」不僅體現在外形上，更是精神上的，他們等同於會勞動的工具，終年爲生活所累，除了日復一日地延續，對生活、對自身沒有任何的想法，也就完全沒有意識到世界上還有「希望」二字，當然也就不會去想是否可以通過某種方式來改變現狀。他們雖然感受到求生的苦累，但是早已適應於如此的生存環境，得過且過地延續著生活，魯迅曾歎息中國人的對於人格要求是無底線的，「中國人向來就沒有爭到過『人』的價格，至多不過是奴隸，到現在不如此，然而下於奴隸的時候，卻是數見不鮮的。……百姓就希望有一個一定的主子，拿他們去做百姓，── 不敢，要拿他們去做牛馬，情願自己尋草吃，只求他決定他們怎樣跑。」〔註 25〕在其小說《故鄉》裏的閏土便是這類鄉民形象的典型代表。少年時代的閏土活潑可愛，小小年紀便可幫家裏分憂解難，於是我們看到了一個在深藍色的夜空下，奔跑在海邊西瓜地裏拿著鋼叉刺猹的小英雄形象。當他來到「我」家後，與從小生活在高宅大院裏的「我」一見如故、談天說地，他的見識與生活經驗對「我」來說彷彿來自於另一個世界，閏土的「心裏有無窮無盡的希奇的事」，教「我」如何捕鳥、刺猹、拾貝。魯迅如此不吝筆墨地敘述少年閏土的故事，正是爲了烘托出少年閏土與中年閏土之間巨大的反差。在外漂泊二十年的「我」爲了賣掉祖屋而重返故鄉，雖然回鄉途中家鄉的風景已使「我」感到破敗與壓抑，但對即將與兒時的小夥伴閏土相見還是充滿了期待。令人意想不到的是，見面後「我」竟疑心這是閏土嗎，眼

〔註25〕魯迅：《燈下漫筆》，《魯迅全集》，第 1 卷第 224 頁。

前這個木訥、低眉順眼的中年鄉民形象與那個「西瓜地上的銀項圈的小英雄」形象無論如何劃不上等號，「我」終於意識到，這已經「不是我這記憶上的閏土了」，眼前的這個鄉民，灰黃色的圓臉，「加上了很深的皺紋」，由於海邊種地，因此「終日吹著海風」，眼睛「周圍都腫得通紅」，和所有普通的紹興鄉下的鄉民一樣，閏土的「頭上是一頂破氈帽」，「身上只一件極薄的棉衣」，在寒冷的多季裏「渾身瑟索著」，一雙如同「松樹皮」一樣、「又粗又笨開裂的」手裏「提著一個紙包和一支長煙管」〔註26〕。少年時代那個靈動的閏土已經消失不見，取而代之的是一個延續父輩生活、也繼承了父輩精神世界的中年鄉民。此時的閏土說話吞吞吐吐、斷斷續續，連一句完整描述生活艱辛的句子都說不全，他對於自己的境況沒有任何滿意或者不滿意的評價，唯有承受別無他想，只是本能地知道生活艱難，「他大約只是覺得苦，卻又形容不出，沉默了片時，便拿起煙管來默默地吸煙了。」這種日復一日卻又無從擺脫的辛苦，閏土卻找不到苦的原因，連「第六個孩子也會幫忙了，卻總是吃不夠……」〔註27〕，疲於應付的閏土只能像木偶人一樣聽憑生活的擺弄，封閉的生存環境使他無法對自己真實的狀況作為判斷，當然也就談不到希望或者絕望，便將生活的好轉寄託於神靈，在他挑選的有限的幾樣東西里就包括有香爐和燭臺，也並不在乎究竟求神拜佛是否管用。魯迅在作品中設置的講述人──「我」，是與閏土對比存在的，而魯迅對於「我」的經歷的設計是為了說明了啟蒙對於鄉民的重要性。少年時的「我」遠遠不如閏土見多識廣，對於宅院以外的生活常識是由少年閏土「啟蒙」的。如果「我」不外出求學，守在故鄉，那也不過是一個富裕的「鄉民」，其精神世界應該說與閏土不可能有太大不同。但是「我」在外二十年，接受了新知識新思想，其精神世界早已脫胎換骨，因此回到故鄉時已是一位具有平等、人文精神的知識分子，成為了啟蒙者，而閏土則成為了被啟蒙者，兩者的啟蒙身份發生了置換。正因為「我」具有與傳統鄉土不同的生活與知識體驗，具備了現代性的啟蒙眼光，才能發現閏土的改變，才會去感歎閏土的麻木。通過閏土形象的塑造，魯迅想要揭示這樣的真相：真正貧困的不是鄉民的生活，而是他們的精神；真正萎靡不振的不是他們的身體，而是他們的精神。奴性意識帶來的精神麻木使

〔註26〕 魯迅：《故鄉》，《魯迅全集》，第 1 卷第 507 頁。
〔註27〕 魯迅：《故鄉》，《魯迅全集》，第 1 卷第 508 頁。

他們逆來順受，同時「還有著無人能比的忍耐力，以及舉世無雙的忍受痛苦的毅力，因爲他們相信那些痛苦是他們所無法左右的。」〔註28〕

　　魯迅的另一篇小說《祝福》幾乎可以看作是葉聖陶發表於 1919 年的短篇小說《「這也是一個人？」》的擴展版，如果說後者是一幅白描，那麼前者則是一幅氤氳著灰黑陰雲的油畫，傳遞著沉重壓抑的情緒。前者與後者相比，故事情節更加豐富、人物形象刻畫更加豐滿，也具有更加深刻的思想性。這兩篇小說都是對鄉村毫無個人主體意識的女性形象的描寫。《「這也是一個人？」》中的主人公是一個無名無姓、只有一個性別代號的「伊」，生於農家的伊「簡直是很簡單的一個動物」，娘家爲了省錢，早早將她嫁掉，而到了夫家之後也遭人嫌棄，不僅承受喪子的悲痛，還因爲哀求嗜賭的丈夫贖回被其當掉的嫁妝而被丈夫與婆婆輪番毆打，實在無法忍受只好逃出了家門，進城當了女傭，日夜作工的生活雖然是辛勞的，但與在夫家不同的是，這裡「沒人說伊，打伊」，於是她感到很滿足，「便覺得眼前的境地非常舒服，永遠不願更換了」〔註29〕。可是好景不長，當夫家、娘家和幫傭的人家都以她的丈夫病重爲由讓她必須回去時，「伊」也認爲「眼前的人沒一個不叫伊回去，心想這一番必然應該回去了」，她不具備思考與選擇的能力，因此無論旁人的看法有沒有道理，她只能順從。當然，回去的結果不過是從一個火坑跳到另一個火坑，「田不種了，便賣耕牛。伊是一條牛 ── 一樣地不該有自己的主見 ── 如今用不著了，便該賣掉。」〔註30〕從這個意義上來說，「伊」不過是一個會勞動會說話的工具而已，她無法意識或感知人只能作爲一個工具的悲哀。再來看祥林嫂，她的遭遇與「伊」基本上是一樣的，如果說葉聖陶未寫「伊」第二次出嫁後的命運，那麼祥林嫂的經歷便可以回答這個問題。

　　在小說中祥林嫂經過了出嫁、守寡、幫傭，再到被賣出嫁、守寡喪子、幫傭的遭遇，實際上這是兩次幾近相同的苦難歷程，且第二次的經歷比第一次更加慘痛 ── 喪夫後再喪子。我們注意到《祝福》裏這樣的情節，由於柳媽的恐嚇，祥林嫂用自己辛辛苦苦攢的工錢去廟裏捐了門檻，意欲將之作爲

〔註28〕〔美〕明恩溥：《中國人的氣質》，劉文飛、劉曉暘譯，南京：譯林出版社，
　　　　2011 年，第 149 頁。
〔註29〕葉聖陶：《這也是一個人》，《葉聖陶集》，南京：江蘇教育出版社，1987 年，
　　　　第 1 卷第 100 頁。
〔註30〕葉聖陶：《這也是一個人》，《葉聖陶集》，南京：江蘇教育出版社，1987 年，
　　　　第 1 卷第 102 頁。

自己的替身爲自己贖罪，當她發現求助於神靈都沒法救贖她的「罪過」的時候，便徹底絕望而死。其實祥林嫂何罪之有，但她連自己究竟無罪還是無罪這一點都無法認識到，更何況去追究造成自己悲劇命運的眞正原因。當她已落魄成一個乞丐時，面對「我」這樣一個識字的、見識得多的出門人，祥林嫂並沒有問何至於落到如此境地的原因，竟然問的是關於死後是否有魂靈、是否有地獄、以及死後一家人是否可以見面這樣三個荒誕不經的問題。《祝福》比《「這也是一個人？」》更加深刻的地方也正在於此，魯迅對祥林嫂兩次幾乎相同的傷痛經歷以及祥林嫂至死也糾結在如何贖清罪惡的恐懼之中的敘述，其根本是想要表達鄉民精神上的無意識與非理性是無法逃出厄運循環的主要原因。

蕭紅深受魯迅思想的影響，其重要長篇小說之一《生死場》便是在 1935年作爲「奴隸叢書」之三在上海出版。魯迅是這套叢書的主要組織者，從叢書的名稱我們也可以看出魯迅重視通過文學作品來揭露國民性格中的奴性意識，予人警醒。在爲《生死場》所作的序言中，魯迅述說著在「死一般寂靜」的深夜裏讀完了這部小說，感到「我的心現在卻好像古井中水，不生微波，麻木的寫了以上那些字。這正是奴隸的心！——但是，如果還是擾亂了讀者的心呢？那麼，我們還決不是奴才。」〔註31〕魯迅在此是想說明，如果在讀了像《生死場》如此震撼人心的作品之後內心還是無動於衷、渾然不覺的話，那麼這樣的人便是有著麻木的奴性，但他最終還是希望讀者能夠被這部作品打動，去思考我們的民族與國家，那這樣的話才可以不做「奴才」。

現在且來看看《生死場》這部作品爲何被魯迅寄予了這樣的厚望。在蕭紅的筆下，本來充滿生機的黑土地成爲了一個見證人與動物生死更替的場所，整篇小說始終彌漫著一種壓抑、絕望的氣氛。《生死場》中的人與動物一樣在不停地「忙著生，忙著死」，一切都是出於生存本能的驅使，而與人的情感和理性無關，精神的麻木則可以置人於死地。村子裏那個最美麗的女人月英因爲患了癱病，終年只能坐在炕上一動也不能動，她的丈夫一開始還去廟裏燒燒香，請請神，這是他所認爲的盡丈夫責任的表現，但當他看到請神與燒香也不能改變月英的病狀時，便很快失去了耐心。月英在他眼裏只不過是一個可以勞動、生育的工具，當月英的病使她失去存在價值的時候，她的丈夫便認爲月英一文不值，成了累贅，不僅打她，還罵她，「娶了你這樣的老婆，

〔註31〕 魯迅：《序言》，《蕭紅全集》，第 1 卷第 41 頁。

真算不走運!」這完全沒有一絲夫妻情份可言，月英的身體在經受著病痛折磨的同時，精神上也受到丈夫的虐待，原因只是生病的月英再也不能爲這個家幹活。他爲了省事省錢，在月英的身邊圍了一圈磚取代被子，任憑蛆蟲慢慢吞噬著月英羸弱的身軀，而對於他來說只是「宛如一個人和一個鬼安放在一起，彼此不相關聯」〔註 32〕，他可以照常地吃和睡，任由月英病痛呻吟到天亮而無所謂。月英的丈夫無論在情感還是理性都麻木不仁，使他愚昧、殘忍，如果說癱病是月英死亡的直接原因，那麼他則是加速了月英死亡的幫兇。

　　再來看金枝一家，由於米價回落而虧本，金枝的丈夫成業便心煩氣燥，五月節來臨的時候，家裏也沒有任何食物來過節，於是成業便將氣撒在了金枝和剛剛滿月的小金枝身上，他抱怨因爲金枝與女兒連累才使他走投無路，孩子的哭聲更加激怒了成業，揚言要將金枝與女兒一起賣掉，金枝無法忍受便與成業吵了起來，盛怒之下，成業竟然摔死了女兒。「虎毒不食子」，從成業的行爲來看其狠毒超過了動物，爲什麼會這樣？我們必須回過頭去看小金枝的出生。成業是在本能的驅使下不顧金枝的意願強行佔有了金枝，蕭紅是這樣描述的「他的大手敵意一般地捉緊另一塊肉體，想要吞食那塊肉體，想要破壞那塊熱的肉，」〔註 33〕這分明就是野獸在獲取獵物，毫無溫情可言，對於成業來說，小金枝並不意味著愛與責任，只是他放肆本能的惡果。因此，當成業認爲金枝與女兒的存在對他的生存是一種障礙的時候，同樣出於本能，他用摔死親生女兒來獲取自己生存的可能性，這與動物性的弱肉強食並沒有本質上的區別。如果說月英的丈夫將自己的妻子看成是會勞動的工具，那麼成業也並沒有將金枝與女兒當人看。雖然這與蕭紅對女性的特殊情感有關，但是反過來說，當月英的丈夫與成業以「物」視妻女時，他們自身也無法成爲「人」。

　　人倫殘殺的悲劇在鄉村裏反覆上演，在蕭紅看似平靜的敘述語調中更顯得觸目驚心，悲劇發生的直接原因是如此的日常，僅僅是由於疾病與貧窮，其深層原因則在於鄉民精神的愚昧與麻木才會導致他們對於生命的漠然，蕭紅「尤其一再地寫死亡，寫輕易的、無價值的、麻木的死，和生者對於這死的麻木。在蕭紅看來，最可痛心最足驚心動魄的蒙昧，是生命價值的低廉，是生命的浪費。」〔註 34〕

〔註 32〕蕭紅：《生死場》，《蕭紅全集》，第 1 卷第 70 頁。
〔註 33〕蕭紅：《生死場》，《蕭紅全集》，第 1 卷第 54 頁。
〔註 34〕趙園：《論小說十家》，北京：生活・讀書・新知三聯書店，2011 年，第 208頁。

　　啓蒙鄉土敘事中鄉民形象的第二種類型是冷漠刻薄的看客。這一部份鄉民雖爲看客，看似他們與被看者或者正在進行的事件沒有關係，僅處於旁觀的位置，但是實際上參與了事件，他們渾然不覺，並且還在興災樂禍的心態中圍觀，無形中充當了幫兇，在某種程度上推動著事件的進行，決定著被看者的命運。如果說被看者是可悲的，那麼看客們也難逃相同的命運。他們正是魯迅所說的黑屋子裏的「沉睡者」。魯迅在《狂人日記》裏對這一類鄉民是以狂人的心理視角來描述的，在患有臆病的狂人看來，看客們不是具體的幾個人，也沒有清晰的樣貌，他們幾乎都是以群體的方式出現的，其恐怖的面目──「青面獠牙」、陰森的笑聲──「話中全是毒，笑中全是刀」〔註35〕、不時的突然閃現，營造出一種無所不在的壓迫感，這樣的壓迫使人無處躲藏，始終無法逃開眾人嗜血的眼光。這群看客不僅看別人被吃，也參與吃人，這正是愚昧鄉民的真實寫照，正如魯迅所言「所謂中國者，其實不過是安排這人肉的筵宴的廚房！」〔註36〕再來看孔乙己，這個窮困潦倒的書生，偶而到咸亨酒店借酒來抒發自己的不得志，他的遭遇常常成爲酒客鄉民們取笑的對象。鄉民們不僅毫不同情孔乙己，還故意在眾人面前揭其最不堪的傷疤來哄笑。這些不識字的鄉民面對孔乙己時以充滿了心理與道德的優越感，當他們只爲引大家一笑而在酒店裏故意問他傷從何而來時，他們無法瞭解孔乙己身爲讀書人因生存而去偷盜被打是一件多麼難堪和迫不得已的事；當鄉民們在境遇還不如他們的讀書人孔乙己面前質疑他識字並且以此嘲笑雖然會念「之乎者也」，但是連個秀才都撈不到、混得比他們還慘時，他們聽不懂孔乙己文言式的辯白，永遠也無法瞭解未能進學是孔乙己畢生最遺憾的事。可是恰恰因爲聽不懂，所以鄉民們便肆無忌憚地以取笑孔乙己爲樂。

　　當鄉民們說起孔乙己到丁舉人家偷竊而被打斷了一條腿時，冷冷的言語中是透著漠然。當孔乙己斷腿之後像乞丐似的又到酒店裏，酒客們依然不變是嘲笑。也許孔乙己是可悲的，但是鄉民們連自己的無知都意識不到，連身爲「人」的最基本的同情都不具有，這才是真正的可悲。小說寫到孔乙己在「旁人的說笑聲中，坐著這手慢慢走去了」〔註37〕，留下身後還在以取笑他爲樂的鄉民時，魯迅流露出的是對於鄉民麻木意識深深的絕望與透心的悲

〔註35〕魯迅：《狂人日記》，《魯迅全集》，第 1 卷第 446 頁。
〔註36〕魯迅：《燈下漫筆》，《魯迅全集》，第 1 卷第 228 頁。
〔註37〕魯迅：《孔乙己》，《魯迅全集》，第 1 卷第 461 頁。

涼。這與魯迅在幻燈片中看到中國人旁觀中國人被俄國人殺頭還拍手叫好，並沒有實質上的不同，一樣是在同類受難時充當無聊冷漠的看客。在另一篇小說《藥》中，華老栓為了給兒子治好肺癆聽信劊子手康大叔的話，相信吃下人血饅頭便可以使肺病迅速痊癒。以華老栓的認知完全無法去判斷這個偏方是多麼的荒謬，他把治好兒子的全部希望寄託在這個毫無根據的人血饅頭上。於是，華老栓聽從吩咐去刑場去拿蘸著新鮮人血的饅頭，如果說華老栓去刑場是出乎愛子之心而急病亂投醫還情有可原的話，那麼另一群只是為了觀賞殺人的鄉民則是殺害革命者夏瑜的真正兇手。華老栓在去刑場的路上，「一個人還回頭看他，樣子不甚分明，但很像久餓的人見了食物一般，眼裏閃出一種攫取的光」，這樣的眼神與《狂人日記》中的狼子村村民們看待狂人的眼光是一樣的，是對清醒的吶喊者的圍獵。當夏瑜被行刑時，這群看客們對於殺人的場面爭先恐後，生怕自己錯過了這血腥的一瞬，「頸項都伸得很長，彷彿許多鴨，被無形的手捏住了的，向上提著。」〔註38〕這是一群毫無自主意識的人，被豢養、被奴役，「無形的手」正是鄉民們的奴性意識，做慣了奴隸，便在奴性意識裏安穩度日，正如他們對於夏瑜說紅鼻子阿義可憐而鬨堂大笑一樣，他們根本不知道夏瑜是為他們而死，也不可能明白夏瑜正是為了改變他們的奴隸地位而死。清政府戕害的是夏瑜的肉體，更加可怕與可悲的是這群鄉民看客們不知所謂的如同趕集一般去圍觀夏瑜被害。

　　如果說圍觀也是一種力量，那麼這種麻木奴性意識驅使下的圍觀力量足以吞噬如夏瑜這類懷抱啟蒙理想的革命者，因此真正殺死夏瑜的兇手是奴性十足的看客們。「中國式的殺頭……最充分地表露了國民性的冷漠和自私。殺頭，有之已屬不幸，但更不幸的是殺頭在中國……可供看客玩賞、過癮和作樂，而國民卻樂此不疲，在生命悲哀處看出快樂和滿足，在頭顱和鮮血中得到愉悅和享受。人類的同情心和理解心，在這樣的場面，彷彿隨著被殺的人一同死去，中國的看客是十足的毫無血性的欣賞殘酷的動物。」〔註39〕事實也正是如此，夏瑜在看客們的注視下被殺害，死後連他的鮮血也被劊子手當藥賣給了華老栓，鄉民們還爭相恭喜華老栓，道喜的場面遠比殺人的場面更讓人不寒而慄，因為他們實際上慶賀夏瑜的死讓他們奴隸地位沒有被動搖、夏瑜被殺唯一的作用是可以讓他們得到一劑無用的偏方，去治療和他們一樣

〔註38〕魯迅：《藥》，《魯迅全集》，第 1 卷第 464 頁。
〔註39〕劉再復、林崗：《傳統與中國人》，北京：中信出版社，2010 年，第 289 頁。

愚昧的人，而不是夏瑜所期望的用自己的死喚醒更多的國民。夏瑜的母親在他的墳前哀哭夏瑜是被冤枉的，但夏瑜顯然不是冤枉而死，而是傚法先烈以死爲旗，連至親的母親都不能理解這一點，足以證明了夏瑜想用他的死來喚醒民眾的願望也只是個泡影。面對這樣的鄉民，注定了夏瑜只是一個孤獨的抗爭者。這不能不讓我們思考這樣的一個問題：如此愚昧麻木的鄉民還有救嗎，還值得去救嗎？。

在《祝福》裏，魯鎮鄉民也是使祥林嫂淪爲乞丐、在新年夜裏死去的罪魁禍手。祥林嫂第二次守寡回到四叔家幫傭，因爲家破人亡而使整個人變得遲鈍、絮叨，總是念念不忘訴說她的兒子被狼吃掉的故事。鄉民們從沒有眞心地同情過她，而是將她的遭遇當作廉價的談資，女人們以聽祥林嫂的故事流淚來證明自己的「善良」，當大家的好奇心與表現「慈善」的願望得到滿足以後，「後來全鎮的人們幾乎都能背誦她的話，一聽到就煩厭得頭痛」，她的傷心故事「早已成爲渣滓，只值得煩厭與唾棄」〔註40〕。柳媽用她虛妄的迷信讓祥林嫂對自己的罪孽深重深信不疑，無法擺脫的精神負重終於使她徹底崩潰。魯鎮鄉民在虛情假義玩味祥林嫂的悲劇中將她漸漸推向了深淵，柳媽的最後一推是祥林嫂最終絕望的直接原因，可以說正是他們的合力害死了祥林嫂這個無辜苦命的人，眞正有罪的不是祥林嫂，而是那些表面「善良」、實際內心冷漠刻薄的鄉民們。還有蕭紅的《呼蘭河傳》中的王寡婦和祥林嫂一樣，失去了兒子，這件事對於王寡婦來說是莫大的悲傷，但是對於鄉民來說卻不過是一件聽過就忘的新聞，「這事情似乎轟動了一時，家傳戶曉，可是不久也就平靜下去了。不但鄉人，街坊，就是她的親戚朋友也都把這回事忘記了。」〔註41〕可憐的王寡婦在兒子死後就發瘋了，但是旁人也不以爲然，「至於鄉人街坊們，或是過路的人看見了她在廟臺上哭，也會引起一點惻隱之心來的，不過爲時甚短罷了。」〔註42〕她的苦難漸漸不再引起看客們的注意，因爲當苦難成爲一種日常後，就磨鈍了看客的好奇心，於是王寡婦便和那些瘸子、傻子、瞎子一樣變成了合理的存在。

在《風波》裏，當城裏傳來皇帝又要坐龍庭的風聲後，被革命黨人剪掉辮子的七斤立刻慌了神，這時鄉紳趙七爺又前來恐嚇沒有辮子的七斤準備人

〔註40〕 魯迅：《祝福》，《魯迅全集》，第 2 卷第 18 頁。
〔註41〕 蕭紅：《呼蘭河傳》，《蕭紅全集》，第 3 卷第 12 頁。
〔註42〕 蕭紅：《呼蘭河傳》，《蕭紅全集》，第 3 卷第 13 頁。

頭落地。面對趙七爺的信口開河、胡言恐嚇，鄉民們便在頭腦裏盤算著，反正都抵抗不了，那不如捨了七斤的命保全大家，想到七斤犯法殺頭終於可以煞煞七斤平時談論傳言時的驕傲模樣，竟然在心裏還有隱隱的暢快感。魯迅在此深刻的揭示出鄉民不僅是冷漠的看客，往往在關鍵時候還是幫兇，他們每個人都在為自己打著小算盤，一旦觸及到自己的利益，就可以不惜犧牲別人的性命，內心還充滿著落井下石的快感。同樣在《阿 Q 正傳》裏，當阿 Q 不知所謂的被押上刑場時，他感覺到四周圍觀的鄉民們投射來的目光，彷彿比看到獵物的狼眼更加讓人心驚膽顫，「而這回他又看見從來沒有見過的更可怕的眼睛了，又鈍又鋒利，不但已經咀嚼了他的話，並且還要咀嚼他皮肉以外的東西」。〔註43〕對於阿 Q 莫名其妙的被槍斃，鄉民們是抱著準備看場好戲的心態，不僅沒有在心裏滋生出一絲絲同情，反而抱怨為什麼不是殺頭，因為殺頭的刺激程度比槍斃高多了，只是一槍就結束的行刑過程完全沒有滿足鄉民們對處死阿 Q 引發的期待，還有就是阿 Q 這個毫無趣味的人竟然在行刑前沒有唱上幾句祝興，讓他們白跟了一場。這樣的鄉民除了不是親自動手殺死阿 Q 外，實際上與劊子手沒有本質上的區別。

　　魯彥的小說《黃金》同樣是對看客式鄉民的描寫。故事發生在一個偏遠的小鄉村——陳四橋，這裡的鄉民熱衷於加油添醋地傳播小道消息，並根據這些小道消息來決定待人處事的態度。事情的起因是有人看見史伯伯手裏拿了一個信封，低頭走著，便斷定是史伯伯的兒子沒有錢寄來，他們家很快就要窮了。雖然確實是史伯伯的兒子這次沒有寄錢回來，但並不意味著史家立刻就會破產。這個只憑揣測出來的消息瞬間傳遍了村子，並且流言越傳越盛，越傳越像是真的了。鄉民們對待史伯伯一家人的態度隨之改變，本來對史伯母很殷勤的鄰居竟然怠慢起來，史伯伯去參加婚禮也被別人冷嘲熱諷，女兒在學校也被同學期負，甚至於他們家的狗也被人無端砍死了，連討飯的都敢惡狠狠地朝史伯伯要錢。這就是「陳四橋人的性格：你有錢，他們都來了，對神似的恭敬你；你窮了，他們轉過背去，冷笑你，誹謗你，盡力的欺侮你，沒有一點人心。」〔註44〕果然，當史伯伯的兒子陞官、寄來大洋二千後，陳四橋的人齊齊地來到史家祝賀，連不久前才欺負過他們的人都下跪磕頭。小

〔註43〕魯迅：《阿 Q 正傳》，《魯迅全集》，第 1 卷第 552 頁。

〔註44〕魯彥：《黃金》，書林主編：《魯彥文集》，北京：線裝書局，2009 年，第 95 頁。

說名爲《黃金》，也說明了在陳四橋鄉民的眼裏只有錢，他們頂禮膜拜的只是錢。他們沒有禮義廉恥的觀念，小說結尾寫到史伯伯兒子的來信，提到了剛剛升任秘書主任的兒子，立刻就有二千大洋寄回家，這不能不讓人懷疑如此多的錢會是正當收入嗎？但是陳四橋的人不問錢的來源，只要有錢就受人尊敬。這顯然是一群只認錢不認人的看客，勢利又冷漠，「他們是一種力量的最終產物，這種力量能造就出西方國家所謂的『講究實際的人』，這種人的生活由兩樣東西構成：肚皮和錢袋。」〔註45〕也可以說，中國鄉民的奴性意識也體現在金錢觀念上，他們是錢的「奴隸」。

這種鄉民看客的形象在具有啓蒙意識的鄉土文學作品中一直存在，例如丁玲1940年在延安所寫的《我在霞村的時候》中對於根據地鄉民看客的文化心理進行了抨擊，小說中描述了一位名叫貞貞的少女不幸被日軍抓走並遭受污辱，回到村裏後，大多數鄉民並沒有因爲自己的同胞受此劫難而去安慰、同情她，反而將此當成了貞貞身上永遠洗不清的污點，鄉民看不起她，背後議論、中傷她，「尤其那一些婦女們，因爲有了她才發生對自己的崇敬，才看出自己的聖潔來，因爲自己沒有被敵人強姦而驕傲了。」〔註46〕九十年代，作家路遙在《平凡的世界》裏有這樣一個情節，孫少安因爲燒磚而致富，村民們便以各種理由紛紛到孫家借錢，孫少安礙於鄉親的情面每應必答。爲了讓鄉親們致富，孫少安貸款擴大生產，以便讓鄉親們可以在磚廠上班掙工資，結果技術失誤，燒出的磚成了廢品，這時磚廠停產、銀行催款，鄉民們此時不僅沒有伸出援手，反而首先想到的是討要工資，一點也沒有念及孫少安在他們困難時給予的幫助，同時在根本無須擴大磚廠的情況下，也是爲了鄉民才貿然貸款擴大生產。經歷過幾十年風雨的老父親孫玉厚看到了村民們的本質：「你想給村裏人辦好事，眾人把你哄抬成他們的救星；可是現在，他們都成了你的債主！……如今，人家除了登門討債，誰會再看見你的死活……」〔註47〕這樣的鄉民與魯彥在二十年代寫作的《黃金》裏的鄉民並沒有不同，可見看客的文化心理一直根深蒂固地存在鄉民身上，沒有隨著時代的變遷而改變。

〔註45〕〔美〕明恩溥：《中國人的氣質》，劉文飛、劉曉暘譯，南京：譯林出版社，2011年，第76頁。
〔註46〕丁玲：《我在霞村的時候》，張炯主編：《丁玲全集》，石家莊：河北人民出版社，2001年，第4卷第226頁。
〔註47〕路遙：《平凡的世界》（下），經濟日報出版社1999年版，第149～150頁。

　　啓蒙鄉土敘事中鄉民類型的第三種是無知糊塗的遊民。與前兩種類型的鄉民相同的地方在於其主體意識都是處於混沌狀態，但是與前兩者不同的是他們幾乎沒有財產，同時也不安於土地，好逸惡勞，遊蕩於鄉間，在無判斷能力，也不具備是非觀念的情況下，憑著本能行事、渾渾噩噩，逐漸走向歧途末路。魯迅的中篇小說《阿 Q 正傳》中的主人公阿 Q 正是這類鄉民的代表。阿 Q 不知姓甚名誰，混跡於未莊鄉間，靠打短工度日，無家無地，棲身於土谷祠內，過著混一天算一天的日子，在村裏也倍受歧視，連和他一樣打短工的貧窮鄉民也欺侮他。這種吃了上頓沒下頓的日子，阿 Q 依然過得興興頭頭，原因在於他有一個致勝的絕招，便是「精神勝利法」。當他挨打受氣，阿 Q 便在心裏默念是被自己的兒子、孫子打了罵了，幻想使他可以很快忘記被打罵的羞辱感，取而代之的是虛幻的勝利感，他甚至於「覺得他是第一個能夠自輕自賤的，除了『自輕自賤』不算外，餘下的就是『第一個』。狀元不也是『第一個』麼？」〔註48〕這樣的「精神勝利法」讓阿 Q 在任何時候都能夠找到心理優勝的理由，可以化解旁人對他的一切辱罵、歧視，他陶醉在自己的「勝利」裏，完全忘記了自己真實的處境。同時，他也以同樣的方式欺侮比他更弱小的鄉民，來得到心理上的滿足。應該說阿 Q 的「精神勝利法」是奴性意識的一種極端體現，與奴顏順從並沒有本質上的區別，這正是魯迅所說的「中國人但對於羊顯凶獸相，而對於凶獸則顯羊相，所以即使顯著凶獸相，也還是卑怯的國民」〔註49〕，骨子裏依然奴性十足。靠著這個哄騙自我的「精神勝利法」，阿 Q 等到了革命，當他看到鄉紳們突然變得惶惶不可終日，失去了往日的威嚴時，於是本能地認為革命可以讓他揚眉吐氣了。至於什麼是革命、究竟誰革誰的命、後果會怎樣，他根本沒有任何的認知，他只是把革命當成了報仇的好機會。只要能在平時看不起他的鄉紳、鄉民面前威風一下，他便毫不猶豫地登上了革命的戰車，跟著革命浪潮出了幾天風頭，連趙老太爺都要低聲下氣地叫他「老 Q」，阿 Q 內心得到了極大的滿足，但是這場阿 Q 根本不懂的革命瞬間翻雲覆雨，他終於以「革命亂黨」的名義被當作了替罪羊，押上了刑場。直到死，阿 Q 也莫名其妙，他搞不清楚他為何走到了這一步，假洋鬼子、趙老太爺不都「革命」了嗎，為什麼最後因「革命」而犯了死罪的是他。

〔註48〕魯迅：《阿 Q 正傳》，《魯迅全集》，第 1 卷第 517 頁。
〔註49〕魯迅：《忽然想到・七》，《魯迅全集》，第 3 卷第 64 頁。

　　魯彥在小說《阿長賊骨頭》裏也塑造了一個與阿Q相似的鄉民阿長。阿長的父親阿夏就是一個混跡於鄉村的遊民，在十里八村出名是由於「他喜歡在別人不注意的時候，隨便帶一點東西回家」，阿長也就無師自通地繼承了父親的這個特點，如果說少年時的小偷小摸還可以算作惡作劇的話，那麼隨著年齡的增長，為了不勞而獲，阿長開始了明目張膽地偷東西、想盡辦法挑撥離間報復他人，因為阿長，村裏雞犬不寧，成了人見人厭的鄉里一害，當人們說起他時，都叫他「阿長賊骨頭」，這意味著他成為了一個人人都看不起的「『卑賤人』，『卑賤的骨頭』，『什麼卑賤的事都做得出的下流人』」〔註50〕。破罐子破摔的阿長越來越變本加厲，無惡不作，成了一個遊手好閒的地痞無賴，禍害鄉里。墮落使阿長失去了田產，也沒任何財產，真是「窮到極顛了」，他只能在村裏去做一般人都不願意做的——給死人穿衣服、守屍、抬棺材等鄉民們覺得晦氣的事。既不敬神也不畏天的阿長並不在意這些忌諱，只要賺錢他什麼都可以做，品性惡劣的阿長漸漸發現這裡面也有一條財路：偷盜隨葬品。事情終於敗露，他倒是逃跑了，但他的妻子因此事而被處死，此時家破人亡的阿長是真正一無所有了。小說結尾處寫到阿長不知所蹤，但可以預見的是，阿長不可能吸取教訓，改變自己去做一個老老實實勞動的鄉民。墮落是他人生的方向，他只會在歧路上越走越遠，下場與阿Q不會有太大的不同。

　　許傑的中篇小說《賭徒吉順》裏的主人公吉順同樣是一個賭徒遊民。吉順本來是一個好的泥水匠，可以過著安定小康的生活，但是沉溺於賭博使他漸漸賣光了田產家財，生活每況愈下。終於在一次下了重注之後，吉順輸掉了全副身家，還背了上賭債。除了將他的妻子典給當地富紳陳哲生之外，再也想不到別的辦法籌錢還債。達成典妻協議之後，他也曾對自己典當妻子的行為產生過懷疑，但是他的反思不僅沒有及時阻止這一荒唐行為，反而很快他便想通釋然了，將懷疑變成了理所應當，「人生行樂耳！有了錢就是幸福，有了錢就是名譽；物質的存在，是真實的存在，精神不過是變化無常，騙人愚人的幻影罷了！……沒錢的人，應該受辱，應該受苦，挨凍，挨餓，那是唯一的真理，千古不破的，雖上帝的權力也不能破滅的真理！……」〔註51〕除了錢，吉順便再也沒有別的生活原則，錢對於他來說就是人生最大的真理，

〔註50〕魯彥：《阿長賊骨頭》，《魯彥文集》，第113頁。

〔註51〕許傑：《賭徒吉順》，《子卿先生——許傑代表作》，唐達君編選，北京：華夏出版社，2010年，第88頁。

可以取代夫妻之情、親子之情。雖然吉順看似在思考典妻的對與錯，但實際上他的思考與阿 Q 的精神勝利法並沒有什麼不同，阿 Q 在賭資被人趁亂拿走時，他也曾感到不快，阿 Q 迅速忘記不快的辦法是把自己當成那個小偷，狠狠打了自己兩個耳光，也就相當於懲罰了小偷，便心平氣和、心滿意足地睡著了。雖然吉順在典妻之後也感到些許的悔意，但是錢的主體性代替了他自身個體的主體性，因此消解了個體精神的痛苦。

　　啟蒙鄉土敘事通過對這三種類型的鄉民形象的書寫，從不同的角度勾勒出了一幅傳統中國的國民整體意象，由此傳達出來了這樣的信息：由一群愚昧麻木的國民構成的衰老國度徒步不前，悠久的文化與傳統成為了桎梏國民精神的沉重負擔，再也無力推動歷史向前的車輪。當啟蒙精英以一種知識理性的優越姿態批判鄉民的同時，也批判了造就此種鄉民的土壤——「傳統文化」。對於啟蒙精英們來說，他們自認為是脫離了傳統鄉土文化的現代知識人，是中國傳統鄉土社會的局外人，但是誰都無可否認的是，他們都曾受到傳統文化的滋養。啟蒙者們是否真的可以劃清與被啟蒙者之間的界限，是否可以完全清除傳統文化的影響，這是他們難以言說與逾越的精神困境。

3、啟蒙之困惑：精英難以掙脫的文化血脈

　　在啟蒙鄉土敘事中，啟蒙作家們為我們建構了一個破敗、荒涼的傳統鄉土社會，與此社會環境相契合的是愚昧無知、麻木冷漠的鄉民群體所構成的人文環境。在社會進化論的理論框架下，啟蒙精英們預言鄉村破產是必然的結果，在西方已處於「現代」的時候，中國還在「古代」的泥淖裏掙扎。啟蒙者們如此的預言是因為他們站在了「現代」的風口浪尖，用西方體驗與理性知識武裝起來的自我有足夠的自信為中國社會診斷病因。曾經學醫的魯迅只用了一個詞——「吃人」便概括了所有的病因，輕易而又徹底地否定了歷史與傳統文化，但是這卻得到了同時代啟蒙知識分子的認同。他們在作品裏竭力地渲染著鄉土中國的悲劇色彩，不約而同地為「傳統文化吃人」這一診斷做著文學的注腳，但鄉民的愚頑卻是傳統文化生存的溫床，他們在痛心疾首地哀歎著鄉民愚不可救，可能也忘記了在不久前，他們也是鄉民中的一份子。

　　實質上，啟蒙者越是激烈的抨擊鄉民的麻木、愚昧，越是暴露了他們對於這一群體的深切瞭解；越是書寫著鄉村的悲情故事，越是寄託著他們對於故土的無法割捨的戀鄉之情。鄉土成長的背景與記憶，是啟蒙知識分子永遠

也無法抹去的精神履歷，因此儘管他們借用西方啓蒙話語理直氣壯地在作品中批判鄉民，可是對於他們自己「作爲過去歷史文化的產物，他們怎麼有能力批判，甚至『埋葬』過去？」〔註52〕例如，魯迅少年時代即受到嚴格的私塾教育，「我不知道爲什麼家裏人要將我送進書塾裏去了，而且是全城中稱爲最嚴屬的書塾。」〔註53〕雖然後來改上新學，但是少年時代的傳統儒學教育對於魯迅的影響是不可忽視的。早年在日本寫作介紹西方科學、人文的啓蒙文章，如《科學史教篇》、《摩羅詩力說》等都是用艱深難懂的文言文寫的。正因爲身居其中，魯迅對傳統文化的認識可謂是最爲清醒的，但從「吶喊」到「彷徨」他意識到了要從精神上眞正的脫離傳統文化的影響，猶如攫著自己的頭髮讓身體脫離地面，正如廢名在三十年代對他的評價一樣，「魯迅先生有他的明智，但還是感情成份多，有時還流於意氣，好比他極端的痛恨『東方文明』，甚致於叫人不讀中國書，即此一點已不免是中國人的脾氣……」。〔註54〕魯迅彷彿走入了一個悖論怪圈，越是清醒的看清楚傳統文化，越是無法擺脫來自於它的影響，因此「儘管魯迅非常尖銳地批判孔孟文化，以至認定儒家的道德規範包含新舊『吃人』的罪惡，可是他骨子裏卻接受了儒家的『入世』精神，自始至終都主張文學應該關懷社會，注視社會問題，療治國民性，……」〔註55〕當急切的「吶喊」與無助的「彷徨」在經過了一片荒涼的「野草」之後，1926年的魯迅把對故鄉的哀歎與批判化作了溫情脈脈的回憶，並集爲一冊《朝花夕拾》，並稱故鄉的點滴「惟獨在記憶上，還有舊來的意味留存。他們也許要哄騙我一生，使我時時反顧。」〔註56〕他如數家珍地訴說迎神賽會裏的戲文、角色、扮相，絮絮叨叨地描繪著百草園裏的四季景物，顯然魯迅忘不了那個在小說裏常被他形容爲「蕭瑟、荒涼」的故鄉，忘不了與他一同看社戲、偷羅漢豆的小夥伴，雖然那些曾經的小夥伴無疑都會成長爲另一個中年閏土、七斤，或者阿Q，而這些人如同阿Q一樣，「不是一個人，而是整個社會譜系的結晶，是整個傳統的凝聚。」〔註57〕另一位來自浙江農

〔註52〕〔美〕王斑：《全球化陰影下的歷史與記憶》，南京：南京大學出版社，2006年，第11頁。

〔註53〕魯迅：《從百草園到三味書屋》，《魯迅全集》第2卷第289頁。

〔註54〕廢名：《〈周作人散文鈔〉廢名序》，《廢名集》，第3卷第1279頁。

〔註55〕劉劍梅：《莊子的現代命運》，北京：商務印書館，2012年，第78頁。

〔註56〕魯迅：《朝花夕拾·小引》，《魯迅全集》，第2卷第236頁。

〔註57〕汪暉：《阿Q生命中的六個瞬間》，上海：華東師範大學出版社，2014年，第11頁。

村的鄉土作家魯彥，與魯迅的成長經歷相似，「魯彥的童年和少年時代都是在
農村裏度過的。他和農家樸實的孩子結成親密的伴侶；……幼年時代的這段
鄉村生活在他的腦海裏一直保留著充滿詩意的印象，是他以後的文學創作中
所經常描繪的生活題材。」〔註58〕同樣，蕭紅幾部重要的作品都是以故鄉呼
蘭河爲題材，她想遠離故鄉，可實際上她的故鄉卻一直存在於她的作品之中，
如影隨行，成爲她生命歷程中的重要部份。雖然蕭紅早年以一種決絕的姿態
出走家庭，短短一生顛沛飄零，但是在生命最後的時光裏，卻用細膩的文字
回憶著故鄉的點點滴滴，她記得每一條街、每個店鋪，甚至於一片火燒雲，
那些在早期作品中如牲畜一樣「忙著生、忙著死」的麻木的鄉民們在她如詩
般的敘述中也變得生動，他們是蕭紅生命體驗中不可分割的一部份。蕭紅用
文學的方式重回了兒時的呼蘭河，曾經的義無反顧變成了反覆吟頌的「少小
離家老大回，鄉音無改鬢毛衰」，永遠回不去的家成了蕭紅心中永遠的遺憾。
即使以《文學改良芻議》掀起白話文運動的胡適也是在鄉村接受了九年的家
學和私塾教育，是以「……五常之中，不幸有變，名分攸關，不容稍紊。義
之所在，身可以殉。求仁得仁，無所尤怨。……」〔註59〕開蒙的。

　　那一代啓蒙精英的成長經歷大致相同，來自於鄉土的他們書寫鄉民緣自
一種無法割裂的精神聯繫。他們與普通鄉民一樣，生活在同樣的文化氛圍與
語言環境之同，「哪一種民族的語言不是構造、儲存和表達該民族思維的器
物？對中國這個深受語言制約，所有文化蓋源於語言的民族來說，更是如此。」
〔註60〕因此雖然啓蒙知識分子大多外出求學，在舊有的知識基礎上有新知識
因素的加入，但始終是在母語的思維框架之中。而思維習慣、文化心理作爲
一種集體無意識是潛藏在深層語言結構當中，所以這些啓蒙知識分子們永遠
無法擺脫傳統文化對於他們影響。

　　古代知識分子憫農，是站在士大夫的精英立場，以承認等級制度爲前提
下的一種居高臨下地關懷態度，其最終的目的也不過是希望當政者能施行仁
政，士大夫所有的思想意識都是來自於中國傳統社會所孕育的農耕文化。從

〔註58〕《王魯彥傳略》；《王魯彥研究資料》，曾華鵬等編，北京：知識產權出版社，
　　　　2010年，第2頁。
〔註59〕胡適：《四十自述》，歐陽哲生編：《胡適文集》，北京：北京大學出版社，1998
　　　　年，第1冊45〜46頁。
〔註60〕〔德〕約翰‧戈特弗里德‧赫爾德：《中國》，〔德〕夏瑞春編：《德國思想家
　　　　論中國》，陳愛政等譯，南京：江蘇人民出版社，1995年，第89頁。

知識底蘊來看，啓蒙知識分子與古代士大夫並沒有實質的區別，他們依舊是以文化精英的高貴身份批判無知的愚民大眾，並不是以尊重與相信鄉民是可以自我啓蒙的理性個體爲前提的，這本身就是非理性的，因此「『五四』的精神並非如一般人所説的反傳統和追求西方的自由、民主、科學，恰恰相反，它來自傳統文化的憂患與擔當。」〔註 61〕當啓蒙知識分子在作品中批判與指責鄉民的無知、愚昧、麻木的同時，他們儼然忘記了他們與有著鄉民同文同種的文化基因，農耕文化所培育的自私、迷信、孝道、保守等小農意識，不僅屬於無知的鄉民，同樣存在於有知的啓蒙精英身上，只是程度的差別而已。因爲「文化是自私的。它的一句有意或無意的格言就是：『我，而不是你』」〔註 62〕，也就是説啓蒙知識分子並不可能因爲曾在外留學的經歷，其精神內核就完全變成西方式的。他們在批判鄉民的同時，也同樣在踐行著他們所批判的人生觀、價值觀。魯迅批判封建家庭壓制個性，但依然不辭辛勞地把紹興的大家庭搬到了北京八道灣；讓「自己背著因襲的重擔，肩住黑暗的閘門」去「橫眉冷對千夫指，俯首甘爲孺子牛」的責任也是傳統儒家身先士卒的擔當。同樣，雖然胡適爲宣傳個性解放寫了劇本《婚姻大事》，但也並不妨礙他不違母命維持傳統式的家庭。在學術上，1919 年胡適提出「整理國故」，表面上是「用評判的態度，科學的精神」的西學方法〔註 63〕整理傳統文化，追尋古代學術的眞價值，但究其實質，正如歷史學者周予同曾説過的：「胡適究竟是中國人，他一樣的受著中國文化遺產的培養。……胡氏與其説用西洋的思想來整理『國學』……不如説集合融會中國舊有的各派學術思想的優點，而以西洋某一種的治學的方法來部勒它，……胡氏及其同派者都繼承了宋學的懷疑的精神，採用了漢學古文派的考證方法。」〔註 64〕

當啓蒙知識分子以爲自己掌握西方現代知識，擁有啓蒙合法性的時候，實際上他們正是用傳統文化的矛攻擊著傳統文化的盾，走入了「啓蒙」的怪圈。他們在西方求學、生活的經歷轉化成了經驗性執拗的偏見，認爲沒有具備

〔註61〕霍韜晦：《從反傳統到回歸傳統》，北京：中國人民大學出版社，2010 年，第 1 頁。

〔註62〕〔美〕明恩溥：《中國人的氣質》，劉文飛、劉曉暘譯，南京：譯林出版社，2011 年，第 295 頁。

〔註63〕胡適：《新思潮的意義》，歐陽哲生編：《胡適文集》，北京：北京大學出版社，1998 年，第 2 冊第 558 頁。

〔註64〕周予同：《五十年來中國之新史學》，朱維錚編：《周予同經學史論著選集（增訂版）》，上海：上海人民出版社，1995 年，第 544 頁。

西方知識就是愚昧的、非理性的，鄉民在他們的作品中如此不堪，除了懦弱的善良，便一無是處。「愚昧」是相對的，如果僅僅以啟蒙知識分子的標準設定是否具備「知識」的話，以此來判斷愚昧與否，則是一種偏頗的粗暴。在理性知識方面，鄉民確實不具備，但站在鄉民的立場，鄉村裏的常識性、經驗性的知識方面，卻是更勝一籌。「鄉下人沒有見過城裏的世面，因之而不明白怎樣應付汽車，那是知識問題，不是智力問題，正等於城裏人到了鄉下，連狗都不會趕一般。……『愚』如果是指智力的不足或缺陷，那麼識字不識字卻並非愚不愚的標準」〔註65〕。究其實質，啟蒙知識分子與鄉民來源於同一個文化母體，他們對西方文化的體驗與掌握使之將自身從原有的文化母體中剝離出來，與鄉民處於一種絕對的對立關係中，「一邊是理性與科學知識，另一邊是傳統與無知，它們各持一端，互不相容」〔註66〕。同時這還是一種不平等的對立關係，以「智者」姿態自居的啟蒙知識子自然而然地凌駕於被劃歸爲「愚者」的鄉民之上，儘管「即使絕頂聰明的人如胡適和周作人也不例外。由於他們所處的環境特殊，他們對西方文化的瞭解，也是片面的、不完整的」〔註67〕。中國的啟蒙知識分子與鄉民之間的關係永遠無法像他們作品中所描述的那樣清晰，那樣容易劃清界限，他們始終在啟蒙理想與文化母體的糾結中掙扎。

第二節　激進與覺悟：階級革命視角下的鄉民敘事

　　隨著二十年代中期思想啟蒙運動的逐漸退潮，倡導階級革命理論的激進知識分子取代啟蒙知識分子走到了前臺，「階級」與「革命」成爲了他們最願意闡釋的詞語，在濃烈的「革命」氛圍之中所建立起來的革命鄉土敘事中，鄉民的形象與啟蒙時代有了截然不同的體現。愚昧不再是鄉民特有的標籤，作爲階級革命的主要參與者和被壓迫階級的雙重身份賦予了鄉民先天的革命性，知識分子不再是高高在上的啟蒙者，反而知識的原罪使他們放下身段，以階級同路人的身份與情感去貼近鄉民，以獲取後者的認同與支持。「智」與「愚」的對立由此得以完全消除，「階級革命」使啟蒙鄉土敘事中麻木、自私

〔註65〕費孝通：《鄉土中國》，《費孝通全集》，第 6 卷第 113～114 頁。
〔註66〕〔美〕愛德華‧希爾斯：《論傳統》，傅鏗、呂樂譯，上海：上海人民出版社，2009 年，第 5 頁。
〔註67〕〔美〕夏志清：《中國現代小說史》，劉紹銘等譯，香港：中文大學出版社，2001 年，第 17 頁。

的鄉民進行了一次迅速而華麗的轉身，成爲了有著崇高階級覺悟的革命戰士。

1、農民之形態：革命文學敘事的理論基礎

在傳統鄉土社會，鄉民是社會結構中主要組成部份，「那些被稱爲土頭土腦的鄉下人。他們才是中國社會的基層。」〔註68〕基本自給自足的小農經濟形態與以血緣宗法家族爲紐帶的鄉村社會結構，形成了與此基礎相適應的文化習俗、行爲習慣和心理認同，即鄉民意識。啓蒙視角決定了作爲啓蒙知識分子的「我者」與作爲被啓蒙者的鄉民「他者」必定存在著高下、優劣的對立，這種自認爲理性的認知恰恰帶來的是非理性的判斷，因此前者肯定地認爲在壓抑、專制的傳統文化中所培育出的鄉民思想意識是愚昧和麻木的，同時正是由於這種落後與保守的鄉民意識造成了中國社會發展的緩慢。鄉民等同於「愚民」，這是文化啓蒙的邏輯起點，也是啓蒙鄉土敘事中鄉民形象的共性特徵。而對階級革命來說，其理論框架與文化啓蒙的本質不同使革命鄉土文學敘事中的鄉民從形象到思想有了本質的改變。

無產階級革命理論的前提是將社會群體按照經濟地位的不同作階級劃分，「階級究竟是怎麼回事呢？這就是允許社會上一部份人佔有別人的勞動。如果社會上一部份人佔有全部土地，那就有了地主階級與農民階級」〔註69〕，生產資料的佔有是將社會群體劃分成不同階級陣營的唯一依據，而個人或群體所處的階級地位是判斷其行爲或思想意識革命與反動的標準。農民這一社會群體作爲被壓迫階級的階級屬性決定了將成爲共產革命運動中不可或缺的一部份。在階級鬥爭理論的闡釋中，無產階級由於先天的革命性與先進性成爲階級革命天然的領導者，但是農民階級卻是其「強大的和不可缺少的同盟者」〔註70〕，並且階級革命能否進行與成功的關鍵在於「除非預先把人口中的主體——在這裡就是農民——爭取過來，否則就不可能取得持久的勝利。」〔註71〕信仰共產主義的革命知識分子希望在中國進行俄國式的革命運動，按

〔註68〕費孝通：《鄉土中國》，《費孝通全集》，第6卷第108頁。

〔註69〕〔俄〕列寧：《共青團的任務》，《馬克思 恩格斯 列寧 斯大林論農業、農村、農民》，張曉山主編，北京：中國社會科學出版社，2013年，第224頁。

〔註70〕〔德〕恩格斯：《未來的意大利革命和社會黨》，《馬克思恩格斯文集》，北京：人民出版社，2009年，第4卷第469頁。

〔註71〕〔德〕恩格斯：《卡·馬克思〈1848年至1850年的法蘭西階級鬥爭〉一書導言》，《馬克思恩格斯文集》，北京：人民出版社，2009年，第4卷第550頁。

照上述理論必須要去爭取鄉民的支持與合作。這種理論不僅指導著中國共產革命，也是中國階級革命文學的理論基礎。但是，作為「國家的命脈，社會的重心」的農民群體「受了二千多年愚民政策的催眠，和不徹底的溫情主認的薰育，以及大家族的家長制度的束縛，要他們自覺，要他們自己起來主張他們的權利，嗾使他們起來，卻是比頑石點頭，還要煩難。」〔註72〕如何通過文學來書寫農村中尖銳的「階級矛盾」，如何用文學的方式形象地詮釋階級革命理論和宣傳階級鬥爭，以及怎樣喚醒農民的階級意識，讓他們完成從小農到革命者的身份轉變，從而主動地參與到革命中來，便成為革命鄉土文學敘事必須完成的任務。因此如何妥善地處理好鄉民形象的問題是完成以上敘事目的的重中之重。

透過階級分析，中國傳統鄉村中原有的不同的經濟與生活狀況的群體，可以僅僅依據佔有土地的多少便劃定其階級屬性以確定其所處的階級陣營，「不按剝削關係劃分，誰的地多就是地主。」〔註73〕同時鄉村中錯綜複雜的社會關係或血緣親屬關係也轉變為簡單清晰的階級關係。階級劃分是為了說明不同的階級必然維護其所屬階級的經濟與政治利益，從而決定了階級對立與階級矛盾的合理存在。中國傳統鄉土社會由於「階級鬥爭理論」的介入，使鄉村中自古以來就存在的貧富差別、地主與農民之間的各種矛盾產生的根源用「階級」來分析就得到了「合理」的解釋，並且這個解釋直接指向了矛盾對立的解決方式。革命鄉土文學敘事策略完全遵照了上述的邏輯，鄉土社會在作品中必須首先是「階級」社會，鄉村只有具備了「階級性」才有進行階級鬥爭的可能性與必要性，才能使作品具有「革命性」，這正如蔣光慈所說：「誰個能夠將社會的缺點，罪惡，黑暗……痛痛快快地寫將出來，誰個能夠高喊著人們來向這缺點，罪惡，黑暗……奮鬥，則他就是革命的文學家，他的作品就是革命的文學。」〔註74〕反之，對於沒有暴露社會黑暗的作品與作家便被剔除在革命文學之外，作品必須具有的階級性與革命性使作品中所呈現的社會現實與人物形象都被推向了極端。將鄉民階層納入階級話語，使其置身於革命刻意營造「黑暗、罪惡」的

〔註72〕郁達夫：《農民文藝的實質》，《郁達夫全集》，吳秀明主編，杭州：浙江大學出版社，2007 年，第 10 卷第 358 頁。

〔註73〕臨沂縣檔案館藏《革命歷史檔案》：轉引自紀程：《話語政治——中國鄉村社會變遷中的符號權力運作》，北京：中國社會科學出版社，2011 年，第 54 頁。

〔註74〕蔣光慈：《現代中國社會與革命文學》，《蔣光慈文集》，上海：上海文藝出版社，1988 年，第 4 卷第 154 頁。

現實與殘酷的階級鬥爭之中，在這種新的話語環境中的鄉民形象從外表到內在思想意識較之以前有了質的飛躍。「鄉民」不僅僅是一種社會身份的代名詞，同時也意味著獲取了階級革命的合法性身份。

　　作為階級革命的領導者，無產階級被賦予了先天的先進性與革命性，而鄉民由於其被剝削階級屬性，在經濟、政治上的訴求和無產階級革命同質，使之成為無產階級的堅定同盟者與階級革命的重要力量。雖然鄉民在帝制時代也不乏因生存危機而進行反抗與大規模的起義，其嚴重後果甚至可以導致朝代更迭，但無論是暴政的反抗者身份還是推翻王朝的起義者身份，都是傳統官逼民反歷史經驗的循環反覆而已，並沒有帶來制度與社會的根本變革。當鄉民成為一個「階級」進入無產階級革命的理論與實踐範疇之後，其抗爭不再是以往傳統的歷史循環，而是兼具了改造社會制度與意識形態雙重目的的現代性革命運動。進入革命敘事話語中的鄉民擺脫了因無知、愚昧的被同情的弱者形象，取而代之的是逐漸具有主體性的革命群眾形象。這是一個漸進的過程，早期的革命鄉土敘事中的鄉民由於殘酷的階級剝削，處於生存危機之中，因此本能性的存在著對於地主階級的仇恨，這與帝制時代因土地兼併、貧富不均而激發的仇恨的性質是一樣的，並未上升到意識形態的自覺階段。「左翼革命作家在承認農民意識的狹隘性和落後性的同時，更注重去發掘他們身上潛在的革命性和進步性」〔註 75〕。我們看到，雖然知識分子此時仍然扮演著啟蒙者的角色，但進行的早已不是緩慢的思想文化啟蒙，而是引刀成一快的革命暴力啟蒙。

　　此時知識分子的革命啟蒙者身份與文化啟蒙者身份也不可同日而語了。階級鬥爭理論規定了鄉民的無產階級同盟者身份，在階級地位上實質高於被劃歸到小資產階級的知識分子。這裡存著一個雙向的需要，即鄉民階級需要由知識分子來喚醒其先天存在的革命性，而知識分子需要鄉民階級的認同才可以真正的獲取無產階級革命的資格。各取所需的雙方在理論上因為有共同的革命目的，而結成了鬥爭同盟，具備了互相溝通的可能性。因此知識分子放低姿態，努力掙脫因小資產階級身份而與生俱來的革命投機性以及不被無產階級革命所信任的尷尬地位，在情感上積極靠攏革命的主體 —— 鄉民階級，嘗試著用階級理論去解釋鄉村中貧富不公的根源，去引導、激發鄉民階

〔註 75〕 宋劍華：《百年文學與主流意識形態》，長沙：湖南教育出版社，2002 年，第53 頁。

級潛藏的階級仇恨，將之提升到意識形態的高度，最後鄉民轉變爲自覺的革命者，而在這一過程中的知識分子也由於得到鄉民階級的認可而獲取了革命的信任，與鄉民一起眞正地結成階級革命的統一戰線。在後期的革命鄉土敘事中，作家們刻意塑造鄉民階級整體形象的自覺革命性，從早期作品中鄉民的思想轉變過程由貧富兩極分化 —— 階級矛盾 —— 被啓發 —— 覺悟這一漸進過程，演化爲階級對立 —— 覺悟 —— 革命，更加著眼於放大鄉民自身的革命自覺，這一群體未經革命啓蒙便具有革命主體性，千百年來形成的保守、苟安等鄉民意識頃刻被拋棄，激進的階級革命佔據了鄉民的思想意識。而在無產階級取得政權的解放區與根據地，鄉民從政治上整體性地翻身做了社會主人公，實際情況暫且不論，起碼從表面的政治身份上，鄉民從被壓迫階級轉變成了新政權的參與者，政治現實爲文學創作提出了新的要求，如何在文本中突出鄉民新的政治地位，以及這種改變對於鄉民自身帶來的影響成爲了解放區文學要解決的重要問題。作爲知識精英的革命作家面對新的社會現實，怎麼的創作才能符合新政權的政治要求，每個人的理解都不一樣，特別是大多數的作家都是經歷過五四啓蒙思潮影響的，他們仍然習慣從知識分子的角度去看待和理解鄉民，這個角度必然產生觀看的距離，同時這個距離還不是平行的距離而是自上而下的垂直距離。從這樣的角度去書寫解放區明朗天空下的鄉民，其實質與啓蒙時代壓抑氣氛下的鄉民沒有產生太大的差別，這顯然不能表現出解放區人民從外在到內心的實質性變化，與無產階級新生朝氣的政治氛圍也不相符合。所以，解放區確實有必要從思想上、理論上對作家進行統一的規範，只有在這種統一的創作要求之下，文學創作中的鄉民形象才展現出屬於無產階級政權的新形象。《在延安文藝座談會上的講話》成爲了文化上肅清知識分子非無產階級思想的重要依據，也是解放區文學中鄉民形象書寫的決定性因素。

　　歸根究底，鄉民形象如何創作出來，最終還是要依賴作家，因此只有改變作家之前居高臨下的知識精英意識，才有可能改變他們創作的鄉民形象。在《講話》中，毛澤東將知識分子從高處拉到了低於工農的地位，「最乾淨的還是工人農民，儘管他們手是黑的，腳上有牛屎，還是比資產階級和小資產階級知識分子都乾淨」〔註76〕，這是一個隱喻，在新政權中，由於無文化而

〔註76〕毛澤東：《在延安文藝座談會上的講話》，《毛澤東選集》，北京：人民出版社，1991 年，第 3 冊第 851 頁。

思想單純的工農，實際上就是鄉民階層，遠遠比有文化的思想複雜的知識分子更值得依靠。思想上是否「乾淨」其實也成了判斷政治地位的標準，但是「乾淨」的鄉民的文化水平決定了不能書寫自我，他們只能由「不乾淨」的知識分子來書寫他們的「乾淨」，而反過來，「不乾淨」的知識分子只能選擇無限地去表現鄉民的「乾淨」才能證明自己已經變成了和那些手黑、腳有牛屎，思想先進的鄉民一樣的人，這種從思想深處的認同才能使知識分子有資格成為無產階級政權中的一員。解放區文學對於鄉民形象的處理方式一直延續到了十七年鄉土文學中，同時隨著知識分子政治地位的每況愈下，與此相反的是鄉民形象卻節節高升。

革命鄉土文學敘事中的鄉民是嚴格按照無產階級革命理論來塑造的，雖然鄉村還是那個鄉村，鄉民也還是那群鄉民，但在階級話語中已然成為具有高度思想覺悟的階級革命主體，他們不再是因為無知、麻木而需要被現代思想文化啟蒙的對象，而是隨時接受革命召喚的無產階級同盟者和革命「同志」。因此進入階級革命視野的鄉民無論從身份還是思想意識都擺脫了傳統的小農業生產者的烙印，他們以一種全新的面貌被書寫在革命鄉土文學敘事之中。

2、身份之轉變：革命賦予鄉民的思想提升

對於革命作家來說，「一切的文學，都是宣傳。普遍的，而且不可避免地是宣傳；有時無意識地，然而常時故意地是宣傳。」〔註77〕與啟蒙文學一樣，革命作家同樣看重的是文以載道的社會功利性，革命作家強調文學的「宣傳」功能，宣傳意味著政治性的鼓吹、煽動，從這個角度來說，革命鄉土文學敘事中對鄉民形象的書寫也不可避免地處於創作理念先行的束縛之中。在革命鄉土文學作品中，作家將鄉民置於一種絕對的非生即死的階級矛盾之中，在生存欲望的推動之下，思想意識轉變與提升過程都是比較簡單與迅速的。由鄉民到革命戰士的身份轉變，為其帶來了思想境界的提升，因此階級敘事話語中的鄉民形象從外表到行為與啟蒙鄉土文學敘事中鄉民形象相比，是全新的書寫。

首先，我們來看由於思想意識革命化而為鄉民帶來的外貌特徵的變化。

〔註77〕李初梨：《怎樣地建設革命文學》，黃侯興主編：《創造社叢書——文藝理論卷》，北京：學苑出版社，1992年，第228頁。

在啓蒙鄉土文學中的鄉民外表大多是木訥、呆滯，這是他們麻木靈魂的外在表現。在階級革命鄉土敘事中，受了革命理論教育的鄉民們，一改落後無知、自私冷漠的面目，以一種充滿激情的主人公姿態走上了鬥爭的前線，成爲了創造歷史的重要參與者。

　　老羅伯與羅大父子倆是華漢在《地泉三部曲》中的第一部《深入》裏的主要人物。在小說開頭，作爲一個對地主的剝削充滿怨恨但還對地主抱有幻想的老鄉民，老羅伯「五十多歲的年紀了。他的精神雖然還安健，力氣也還未盡衰老，但是，他的背部卻因幾十年的艱苦的重擔的高壓，已經微微的有點傴僂了」〔註 78〕。彎曲的背部說明了經年累月沉重的經濟剝削對老羅伯的身體造成了損害，但是再辛勤的勞動也不能緩解老羅伯一家人的貧困，他明知這一切都是地主造成的，可是苦於沒有出路，「他屈肘在桌上支著頸部，仍然目不轉睛的望著門外，頹然的神色儼若大病了的人一般」〔註 79〕。他去找同宗的地主九叔叔尋求幫助，共同的階級利益不可能使九叔叔站到窮人這一邊，對地主的幻想破滅之後的老羅伯終於下定決心，要和地主拼命了，此時的他與之前佝僂著背、低聲下氣的老羅伯簡直宛如兩人，「他毫不顧盼的只是昂起頭朝前走，他的腳下異常的穩健和輕快，飄飄然的他似乎在飛起走的樣了，一切的驚愁一切的恐怖，一切的人世間的酸辛，他這時彷彿通通都忘了。」〔註 80〕陳鎮暴力勝利結束，老羅伯上臺演講，儘管自己受傷、兒子犧牲，但是「只有他那炯炯有神的眼不住的散射出火一般的狂憤的表情，他宛然被沉痛的悲哀和熱狂的驚喜攪擾著他的心神了」，演講之後的老羅伯傷口流著血，但是卻「絲毫不表露出痛楚的神色。憤憤然的兩眼閃出熱烈的希望的光輝，凝神的傾聽著臺上繼起的演說來環視著他的一般群眾，更爲之動容了。」〔註81〕一個五十多歲的老鄉民經過階級鬥爭的洗禮，爲暴動付出了犧牲兒子生命的代價，仍然堅守陣地，此時的老羅伯形象看上去如同神聖的雕像一樣向下俯視著群眾，而群眾也向上仰視著他。老羅伯的兒子羅大，比他父親更早參加農會，更早接受了新思想，在小說中沒有思想轉化的過程，一出場就是一個農會積極分子的高大形象，「這時在他眼中的羅大是多麼的壯偉啊！——一根鋤

〔註 78〕 華漢：《深入》，《地泉》，第 3 頁。
〔註 79〕 華漢：《深入》，《地泉》，第 13 頁。
〔註 80〕 華漢：《深入》，《地泉》，第 58～59 頁。
〔註 81〕 華漢：《深入》，《地泉》，第 158～163 頁。

棒打斜的橫擒在他的手中，赤褐色的腳下套著一雙粗麻草鞋，擺開了大八字。腳更穩重的踏著坪地，一頭短髮亂蓬蓬的向後紛披，濃黑的眉，發光的眼，……並襯著滿眼多血的褐色的肉，在秋光明媚之下威然屹立，簡直像隻初下山的壯虎！」〔註82〕羅大的形象可謂是光彩奪目，有理由相信，作者想表述的潛臺詞正是由於階級革命的照耀，羅大的外表才能有如此的光彩。

在《咆哮了的土地》裏，鄉民中的年青人在接受了張進德的新思想宣傳後，讓他們「宛然如夢醒了一樣，突然襲擊然看清了這世界是不合理的世界」，相信不久之後就會打破舊世界的希望，「在金黃色的夕陽的光輝之下，他們的面孔上同閃動著一種愉快的波紋」〔註83〕，作者的意圖很明顯，這是為了說明階級革命顛覆鄉村舊有的剝削制度的希望鼓舞著鄉民們，階級革命將鄉民們對李敬齋富有的妒忌、羨慕上升到了打倒剝削階級、改造世界的高度。劉二麻子，一個窮困到無法娶到老婆的鄉民，如果說極其普通的劉二麻子還有一個特點的話，那就是「他的臉上的麻子生得特別大而且深，差不多可以將碗豆一粒一粒地安置上去」，當他聽到張進德告訴他只要土地革命就可以有自己的土地、可以娶老婆時，這使得他立即同意追隨張進德「幹起來」，此時我們看到革命的光輝瞬間普照到了他，「夕陽射照在劉二麻子的臉孔上，好像在那上面閃動著金色的波紋，加增了不少的光輝。憂鬱和絕望的容色沒有了，另換了一副充滿新的希望的，歡欣的笑容，」〔註84〕不得不說革命的魔力讓劉二麻子的臉也光彩照人了。

鄉民在思想上接受階級革命理念之後，不僅外貌發生了變化，思想意識也隨之改變並表現在行為上，於是我們看到了這些鄉民們的行為也與傳統鄉土社會的小農有了根本的不同。例如在《深入》裏，老羅伯被九叔叔拒絕後，別無他法的老羅伯毅然站在了農會之一邊後，這使得「他特別表現得勇敢，比一般青年人都勇敢」〔註85〕，成為了農會的主要骨幹。在暴動中與兒子羅大一起帶領了七八十人的隊伍去進攻地主的宅院。老羅伯在暴動的過程中充分地表現出有勇有謀，徹底擺脫了之前為了地租愁苦的老鄉民形象。因為久攻不破，老羅伯「便帶起幾個同伴偷到莊舍的後方」，放火燒掉了王大興的院

〔註82〕 華漢：《深入》，《地泉》，第 15 頁。
〔註83〕 蔣光慈：《咆哮了的土地》，《蔣光慈文集》，上海：上海文藝出版社，1983 年，
　　　　第 2 卷第 159～164 頁。
〔註84〕 蔣光慈：《咆哮了的土地》，《蔣光慈文集》，第 2 卷第 195～199 頁。
〔註85〕 華漢：《深入》，《地泉》，第 66 頁。

子。得知暴動成功，老羅伯完全忘記了自己身負重傷，「他精神抖擻的飛也似的向前直奔」，高興之餘念念不忘的是勝利屬於整個農民階級，「也竟會有我們這些窮骨頭的天下！……」〔註86〕而在得知羅大中彈犧牲後，一番哭訴將自己的喪子之痛提升到了階級仇恨的高度，他從自己被剝削聯繫到整個被剝削階級，從本村本鎮的地主聯繫到了全國的剝削階級，最後點明了階級對立的尖銳與階級鬥爭的殘酷。在全鎮群眾大會中，老羅伯更是現身說法，進行了長篇演講，此時的老羅伯已經成為了為鄉民利益浴血奮戰的老英雄了，從他的演講中，我們很難看出這是一個沒有文化、兩天前還是為了地租愁苦不堪求助地主的老鄉民，演講的字裏行間邏輯清晰，同時還滲透了高度的階級覺悟。可能是作者想突出表現無產階級是天然的革命者，所以老羅伯也就在演講中無師自通地表達了只有一無所有的人才有堅定的革命意志，而除了無產者之外的那些人全部都是寄生蟲，所以必須從寄生蟲階級奪回本來屬於無產者的一切，可以說老羅伯的演講完全是對無產階級革命最終是為了解放全人類這一共產主義信仰的形象闡釋。再來看羅大，在暴動中的表現也完全可以稱得上是一名合格的革命戰士，因為久攻錢文泰的農莊不下，羅大心裏竟然有一種責備自己不夠勇敢的愧疚感，「心中愧憤得來痛苦非常，他曾經下了幾次必死的決心」，在打開錢家大門時，羅大中槍身亡，臨死時他「含笑的倒臥在血液中，渾身動彈了一陣，兩腳長伸便犧牲了」〔註87〕。羅大沒有為自己失去生命感到痛苦與惋惜，反而是面帶欣慰的微笑，因為終於打開了進攻的大門，他用生命換來了勝利。這種大無畏的精神只能在無產階級革命戰士的身上存在，羅大此時已完成了從鄉民到戰士的身份蛻變。

在《咆哮了的土地》中，張進德本來是一個普通鄉民，但在有了四年的礦工經歷後，受到了「不知來自何處的革命黨人」的宣傳，他的思想迅速成長起來，不僅學會了思考礦工的疾苦，還從改善礦工的生活舉一反三地想到了要去改造整個世界的不平等。當李傑被張進德夢中高唱的《國際歌》驚醒時，毫無疑問，此時的張進德已經從一個鄉民成長為堅定的無產階級戰士，理所應當的，成了大學生李傑以及鄉民們眾望所歸的指導者、領路人。另一個鄉民王貴才，是受到張進德影響而積極投入革命的年輕鄉民，當他向老父親王榮發宣傳土地革命減租減息時，王榮發認為這是胡鬧而發怒，這時的王

〔註86〕華漢：《深入》，《地泉》，第146～150頁。
〔註87〕華漢：《深入》，《地泉》，第147～149頁。

貴才對他父親不理解土地革命感到的是「一種憐憫的心情」。這種「憐憫」之情似曾相識，魯迅的《藥》裏當夏瑜向牢頭紅眼睛阿義宣傳「大清的天下是我們大家的」，阿義認為這是瘋話而打夏瑜時，夏瑜也說阿義可憐。我們發現同樣的憐憫發生在了不同身份的人身上，夏瑜是執著於思想啟蒙的知識分子，而王貴才是沒有文化但是已經有了階級覺悟的鄉民。阿義也是一個鄉民，但是夏瑜的思想啟蒙對於阿義毫不起作用，再反過來看王貴才，快速、容易地就接受了張進德的革命宣傳，開始以一種覺悟者的身份來看待抱有舊觀念的老父親。這正是由於階級革命文學賦予了鄉民的階級身份，使他們有了擺脫落後思想，接受現代性革命思想的可能性。

在葉紫的《豐收》、《火》裏，年輕的鄉民立秋面對貧困的生活、艱難的生存，對癩大哥所說的：「自己不起來幹一下子，一輩子也別想出頭。不久的世界，一定是我們窮人的」〔註 88〕充滿了希望，他很快參加到以癩大哥為首的抗租行動當中去，並且開始像癩大哥一樣向其它鄉民宣傳革命，「自己收的穀子自己吃，不要納給他們這些狗雜種的什麼勞什子租，借了也不要給他們還去！」〔註 89〕本來對於立秋跟著癩大哥四處活動的行為非常不滿的雲普叔，在被搶光了稻穀、立秋被何八爺抓走後，「才深刻地明白：世界整個兒都是吃人的！」〔註 90〕雲普叔終於認識到階級社會吃人的本質，自己所屬於的階級與地主階級之間是你死我活的矛盾，只有通過暴力反抗才能爭得自己的生存，因此曾經循規蹈矩、膽小怕事的雲普叔終於和暴動的鄉民們一起衝進了何八爺的莊園，還狠狠地咬下了一個老團丁的耳朵。作者通過雲普叔的覺悟過程，傳遞這樣的一個概念，即鄉民們對於地主的憎恨從來都是存在的，在階級意識沒有喚醒之前，他們只是敢怒不敢言，但一旦鄉民有了階級覺悟，立刻就可以將內心的積纍多年的仇怨轉化、上升為具有階級鬥爭，從而成為一個堅定的革命者。

丁玲的中篇小說《水》描寫了村莊被突如其來的洪水所吞噬，逃難的人們開始寄希望於地主、鄉董的開倉賑災，但等來的卻是有錢人早就逃離災區的消息。災難中守望相助的鄉民們開始團結起來，「他們互相瞭解，親切，所以除了那些可以挨延著生命的東西以外，還有一種強厚的，互相給予的對於

〔註 88〕 葉紫：《豐收》，《葉紫文集》，第 63 頁。

〔註 89〕 葉紫：《豐收》，《葉紫文集》，第 80～81 頁。

〔註 90〕 葉紫：《火》，《葉紫文集》，第 110 頁。

生命進展的鼓舞，形成了希望，這新的力量，跟著群眾的增加而日益雄厚了。」〔註91〕我們注意到，丁玲將團結起來的災民稱作了「群眾」，而他們所集聚起來的，丁玲稱之爲「新的力量」，顯然指的是階級力量。災民不僅沒有得到政府的救助，反而被鎮壓，面對死亡的威脅，此時一位不知名的半裸農民站了出來，他在一棵大樹的枝椏上俯看著災民們，發表著如同神諭一般的演說，他告訴飢餓的災民們，走遍天下，所有的地主都是剝削農民的血汗的，不要對地主和政府有任何的幻想，既然等下去只有死路一條，不如起來去打開地主的糧倉自救，「起來是要起來的，可是不是搶，是拿回我們的心血。告訴你，只要是穀子，都是我們的血汗換來的。我們只要我們自己的東西，那是我們自己的呀！……」，這位神秘的鄉民將階級革命的合法性與必然性用簡單易懂的話說了出來，讓這群本來不知所措的災民們聽了此番話後，如同醍醐灌頂，瞬間頓悟，「他的每一句話，都喚醒了他們，是他們意識到而還沒有找到恰當的字眼說出來的話語。他們在這個時候，甘心聽他的指揮，他們是一條心，把這條命交給大家，充滿在他們心上的，是無限的無明。」〔註92〕於是一場比洪水還要猛烈的暴動就此發生了。在鄉民們陡然覺悟之前，丁玲用了大量的篇幅來描寫鄉民受災後的慘狀以及對地主階級的失望，如此鋪墊是爲了證明鄉民最後覺醒的可能性與合理性，但最爲關鍵的是導致鄉民由絕望轉向革命的這個轉折點來自於一個來路不明的人，這個人幾句簡短的演說就輕易讓災民成了他的信眾，心甘情願地將生命交付於他。因此，這個以「鄉民」身份傳播革命的人更像是具有某種神性，或者是信仰的化身。

在茅盾的《秋收》裏，老通寶是一個堅持相信通過自己的勤勞可以獲得豐收，改變生活的老鄉民，但是恰恰事與願違，蠶繭豐收卻無人收購、稻穀豐收卻仍舊跌價，雙重的打擊使「老通寶的幻想的肥皂泡整個兒爆破了！」〔註93〕所有的努力都付之東流，他終於承認在外國經濟侵略和地主階級的雙重剝削壓迫之下，想通過自己勞動擺脫貧窮獲得生存與溫飽是不可能的事，而兒子多多頭帶著鄉民們去吃大戶的暴力反抗行動才是鄉民們唯一的出路。老通寶用他的親身經歷在臨死之前對於這個社會、對於他個人希望破滅的理解表面看起來是

〔註91〕丁玲：《水》，張炯主編：《丁玲全集》，石家莊：河北人民出版社，2001 年，第 3 卷第 425 頁。

〔註92〕丁玲：《水》，《丁玲全集》第 3 卷，第 433～434 頁。

〔註93〕茅盾：《秋收》，《茅盾全集》，北京：人民文學出版社，1985 年，第 8 卷第 368 頁。

客觀的，但實際上正像茅盾自己所說的「關於鄉土文學，……在特殊的風土人情而外，應當還有普遍性的與我們的對於運命的掙扎。……必須是一個具有一定的世界觀與人生觀的作者方能把後者作為主要的一點而給與了我們。」〔註94〕在老通寶慘痛經歷的背後是作者用自己的世界觀對社會的分析與解釋，而這也正是革命鄉土文學敘事想要傳遞的訊息：階級社會中的鄉民是不可能只靠自己的勞動獨善其身的，只有認同階級革命，完成自身的身份轉化，將自己的命運匯入到階級革命的洪流當中來，才有可能獲取新生。

在左翼鄉土文學之外，鄉民形象被充分書寫的還有解放區文學。由於解放區的人民民主專政性質，作為人民中的重要一員，鄉民成為了政權的主人。同時，既然已經通過階級革命取得了政權，那麼解放區的主要矛盾就不再是地主與鄉民之間的階級矛盾，或者說殘餘的地主階級的力量已不夠成階級矛盾的另一極，此時人民內部矛盾成為了主要矛盾。所以，除了在階級鬥爭中表現鄉民的革命自覺性與堅定性之外，如何帶動落後鄉民一起進步、或者與落後鄉民做鬥爭，也成為了此時塑造鄉民形象的任務之一，這也是表現鄉民在先進性的另一個方面。

在趙樹理的小說中，我們可以看到許多所謂的「中間人物」，實質上就是思想落後的鄉民們，他們與新政權之間並沒有尖銳的、不可調和的矛盾，他們的思想落後是暫時性的，而不是永久性與本質性的。趙樹理注意到這一類鄉民，並非是要質疑新政政權的「新」，而是要用落後鄉民由「舊」變「新」的過程與結果來重申「新」的力量，所以書寫這些中間人物並不是趙樹理的創作目的，這些人物如何被改變，如何從快要滑向人民政權的反面被拉回來，表現出新政權強大的力量才是趙樹理書寫中間人物的最終目的。諸如《小二黑結婚》裏的二諸葛和三仙姑，《鍛鍊鍛鍊》裏的小腿痛和吃不飽等，最後都在以先進鄉民為代表的新政權教育下改變，這種「中間人物」鄉民形象的設置是對正面鄉民形象補充。正是因為舊鄉民與新鄉民之間並不是階級矛盾，趙樹理等解放區作家可以用比階級革命鄉民敘事中更加輕鬆的心態來刻畫鄉民形象，當然這也與解放區文學創作的隱含讀者有密切的關係。

解放區作家要用一個個積極向上的先進鄉民形象與一個個落後鄉民形象的最終轉變，來營造新社會的新氣象。同樣的文學規範也適用於書寫根據地的鄉

〔註94〕茅盾：《關於鄉土文學》，《茅盾全集》，北京：人民文學出版社，1991年，第21卷第89頁。

民形象，最為典型的是孫犁的「荷花澱系列」、「蘆花蕩系列」。在這兩個系列的小說中，孫犁選擇的是一種革命樂觀主義的浪漫化寫法，將抗日根據地的鄉民塑造成了思想成熟的、久經沙場的戰士。例如在《游擊區生活一星期》中，鄉民們經常參加緊張的戰鬥，一旦出生入死的戰鬥結束，大家「又生活得那樣活潑愉快，充滿希望」，孫犁對鄉民這種表現的解釋是，「他們看得很單純，而且勝利的信心最堅定」，並且堅信總有一天會大反攻，「或者就在今年，掃除地面上的一切悲慘痛苦的痕跡，立刻就改變成一個歡樂的新天地」〔註95〕，而這種樂觀向上的心理都是由於共產黨的存在和領導，指向的還是意識形態。還有《蘆花蕩》裏那位英勇的老人，孫犁沒有給這位老人安排姓名，這位不知名的老人雖無武器，竟然可以靠著一己之力，對付十幾個泅水的日本兵，當鬼子們被鈎子鈎住以後，「老頭子把船一撐來到他們的身邊，舉起篙來砸著鬼子們的腦袋，像敲打頑固的老玉米一樣」〔註96〕，簡單快速地就結束了戰鬥。老人有勇有謀，身手不凡，簡直就是武俠小說中武功高強的俠客。這樣單槍匹馬、生死置之度外的俠客來源於傳統，孫犁將這種俠客精神與抗戰聯繫在了一起，而傳統俠客精神與當時根據地所提倡的抗戰民族精神不謀而合，「對於華北抗日根據地軍民而言，尤其需要培育勇敢頑強、不畏艱險的革命英雄主義精神」〔註97〕。而這位老人之所以無名，我認為孫犁也應該是刻意為之，他書寫的不是某個鄉民個體，而是通過描寫「這一個」鄉民來代表根據地的鄉民整體。因此，可以將戰鬥英雄型概括為根據地文學的鄉民形象。

　　根據地與解放區文學中所建構的鄉民形象隨著 1949 年全國性無產階級政權的建立而得以延續與發展。作為革命勝利後的文學，十七年文學中的鄉土作品有的是對 1949 年之前鄉村革命鬥爭的回顧，擔負著塑造革命歷史的任務，有的則是書寫從舊社會跨入新社會的鄉民如何開天闢地，為新中國歷史寫上濃墨重彩的一筆。《紅旗譜》中的朱老忠心懷家仇、階級仇，儘管離鄉背井二十多年，依然未變的是對地主馮老蘭的刻骨仇恨。階級身份的設定，讓這種仇恨從家與家的仇怨引發出來的與地主之間自發的鬥爭，小說中多次出現的、朱老忠常說

〔註95〕孫犁：《游擊區生活一星期》，《孫犁全集》，北京：人民文學出版社，2004 年，第 1 卷第 55 頁。

〔註96〕孫犁：《蘆花蕩》，《孫犁全集》，北京：人民文學出版社，2004 年，第 1 卷第 143 頁。

〔註97〕鄭立柱：《華北抗日根據地農民精神生活研究》，北京：人民出版社，2014 年，第 16 頁。

的「出水才看兩腿泥」〔註98〕，正是這樣一句民間俗語，表現了朱老忠樸素的革命觀。在階級革命理論的引導下，自發的革命轉變爲階級與階級之間的自覺革命，朱老忠在現實鬥爭與賈湘農的教導下加入了中国共產黨，從「舊有的農民思想裏解脫出來」，成爲了「投身到無產階級隊伍裏，……準備用自己的鮮血去爭取廣大人民群眾的自由和解放」〔註99〕。可以看到，此時的朱老忠已經由一個普通的鄉民成長爲無產階級戰士。從普通鄉民到有共產主義信仰的戰士，需要一個與革命者並肩作戰的過程，在戰鬥中得到鍛鍊與教育，才能從具有自發革命心理的鄉民成長爲堅定的無產階級革命戰士。

《紅旗譜》描寫的是一個在階級鬥爭中成長起來的普通鄉民，而《暴風驟雨》中的趙玉林，則是在無產階級已經取得政權的情況下，在清除封建生產關係的土改中，成長爲一名政治精英──共產黨員。在小說中，我們看到趙玉林是屯子裏的特困戶，外號也叫趙光腚，因爲家裏窮得連衣服都穿不起，被鄉民們嘲笑，受慣了地主的欺負，在土改工作隊到來之前，他並沒有表現出對地主韓老六有積極主動的反抗行爲。但就是這樣的一個人，卻在元茂屯的土地革命中成爲了鄉民中的積極分子、領頭人。趙玉林從一個普通鄉民成長爲一個土改積極分子的轉變過程極其短暫。工作隊蕭祥認爲鄉民們長期受到封建壓迫，「常常要在你跟他們混熟以後，跟你有了感情，隨便嘮嗑時，才會相信你，才會透露他們的心事，說出掏心肺腑的話來。」〔註100〕工作隊員王春生便以相同的階級出身、人生經歷，與趙玉林拉起了家常，果然效果極好，「小王很快取得了趙玉林的信任。」在和小王交上朋友後，趙玉林的認識也立刻上了一個大臺階，不僅放下心中疑慮將韓老六的所有惡行毫無保留地告訴了小王，還開始思考如何革掉韓老六，但是一想到小王的影子，「他就感到有力量」，這種力量來源於小王告訴他的「天下窮人都姓窮，天下的窮人是一家」，階級身份的歸屬感讓趙玉林感受到自己不是一個人在戰鬥，身後是無產階級的軍隊與整個被剝削階級的力量，此時的趙玉林渾身充滿了革命激情，「叫我把命搭上，也要跟他幹到底。」〔註101〕僅僅一天的溝通，就讓趙玉

〔註98〕 梁斌：《紅旗譜》，《紅旗譜》，北京：人民文學出版社，1957年，第1部第24頁。

〔註99〕 梁斌：《播火記》，《紅旗譜》，北京：人民文學出版社，1957年，第2部第174頁。

〔註100〕 周立波：《暴風驟雨》，北京：人民文學出版社，1956年，第21頁。

〔註101〕 周立波：《暴風驟雨》，第34頁。

林成長爲一個堅定的土改積極分子，被推舉爲農工聯合會主任兼組織委員。很快，趙玉林不僅在行動上，在思想上也達到了成爲一個無產階級先鋒隊——共產黨員的標準，在他的入黨申請書上，蕭隊長給他的評價是「貧農成分，誠實幹練，爲工農解放事業抱有犧牲一切的決心。」〔註 102〕這個評價如同一個讖語，在面對地主的反攻時，趙玉林身先士卒、衝鋒在前，「他也不臥倒，端著槍，直著腰杆，嘴裏不停地怒罵，一面開槍，一面朝敵人放槍的方向跑過去」〔註 103〕，即使負傷之後還不忘讓同伴不要管自己，以消滅敵人爲先。作者在這裡的描寫非常具有畫面感，如果單看這幾句會讓讀者以爲這是一個有著大無畏犧牲精神的久經沙場的、成熟的革命戰士形象，很難想到這是一個不久前還是村裏最沒有地位最窮的鄉民。趙玉林由於傷重，英勇犧牲，最後以爲人民犧牲的英雄、追認爲共產黨員而蓋棺定論。

　　趙玉林從窮苦鄉民轉變爲階級鬥爭英雄的過程是從他在王春生的啓發下，有了階級意識，確定了自己的階級身份之後開始的，認識到了人不是由地域來劃分，而是由「窮」和「富」來劃分的，因此「天下窮人是一家」，有責任也有力量去打倒地主階級。由一介鄉民轉化成被剝削階級的一員，也就在理論上具有了被剝削階級應有的階級覺悟與革命精神，趙玉林的思想意識也就必然提升到了可以主動參與階級鬥爭的高度。政治精英式的鄉民在十七年鄉土文學中得到了充分地表現，無論從理論水平、階級革命的警惕性等方面，可以說得到了全面的提升。在《創業史》、《豔陽天》等小說裏，投身於社會主義新農村建設的鄉民們，時刻不忘階級鬥爭，同時還要爲農業生產嘔心瀝血，這種覺悟已經超越了以往革命鄉土敘事中的鄉民形象，在距離現實的道路上越走越遠，以至於最終出現了一個不識人間煙火、無時無刻不忘革命的「高大全（高大泉）」。

　　曾被啓蒙知識分子批判爲「一盤散沙」、「愚昧麻木」、無法救治也無力自救的鄉民們在革命鄉土文學敘事中的形象完全走向了另一個極端，這些前不久還是無知又散亂的「沙粒」由無產階級革命理論賦予了階級身份之後，超脫了原有的小農意識，匯入了階級鬥爭的洪流，成爲了覺悟快、革命意志堅定，不僅可以自救還能拯救整個階級、國家的無私的革命者。但實際上，鄉民是否一旦被劃歸爲被剝削階級或者通過階級理論的宣傳，就會如革命所

〔註 102〕周立波：《暴風驟雨》，第 124 頁。

〔註 103〕周立波：《暴風驟雨》，第 179 頁。

願，從裏到外脫胎換骨，與傳統的文化心理、行爲模式絕緣呢？現實中的鄉民與革命鄉土敘事中的「鄉民」究竟是零距離或者有一定的距離，還是後者完全是作家們爲了宣傳而臆造的呢？沈從文對於當時的階級革命文學曾有這樣的看法，「讀高爾基、或辛克萊，或其它作品，又看看雜誌上文壇消息，從那些上面認識一切，使革命的意識從一個傳奇上培養，在一個傳奇上生存，作者所謂覺悟了，便是模仿那粗暴，模仿那憤怒，模仿那表示粗暴與憤怒的言語與動作。使一個全身是農民的血的佃戶或軍人，以誇張的聲色，在作品中出現，這便是革命文學作品所做到的事。」〔註104〕當我們將目光轉向同一時期的長篇小說《大地》時，我們發現在這部小說裏，社會動蕩、革命風潮並未影響作爲一個鄉民對於土地執著的嚮往與熱愛，無論階級也好，還是革命也好，對於《大地》裏的鄉民來說，彷彿是另一個世界的事情。那麼如何來理解這種反差的存在，又如何更深入地理解革命鄉土文學敘事的鄉民形象，值得讓我們進一步的考察。

3、利益之驅動：鄉民參與革命的眞正動機

「中國的革命實質上是農民革命，……農民問題，就成了中國革命的基本問題，農民的力量，是中國革命的主要力量。」〔註105〕基於此，將宣傳階級革命作爲自己首要任務的革命文學無疑也在探索用文學的方式來解決農民問題、凝聚農民革命力量，以促使中國革命的成功。但鄉民是否眞的如革命鄉土文學敘事中所描寫的那樣可以充分理解革命、理性認同革命並充滿激情地去擁抱革命呢，有待於我們再次走近那個「風雲激蕩」的時代，重新審視「鄉民」這一革命時代的絕對主角。

首先我們來看革命鄉土文學所描寫的階級革命時代的社會狀況。客觀來說，從抗日戰爭爆發的前 10 年裏，中國經濟處於一個較快的發展時期，「從1927 年到 1936 年，中國的工業增長率達 8%以上，GDP 飛速增長，9%的增長速度是同期日本的 3 倍。正因爲如此，這十年被稱爲『黃金十年』。」〔註106〕對於農業來說，雖然 30 年代初世界性經濟危機帶來的通貨緊縮，使農業遭受

〔註104〕沈從文：《現代中國文學的小感想》，《沈從文全集》，第 17 卷第 34 頁。

〔註105〕毛澤東：《新民主主義論》，《毛澤東選集》，北京：人民出版社，1991 年，第 2 卷第 692 頁。

〔註106〕王先明：《走近鄉村──20 世紀以來中國鄉村發展論爭的歷史線索》，太原：山西人民出版社，2012 年，第 175 頁。

到一定的打擊，但是「在 1936 年和 1937 年，農業的危機結束。這兩年的風調雨順，中國獲得了 20 年來最好的收成（廣東和四川除外）」〔註107〕。而在華北地區，「沒有任何證據表明 1937 年以前農民（指華北農村）的生活水平在下降，所以，為了供養增長的人口，農業總產量是上升的。即使家庭農場的規模在逐漸縮減，農場的平均生產能力仍保持不變。此外，農村手工業生產、工業原料作物的引進和在附近城市中非農業就業的機會，使農民能夠增加他們從糧食和蔬菜生產中得到的收入。」〔註108〕

　　而另一方面，國民政府在法律上也制定了一系列保護鄉民的經濟利益的措施。因為農業在中國經濟中舉足輕重的地位，1927 年 5 月 10 日，政府頒佈了《佃農保護法》來保障佃農的利益，此法規中規定了 10 條對佃農的保護條令，規定例如佃農的繳租的比例──「佃農繳納租項等不得超過所租地收穫量百分之四十，實際繳租數量與各地方政府會同當地農民協會按照當地情形規定之」；減租或免租的權利──「如遇歲歉或天天災戰事等佃農得按照災情輕重有要求減租或免租之權利」；保護佃農的永佃權──「佃農對於所耕土地的永佃權但不得將原租土地轉租別人」；保護佃農的正當要求──「凡佃農對地主之要求經鄉村自治機關審查後如無異議亦認為正當之要求，地主應予承認」〔註109〕等。1932 年，由財政部頒發了《保護佃農辦法原則》，再次對佃農的繳租比例（繳租最高限度不得超過當年正產物收穫總額千分之三百七十五、副產物品概歸佃農所有）、優先承租權與承買土地權等給予了重申與保障，甚至還具體到「佃農如對土地有特別改良之設施懈佃時得要求地主予以賠償」〔註110〕。政府對佃農的權利作了如此細緻的規定，也就是說，實際上一般的鄉民租種土地或者與地主發生糾紛時還是有法可依的，當然鄉民是否可以從中完全受益又是另一個執法的問題。但起碼可以說明當時的政府意識到了在經濟活動中鄉民群體確實屬於弱勢一方，從而專門制定保護法，這與階級革命作家們所極力抨擊政府的階級性似乎有著較大的出入，如果時局能

〔註107〕〔美〕費正清等編：《劍橋中華民國史 1912～1949》，（下卷）第 153 頁。

〔註108〕〔美〕馬若孟：《中國農民經濟》，史建雲譯，南京：江蘇人民出版社，2013年，第 153 頁。

〔註109〕《佃農保護法》：《中華民國法規大全》，商務印書館，1936 年，第 3 冊第 3294頁。

〔註110〕《保護佃農辦法原則》，1932 年財政部頒發，《中華民國法規大全》（第三冊），商務印書館，1935 年輯印，第 3294 頁。

多給予國民政府一些時間的話，可能鄉村問題會用一種溫和的而非激烈的方式得到解決。另一方面也應該要承認儘管國民經濟在 10 年間持續增長、農業在 30 年代中期的豐收與政府對鄉民的法律保障有一定的關係，但此時期鄉村的人文境況與鄉民的生活狀態仍然不容樂觀。

　　實際上當時鄉村延續著前現代的生產力水平與生活方式，並且在國內混亂局勢的衝擊之下，有逐漸惡化趨勢。有學者將之稱為「鄉村危機」，但這一時期的鄉村危機並不是與帝制時代周期性引起農民起義的災難性社會危機不同，另外此時出現的「鄉村危機」也並不完全是政治性的，這個危機是綜合性的、并且由來已久，「從近代來看，鄉村危機實際上並不是鄉村本身的危機，它是近代以來城鄉背離化發展態勢下所造成的鄉村社會、經濟、文化全面衰退的危機。」〔註111〕因為一切仍可維持，這種漸進緩慢的衰退對一直處於低水平生存狀態的鄉民們也許並沒有太多的察覺，但是意識形態的介入，不僅改變了危機的性質，也將被納入階級話語中的鄉民變為了危機的干預者。鄉村危機給予了階級話語生存的機會，當鄉民與地主之間由租佃雙方的經濟關係被意識形態置換為單純的剝削與被剝削的階級關係時，一場對於鄉民來說旨在改變生產關係的階級革命不僅合法也勢在必行。而只有具備了階級覺悟的鄉民才可能進行階級革命，否則就與帝制時代的農民抗爭毫無區別了。因此階級革命鄉土文學敘事中的鄉民大都從思想上經歷了從對貧富不均的抱怨過渡到對階級壓迫的暴力反抗這樣一個轉化過程。我們現在需要瞭解的是這個轉化的實質究竟是什麼。

　　中國傳統鄉土社會中的鄉民，其生活狀態、思維方式是與他們所處的以小農經濟為主的經濟形態和講究傳統倫理道德的文化形態相適應的。他們封閉、保守，「一切價值是以『己』作為中心的」〔註112〕自我主義。同時生產力的低下、生產技術的原始使鄉民的生活始終徘徊在低水平的狀態上，這種不斷要與自然災害、動蕩時局週旋的生活使他們逐漸形成了自己的生存方式、文化認同與心理習慣。革命鄉土敘事中將地主與鄉民之間的租佃關係看成是階級剝削關係，由此號召鄉民們進行階級革命來解除剝削關係，不繳租或者暴力抗租就意味著對地主階級的反抗，《深入》裏的羅大、《豐收》裏的立秋、

〔註111〕 王先明：《試論城鄉背離化進程中的鄉村危機》，徐秀麗主編：《中國近代鄉村的危機與重建：革命、改良及其它》，北京：社會科學文獻出版社，2013 年，第 12 頁。

〔註112〕 費孝通：《鄉土中國》，《費孝通全集》，第 6 卷第 129 頁。

《春蠶》裏的多多頭都是這樣認爲的。但實際上對於生產力落後的傳統鄉土社會來說，鄉民們並沒有將租佃制與剝削關係聯繫在一起。傳統鄉土社會遵循著如美國學者斯科特所說的前資本主義時代「安全第一」的生存倫理，因此鄉民們對於租佃制度本身是習慣性認同的，「生存倫理就是根植於農民社會的經濟實踐和社會交易之中的」，對於地租，「農民的檢驗標準極可能是『剩下多少』而不是『被拿走多少』」。〔註113〕因此，只要是在生存允許的範圍之內，鄉民是不太可能將繳租作爲反抗的理由，「農民的生存保障的重要作用表明，從收入方面的被剝奪出發闡述農民的政治活動，可能不符合農民的實際情況。」〔註114〕另外，根據黃宗智的研究表明，在農業發達的華北平原與長江三角洲地區，「租佃和雇傭通常並不是發生在地主與佃農、富農與貧農之間，而是常常發生於中農和貧農之間。一個中農可能從另一個中農那裏租上幾畝地，再從某戶貧農（通常是他的親戚或鄰居）雇上個把短工。一個村莊裏的大多數成員，其實是大致平等的耕作者。」〔註115〕同時，即使是地主與鄉民之間的租佃關係，其現實狀況並非如革命鄉土敘事所表現出來的那樣普遍性的緊張與對立。

　　費孝通在鄉村調查後認爲，鄉村裏一般的中小地主並非如文學作品或政治宣傳所描述，是「養尊處優、窮奢極侈的人物」，實際的數據告訴我們，中小地主所佔有的土地並不能供應所謂的窮奢極侈的生活，他們所佔有的平均土地面積「維持的也不能太過於小康的水準」，所以地主與鄉民一樣，必須要勤勞節儉。在費孝通的家鄉，「『完全靠地租，想生活得相當舒服需要多少田？』答案是是『400畝上下』」，而他「有幾家親戚有田在二三百畝左右的，他們的生活實在趕不上一個有幾十畝田的自耕農。省儉之成爲中國一般的性格實有它的經濟基礎。主觀欲望上的約制使租佃關係中緊張程度得以減輕。」〔註116〕鄉民們對於自己的生存狀況與鄉村中的貧富差別的認識，也是與他們自身的文化水平一致的，「在農民看來，地主、富農或者說土豪劣紳，也並非革命者眼中貪婪、腐化

〔註113〕〔美〕詹姆斯·斯科特：《農民的道義經濟學：東南亞的反叛與生存》，程立顯等譯，南京：譯林出版社，2013年，第8～9頁。
〔註114〕〔美〕詹姆斯·斯科特：《農民的道義經濟學：東南亞的反叛與生存》，第50頁。
〔註115〕黃宗智、晉軍：《中國革命中的農村階級鬥爭——從土改到文革時期的表達性現實與客觀性現實》，《國外社會學》1998年第5～6期。
〔註116〕費孝通：《鄉土重建》，《費孝通全集》，第5卷第75～76頁。

的代名詞。在一定程度上還是勤儉持家、精明有方的能人。」〔註117〕一般鄉民由於文化水平低下，基本上都是樸素的宿命論者，他們將此生的貧富大都歸結於上天注定，除了命運的因素之外，在鄉民簡單的思維裏財富都是靠勤勞節儉而來的，而現實的情況也的確如此，「地主爲啥富？老百姓爲啥窮？其實人家地主富是因爲會過（節約），有點餘錢人家地主就置地（買地）了，窮人有點餘錢不是吃了喝了，就是耍錢輸掉了。如果碰上家裏人得了病，還得賣地治病。代代這樣下來，地主就富了，老百姓就窮了。」〔註118〕

　　正如蘇童的小說《罌粟之家》中祖父對孫子所講述的那樣，大地主劉老俠之所以富甲一方，成爲楓楊樹人羨慕的對象，是因爲「勤儉持家節衣縮食」的鄉風，而劉老俠家更是這樣，「劉老俠家也天天喝稀粥，你看見他的戥子演義了嗎？他餓得面黃肌瘦，整天哇哇亂叫」〔註119〕。同樣的，在莫言的長篇小說《生死疲勞》裏那個輪迴幾世的主人公──西門鬧與劉老俠並沒有太大的分別，也是一個辛勤勞動的地主，與一般的鄉民並沒有太大的不同，張旭東曾這樣描述地主與鄉民之間的關係：「中國農民是地主的養子，但這個養子又把地主的『優良品質』給繼承下來了：西門鬧不是惡霸，而是勤勤懇懇的地主，起早摸黑出去幹活，眼神不好，把石頭當驢糞蛋撿回來當肥料施在自家田裏。」〔註120〕在美國人韓丁所寫的紀實作品中，張莊的地主爲了得到糞肥讓長工必須捨近求遠地回地主家解手，更有甚者雇傭外地長工的原因只是爲了他們不會像本地長工那樣回家解手。因此，中國傳統鄉土社會的鄉民與地主其本質沒有太大的差別，說到底地主不過就是富裕的鄉民而已。土地對鄉民來說就是一生最大的追求，因爲「中國農民相信獲得土地是改善家庭命運、爲後代提供生活保障的最可靠的方法。」〔註121〕土地是鄉民們安身立命的根本所在，這也就是《生死疲勞》裏那個名叫藍臉的鄉民至死都要守住一份自己的土地的原因。

〔註117〕張宏卿：《農民性與中共的鄉村動員模式──以中央蘇區爲中心的考察》，北京：中國社會科學出版社，2012年，第156頁。

〔註118〕臨沭縣蛟龍鎮東塘子村張自英、李運福的訪談錄音：轉引自紀程：《話語政治──中國鄉村社會變遷中的符號權力運作》，北京：中國社會科學出版社，2011年，第41頁。

〔註119〕蘇童：《罌粟之家》，上海：上海文藝出版社，2013年，第5頁。

〔註120〕張旭東：《土地‧生命‧輪迴》，張旭東、莫言：《我們時代的寫作──對話〈酒國〉〈生死疲勞〉》，上海：上海文藝出版社，2013年，第101頁。

〔註121〕〔美〕馬若孟：《中國農民經濟》，史建雲譯，南京：江蘇人民出版社，2013年，第143頁。

　　鄉民們文化程度普遍低下，大多數是文盲或者半文盲，即使在北京近郊的鄉村清河鎮，根據 1928 年進行的社會調查數據顯示，「家庭人口中識字者的百分數限度，10 歲以上的人只有 2%能讀新聞紙，……1428 人中不識字者 999 人，占總數的 69.7%」〔註 122〕。而到了 1938 年，在清河鎮 10 村「在受過正式教育之村民總數中，入私塾者竟占 88.5%。有一部份農民仍相信私塾，而不喜歡學校。」〔註 123〕守舊的鄉民們連新式學校都不認同與信任，更何況要去理解來自西方的現代無產階級革命。因此階級革命如何讓這樣認命、安於現狀、保守自私的鄉民迅速去接受犧牲自我、解放他人乃至以解放全人類爲終極目標的意識形態的召喚，如何激發起鄉民的革命熱情，那就有必要深入瞭解並滿足鄉民的眞正訴求，「在共產國際最初的認知中，要發動農民起來革命，必須通過物質利益的驅使，而對農民來說，土地無疑是最大的物質利益。」〔註 124〕土地的巨大誘惑與意識形態宣傳的鼓動，使鄉民們對於階級革命的一個直觀理解就是革掉地主的命就可以得到土地。而事實也如鄉民們所理解的那樣，革命的結果完全印證了他們對革命的想像。

　　在《翻身──中國一個村莊的革命紀實》中就記錄了一個名爲張莊的鄉村裏鄉民「翻身」的經過。經過土地革命後，鄉民們實現了夢寐以求的願望，「當全部果實分配完畢之後，那些無地或少地的農民發現自己已經完全生活在一個嶄新的世界裏了。他們總共分到一千四百五十二畝土地，比原來佔有的畝數增加了一倍。原來每人平均只佔地二畝六分四，現在一躍而達到了四畝九分八。」通過階級革命分到土地，這就是鄉民們所理解的「革命」的內容以及最終目的，所以以前鄉民們招呼時的習慣用語「『老鄉，吃了嗎？』」改爲了「『同志，翻身了嗎？』」對於這個問話，大多數人都會回答說：『翻身了』。」〔註 125〕可以看到，對於一般鄉民而言，通過革命分到土地就達到了他們「革命」的目的。

〔註 122〕許仕廉：《一個市鎮調查的嘗試》（1928 年），李文海主編：《民國時期社會調查報告叢編（二編）》（鄉村社會卷），福州：福建教育出版社，2009 年，第 8 頁。

〔註 123〕黃迪：《清河村鎮社區──一個初步研究報告》（1938 年），李文海主編：《民國時期社會調查報告叢編（二編）》（鄉村社會卷），福州：福建教育出版社，2009 年，第 57 頁。

〔註 124〕王奇生：《革命的底層動員：中共早期農民運動的動員參與機制》，徐秀麗等主編：《中國近代鄉村的危機與重建：革命、改良及其它》，北京：社會科學文獻出版社，2013 年，第 276 頁。

〔註 125〕〔美〕韓丁：《翻身──一個村莊的革命紀實》，韓倞等譯，北京：北京出版社，1980 年，第 176～177 頁。

　　這種有地鄉民的事例在學者的社會調查中也得以印證，一個普通鄉村高家村在 1949 年後的土改中，所謂的一個地主是因為家裏有地，但由於本人在村裏私塾中任教，所以土地租給鄉民種，而另一個所謂的富農，土地並不比一般鄉民多多少，由於他還有一門裁縫手藝，所以自己種一半，另一半租給別人，「假如他沒有土地出租，那就只是一個手藝人，也算是半個無產階級」，就是這樣兩戶，在土改中土地全被沒收，那個所謂的地主更是連自住的房屋也被沒收，「只分了一間土屋給他」，「高家村所有的土地都按人頭重新平均分配。中農多出來的土地也被充公，而貧農則分得土地。」〔註 126〕暴力革命打破了傳統鄉土社會依靠倫理道德對鄉民的約束，提供了一個讓他們在短時間內以非常手段獲得土地與財富的機會。實際上，鄉民們認同的不是階級革命，也沒有那樣的知識能力去認識何謂「革命」，更談不上理性的接受革命理論，作為可以為之「拋頭顱灑熱血」的信仰。古華在《芙蓉鎮》裏描寫了一個名叫王秋赦的土改積極分子，這個雇農出身、根正苗紅的正宗無產階級在分得了土地、浮財之後依然不改好吃懶做的惡習，很快又回到了土改前的破落相，他心裏暗暗盼望著「要是老子掌了權，當了政，一年劃一回成分，一年搞一回土改，一年分一回浮財！」〔註 127〕這就是鄉民所期盼的革命，與帝制時代的「分田地、均貧富」並無本質的區別。

　　尤鳳偉在 1993 年發表的短篇小說《合歡》也是描寫鄉村土改的，只憑階級成分的劃分就進行土改的鄉民們腦子時只有傳統的「劫富濟貧」的想法和因為貧窮帶來的仇富心理，因此當看到並無階級罪惡的夏世傑有兩房妻妾時，嫉妒點燃了鄉民們的怒火，於是妻妾作為夏世傑的財產便名正言順地分給了號稱三輩貧雇農的夏發子。可實際上，鄉民夏發子的窮並不是地主剝削造成的，同王秋赦一樣是因為懶惰，所以土改不久之後夏發子的日子又回復原樣，「一年下來，沒裝進囤子幾顆糧食。恐怕連年關都吃不到。」〔註 128〕剛分到手不久的夏世傑的妾呂月便成了夏發子唯一的籌碼，他要求夏世傑必須用糧食才能換取與呂月幽會的機會。最後，無法滿足夏發子貪欲的夏世傑終於與呂月選擇了雙雙自殺來結束這種苟且偷生的生活。

〔註 126〕〔澳〕高默波：《高家村——共和國農村生活素描》，章少泉等譯，香港：中文大學出版社，2013 年，第 15 頁。

〔註 127〕古華：《芙蓉鎮》，北京：人民文學出版社，1981 年，第 22 頁。

〔註 128〕尤鳳偉：《合歡》，《當代雜誌》1993 年第 4 期。

對於鄉民來說，「革命」意味著釋放暴力與欲望，正如勒龐所說：「在任何時代的社會中，都會包含一些不穩定的情緒，帶有這種情緒的人常常對社會表示不滿，難以安於現狀，隨時準備反叛一切既定秩序。他們對犯上作亂有特殊嗜好，一旦有什麼神奇的力量刺激了他們的願望，他們就會鋌而走險。」〔註 129〕當我們再回頭看誓言要將「我們的藝術不能不呈獻給『勝利不然就死』的血腥的鬥爭」〔註 130〕的革命文學敘事，其中那一個個光彩照人的鄉民形象時，就會發現他們與階級革命的距離有多近，與現實的距離就有多麼遠。透過階級之眼去解讀鄉民，革命鄉土文學敘事中的鄉民形象注定了只是概念的演繹和政治預言的文學想像。

第三節　淳樸與無爲：自由主義視角下的鄉民敘事

歸隱田園或寄情山水是中國知識分子留給自己最後的精神棲息地，拋卻爾虞我詐的官場或改革社會的抱負，在寧靜的鄉間尋求內心的歸宿。對於他們而言，鄉村恬淡的風景與那些日出而作、日落而息的淳樸鄉民相得益彰、和諧共生，彷彿仍然保留著遠古農業文明所流傳下來的遺韻，與鄉村以外那紛擾多變的世界形成鮮明的對比。寄託著人文理想的自由主義作家們願意用一雙審美的眼睛去捕捉鄉民身上美好的人性，去抵禦那已經逐漸蔓延到鄉村裏的來自於城市污濁的欲望和沉淪的道德，同時也爲自己搭建起心靈的武陵源，吟唱一曲即將失落的鄉土文明最後的輓歌。

1、桃源之遺民：書寫質樸鄉民的創作緣由

「土地平曠，屋舍儼然，有良田、美池、桑竹之屬，阡陌交通，雞犬相聞，其中往來種作，悉如外人，黃髮垂髫，並怡然自樂。」〔註 131〕這是中國知識分子在農耕社會裏最爲美好的想像。在這個想像的世界裏，有山水畫般的美景，更爲重要的是有往來耕種的農人，才使這個畫面靈動起來。這也許就是文人們一直所追求的天人合一的境界，自然的恩賜與農人順天應命的無

〔註 129〕〔法〕古斯塔夫·勒龐：《革命心理學》，長春：吉林人民出版社，2011 年，第 65 頁。
〔註 130〕《中國左翼作家聯盟底理論綱領》：《中國現代文藝資料叢刊（第五輯）》，上海：上海文藝出版社，1980 年，第 4 頁。
〔註 131〕陶淵明：《桃花源詩 并記》，《陶淵明詩文選注》，唐滿先選注，上海：上海古籍出版社，1981 年，第 70 頁。

為構成了桃花源想像，也可以說是傳統知識分子對於國家政治藍圖的終極想像。但是另一方面，桃花源想像也是知識分子仕途跌蕩、郁郁不得志後的心靈庇護所。這個最終走向隱逸與逃避的傳統一直在中國知識分子中延續，治世也好，亂世也罷，他們總是會選擇這樣的方式書寫自我，因此在自由主義鄉土文學敘事中的鄉民形象也正是與這樣的人生理念相符合。同時，我們也看到，晚清以來的時移世易，傳統農業社會正漸漸被工業發展和城市文明擠壓而顯現衰敗之相，鄉村越來越難以維持往日的平靜，曾經屬於小農社會那些樸素的風土人情也正在被來自城市的商業氣息所蠶食，鄉民的淳樸、厚道也慢慢被精明、逐利所取代。或是懷念，或是用這種方式來抵抗，自由主義作家作品中的鄉民形象仍然可以穿越時空，保持著與古代隱逸文學中鄉民形象的一致性，成為農業文明最後的見證者。

作為新文化運動中深具影響力的大家，周作人曾經大力地鼓吹「人的文學」、「平民的文學」，但究其根本，周作人認為「民國的新文學差不多即是公安派復興，唯其所吸收的外來影響不止佛教而為現代文學，故其變化較豐富，然其文學之以流麗取勝初無二致，至『其過在輕纖』，蓋亦同樣地不能免焉。」〔註132〕周作人之所以對新文學有如此的看法，與他自己所持有的文學觀有很大的關係，何謂「文學」，他將之概括為：「文學是用美妙的形式，將作者獨特的思想和感情傳達出來，使看的人能因而得到愉快的一種東西。」〔註133〕這句對「文學」的簡單定義，我們可以這樣來解讀：周作人肯定的是文學對於作者與讀者雙方都能產生精神愉悅的非功利性方面，在他看來，作者對於自己想要表達的內容應該選擇採取一種美的形式，而不具備美妙的形式的作品似乎便不足以稱為「文學」，因為一般來說美的形式才能讓讀者通過閱讀作品而產生愉快之感，而作者也在創作之中感受到美的魅力。也可以這樣來理解，文學以美的形式存在，並且只是關乎作者的情感與讀者的感受，而與時代、歷史等這樣的宏大敘事並無太大關係。

在這樣的文學觀指導之下，周作人自己的散文創作實踐也極力追求一種美的形式以及這種形式帶來的沖淡平和的風格，「我近來作文極慕平淡自然的景地。但是看古代或外國文學才有此種作品，自己還夢想不到有能做的一天，……田園詩的境界是我以前偶然的避難所，但這個我近來也有點疏遠了。」

〔註132〕周作人：《棗和橋的序》，《周作人散文全集》，第 5 卷第 766 頁。
〔註133〕周作人：《關於文學之諸問題》，《周作人散文全集》，第 6 卷第 51 頁。

〔註134〕周作人那幾篇著名的描寫鄉土的散文作品《苦雨》、《烏篷船》、《故鄉的野菜》等幾乎可以說都是用詩化的語言，營造了田園詩般的意境，都強調的是人與景的和諧美感，娓娓道來，在這些作品中出現的鄉民形象，與鄉土風景渾然一體，既不是苦大仇深的被壓迫者，也不是愚蠢麻木的無知者，我們在他的作品中基本上是找不到與寫作的時代有什麼聯繫的，彷彿文中的人和景與世事無關，又或者是這些存在千百年來亦無變化，不受外界干擾，放在任何時代都可以成立。

　　周作人這種創作理念或者創作風格，受到了廢名的極力推崇，他贊同周作人關於新文學的看法，「豈明先生到了今日認定民國的文學革命是一個文藝復興，即是四百年前公安派新文學運動的復興，我以爲這是事實，⋯⋯中國文學發達的歷史好比一條河，⋯⋯若我們要找來源還得從這一條河流本身上去找，我們的新文學運動正好上承公安派的新文學運動⋯⋯」。〔註135〕此番言論是廢名對早期文學創作的理論總結，他的作品承繼著公安派的文學譜系，無論是《竹林的故事》還是《橋》無一不流露出「性靈」這一公安派提倡的文學主張。正如廢名自己所認爲的「創作的時候應該是『反芻』。這樣才能成爲一個夢。是夢，所以與當初的實生活隔了模糊的界。」〔註136〕在這個屬於自己創作的夢裏，廢名更加在意的是個人的感受而不是是否與社會現實相關聯，或者說是故意地遠離現實，去接近一種「漸近自然」的意境，這樣的創作理念必然會反對當時革命所提出的「文學是宣傳」這種觀點。在他看來，作爲宣傳品的文學是與文學本身相衝突的，這樣的文學不僅不能帶來愉悅的美感，反而讓人反感，「悟到古今一切的藝術，無論高能的低能的，總而言之都是道德的，因此也就是宣傳的，⋯⋯人生舞臺上原來都負擔著道德之意識。當下我很有點悶窒，大有呼吸新鮮空氣之必要。」〔註137〕此論一出即遭到主張「敢於直面慘淡人生」的魯迅嚴屬駁斥，「誰用文字說『文學不是宣傳的』，也就是宣傳⋯⋯寫文章自以爲對社會毫無影響，正如『廢名』而自以爲眞的廢了名字一樣。『廢名』就是名。要與社會毫無影響，必須連任何文字也不立，要眞的廢名，必須連『廢名』這筆名也不署」〔註138〕。

〔註134〕周作人：《雨天的書 序二》，《周作人散文全集》，第 4 卷第 346～347 頁。
〔註135〕廢名：《〈周作人散文鈔〉序》，《廢名集》，第 3 卷第 1277～1278 頁。
〔註136〕廢名：《說夢》，《廢名集》，第 3 卷第 1154 頁。
〔註137〕廢名：《知堂先生》，《廢名集》第 3 卷第 1300 頁。
〔註138〕魯迅：《勢所必至，理有固然》，《魯迅全集》，第 8 卷第 425 頁。

　　從表面上來看，這兩種文學觀的碰撞十分激烈，且當我們反觀他們各自作品的時候，也確實發現兩者鄉土敘事中的鄉民形象呈現異質對立。但是，如果說魯迅的鄉土敘事是有明確的目的，是爲了寄託啓蒙理想而將老中國幽靈般的精神負擔加諸在鄉民身上的話，那麼內向的廢名雖然在主觀上自認爲並沒有爲了某個特定目的而進行的創作，只是在做他自己的「夢」，可是他在作品中所書寫的鄉民形象一定是他符合於他的夢境的，是他想呈現或者說也是他選擇呈現的，而這種選擇的結果——自然無爲的鄉民形象最終將會傳遞到讀者那裏。1949 年後的廢名在反思、批評自己創作時這樣承認：「終於是逃避現實，對歷史上屈原、杜甫的傳統都看不見了，我最後躲起來寫小說乃很像古代陶潛、李商隱寫詩⋯⋯」〔註139〕不論廢名的這個自我批評是眞心還是違心，他的創作確實如此，將鄉土小說寫出了詩的意味，而著名批評家劉西渭在三十年代對廢名的評價也正是對他「逃避現實」的欣賞，「唯其善感多能，他所再生出來的遂乃具有強烈的個性，不和時代爲伍，自有他永生的角落，成爲少數人流連忘返的桃源。」〔註140〕既然是與世隔絕的桃源，那麼桃源裏的鄉民自然與時代無關了。

　　另一位重要的自由主義作家沈從文筆下的鄉民形象遠離現代文明的約束，生存方式、處事原則都屬於湘西那個特定的地域，不可用一般的社會倫理法則去解讀。這些鄉民是另類的存在，正如沈從文在 1928 年針對當時進行得如火如荼的革命文學，他不無反感地說「或者還有人，厭倦了熱鬧城市，厭倦了眼淚和血，⋯⋯厭倦了假扮志士的革命文學，這樣人，可以讀我這本書能得到一點趣味。」〔註141〕沈從文從反面說明了自己作品中的人物形象顯然是與上述類型不同，是屬於寧靜平和的山村、沒有充斥著矯情的痛苦與激烈的衝突、也沒有故作激進的革命者，而這樣沒有故事的故事如同平凡的人生一樣才眞正的現實所在，革命文學所表現的鄉民形象在沈從文看來完全就是爲了宣傳革命而製造出來的，因此對於廢名的鄉土作品中那些如夢般的景致與人物，沈從文認爲這才是眞實所在，「『鄉土文學』或『農民文學』成爲一個動人口號時，廢名作品，卻儼然在另外一種情形下產生存在，⋯⋯雖然

〔註139〕廢名：《〈廢名小說選〉序》，《廢名小說選》，北京：人民文學出版社，1957年，第 1 頁。

〔註140〕劉西渭：《〈畫夢錄〉——何其芳先生作》，《咀華集》，文化生活出版社，1936年，第 191 頁。

〔註141〕沈從文：《〈阿黑小史〉序》，《沈從文全集》，第 7 卷第 231 頁。

所寫的還正是另一時另一處真正的鄉村與農民，……文情相生，略近於所謂『道』。不黏不滯，不凝於物，不爲自己所表現『事』或表現工具『字』所拘束，……」〔註142〕

　　當然，沈從文自己的鄉土作品也如他對廢名的評價一樣，是屬於那個時代特別的存在。沈從文作品中的湘西充滿了原始的神秘感，他所書寫的鄉民同那塊古老的土地一樣，遠離現代文明，保持著未被現代都市文明侵蝕的傳統倫理、人情世故，同時也有著健全的人格與旺盛的生命力，與詩情畫意的湘西風景完美地融合在一起，如同峻峭的山脈與綿延的沅水相互圍繞，剛柔並濟，爲讀者描畫了一個大山深處的異域仙境。但不得不承認的現實卻是，正因爲與世隔絕，湘西的鄉民們生存的方式是落後與野蠻的，這一點沈從文是非常清楚的，例如他在自傳中曾提到，辛亥革命中殺人如麻，恐怖的場景天天上演竟然就習以爲常，鄉民們當戲一樣看，全然不理會殺人場面的殘忍以及殺人的理由，「當初每天必殺一百左右，每次殺五十個人時，行刑兵士還只是二十個，看熱鬧的也不過三十左右。」〔註143〕如此的鄉民，無論如何都不足以讓沈從文從他們身上找到足夠美好的人性去搭建希臘神廟。但我們注意到，對於一生都堅持自己是個「相當頑劣」的鄉下人但是卻在城市裏度過了大半生的沈從文來說，站在1986年的時間節點上回顧以往文學創作的他仍然說「我不習慣都市生活，苦苦懷念我的家鄉。懷念我家鄉芳香的土地，青翠逼人的山巒和延長千里的沅水，尤其是那些同我生活在一起二十年的人們，他們素樸、單純、和平、正直，我對他們懷著不可言說的溫愛。我的感情和他們不可分。」〔註144〕對於城市的排斥與思鄉的溫情，使沈從文在創作中自動地過濾掉了湘西鄉民身上那些不符合「美好人性」的品質，打造了一個個帶著遠古遺風、神性與人性並存的鄉民形象。

　　審美視閾中質樸、厚道、與世無爭的鄉民形象除了自由主義作家們出於對非功利性文學觀的認同之外，還有一個重要的原因就是這些美好的品質必須有一個對立物存在才能顯現出來的。那麼這個對立物就是日益發展的城市文明。城市，是外向的、逐利的、擴張的、混亂的、動態的，市民們斤斤計較，爲了名利可以不講信義，「當這些種類繁多的下流社會形成氣候之後，就

〔註142〕沈從文：《由冰心到廢名》，《沈從文全集》，第16卷第285頁。
〔註143〕沈從文：《從文自傳》，《沈從文全集》，第13卷第270頁。
〔註144〕沈從文：《〈新與舊〉譯序》，《沈從文全集》，第16卷第410～411頁。

很容易投射出一種來自鄉村的單純的人的形象，他帶著鄉村特有的純真來到城裏這些令人驚奇的人群當中。」〔註 145〕另一方面，面對著城市商業氣息逐步影響到鄉村，傳統鄉土社會成為弱勢的一方，越來越無法抵禦來自城市的侵蝕，鄉村原有的民風隨著城市腳步的逼近而漸漸遠去，城市越繁華越映照出鄉村的落後，部份青壯年鄉民開始出走故鄉，進城務工，鄉民生活方式的改變也改變了曾經存在於他們身上代代相傳的鄉土美德。實際上，自由主義作家自身就是離鄉的鄉民中一份子，停留在都市的他們不可能不清楚昔日的桃花源終將消失殆盡，這是誰也無法阻擋的歷史大勢。因此，書寫那些存在於理想中或美好記憶中的鄉民形象，除了懷念那永不再返的鄉土精神之外，也是他們用自己的方式來對抗喧囂浮躁的都市生活對美好人性的消磨。

2、自然之人生：鄉民藝術形象的詩意寫真

「個人即使等得及，時代是倉促的，已經在破壞中，還有更大的破壞要來。有一天我們的文明，不論是昇華還是浮華，都要成為過去。」〔註 146〕這是同為自由主義作家的張愛玲在四十年代中期表達對現在的感慨和未來的擔憂，甚至於絕望。在時代的車輪碾壓下，所有的一切都將成為不可觸摸的歷史碎片。周作人、廢名和沈從文等自由主義作家筆下那些男耕女織、如夢似幻的鄉村桃源也不可避免地會漸漸消逝，最終只能停留在他們的作品中，供後人憑弔。如果說在平靜、和諧的鄉村氛圍中，鄉民形象與這樣的氛圍互為因果，是單純、厚道的，但是隨著社會變故對鄉村影響的逐漸加強，傳統的鄉土社會在城市氣息的薰染下慢慢改變，使得原本質樸、無為的鄉民有所改變。在自由主義鄉土作品中，無論鄉民是曾經那個精神家園裏最重要的組成部份，還是已經變成了毀壞家園的參與者，都是作家們用正面或者反面的方式守護著「自己的園地」。

周作人在他的散文作品中並沒有去特別刻畫鄉民形象，但是在他那悠然、清雅的鄉土韻味中，鄉民也必定是與之相輔相成的閒適與淡然。周作人由於妻子在市場買來的薺菜而回想起浙東鄉民春天採摘薺菜的情景，「婦女小兒各拿一把剪刀一隻『苗籃』，蹲在地上搜尋，是一種有趣味的遊戲的工作。

〔註 145〕〔英〕雷蒙・威廉斯：《鄉村與城市》，韓子滿等譯，北京：商務印書館，2013年，第 72 頁。

〔註 146〕張愛玲：《〈傳奇〉再版的話》，《傾城之戀——張愛玲集》，北京：十月文藝出版社，2006 年，第 456 頁。

那時小孩們唱道，『薺菜馬頭蘭，姊姊嫁在後門頭。』」〔註147〕在周作人看來這樣的採摘對鄉民而言就是一種沒有負擔的愜意的鄉野休閒活動，從他的文字中，我們彷彿可以感受大人小孩採摘時那歡喜雀躍之狀。周作人的另一篇散文《村裏的戲班子》，寫的是他在一個趙氏鄉村看鄉民們演戲的事，這是鄉民們一項自娛自樂的傳統活動。在這個活動裏，雖然是業餘演出，但是演戲的依然賣力，看戲的也同樣認真。參加演戲的人都是村裏普通的鄉民，有一個是「鎮塘殿的蛋船裏的一位老大，頭戴一頂氈司帽，大約扮著什麼朝代的皇帝」，而另一個則是「橋頭賣豬肉的阿九。他拿了象鼻刀在臺上擺出好些架勢，把眼睛輪來輪去」，他的出場引來了觀眾的歡笑，還有「打更的阿明」〔註148〕也來演戲了。在這個你方唱罷我登場的熱鬧夜晚裏，另一邊還有人將鑼聲鼓點當作背景、漫不經心地搓著麻將，以至於那個抽著四尺長毛竹旱煙管催促周作人快去看戲的七斤老人也被吸引住了，「站在人家背後看得有點入迷。胡裏胡塗地過了好些時光，很有點倦怠……」〔註149〕這是 1930 年夏天的浙東鄉下，任外面的世界軍閥混戰、逐鹿中原，都似乎與鄉民們沒有任何關係，和上一輩或者上上輩一樣，鄉村生活就是這樣閒散，鄉民們工作娛樂兩不誤，永遠活在自己的節奏上。這也正如同在《莧菜梗》中，周作人所說的「紹興中等以下的人家大都能安貧賤，敢認惡食，終歲勤勞，其所食者除米而外唯菜與鹽，蓋亦自然之勢耳。」〔註150〕在周作人這些文字的背後，是他對鄉民們安於命運、安於平淡的生活態度的欣賞與認同，白天他們是努力求生存風裏來雨裏去的船老大、賣肉的屠夫、打更的鄉民，在夜晚屬於自己的戲臺上，雖然可能是蹩腳的演出，但那也是放下生活的壓力去演繹一次皇帝、將軍等那現實觸及不到的人生。

　　再來看廢名——一位願意用自己的方式言說鄉土的作家。廢名對於鄉民形象的刻畫是與眾不同的，在他的小說中基本上是沒有一個完整的故事情節來刻畫人物的性格，幾乎都是片斷式的，或者說是即興式的，彷彿就是從極其平凡的日常生活擷取了幾個鏡頭，而這幾個鏡頭的選擇在讀者看來也是隨手拈來，看不出廢名選擇這些片斷究竟想刻畫怎麼的鄉民性格，或者說傳達出怎樣的寫作意圖。但是我認為，正是這些好像看不出意圖的意圖才是廢名

〔註147〕周作人：《故鄉的野菜》，《周作人散文全集》，第 3 卷 393 頁。
〔註148〕周作人：《村裏的戲班子》，《周作人散文全集》，第 5 卷第 671 頁。
〔註149〕周作人：《村裏的戲班子》，《周作人散文全集》，第 5 卷第 672 頁。
〔註150〕周作人：《莧菜梗》，《周作人散文全集》，第 5 卷第 788 頁。

真正想要表達的意圖。

從廢名的敘述裏，我們看到鄉民們生活在一個與世無爭的環境裏，他們的生計是來自自然的饋贈，湖底自然生長的植物就是生計的來源，遵循四季的變化，繼續人們的生活。在這裡，我們看到勞動場面很富於美感，白色的沙灘配上綠草，真是充滿了生機，一群孩子圍繞左右，也縈繞著童趣。孩子們在夏夜裏的遊戲也成為廢名敘述的對象，「夏天的晚上，大家端著竹榻坐在門口乘涼；倘若有月亮，孩子們便都跑到村東的稻場，——不知不覺地也就分起男女的界限來了。……再由那望月亮的猜那個瓦片到底是誰捏著，猜著了，歸被猜的人出來望，否則仍然是她望。」〔註151〕試想，涼爽的夏夜裏，月亮高掛，一群活潑可愛的孩子玩著望月亮的遊戲，村莊裏迴蕩著孩子們快樂的笑聲，連他們的遊戲名稱也與自然有關——望月亮。同樣是月亮，魯迅小說裏的月亮時隱時現，清冷的月光有些詭異地照著荒涼的村莊，而在廢名這裡，月光照著的是孩子們的遊戲場，月亮也是小孩們做遊戲的道具。在《河上柳》中，廢名描寫了一個依靠演木頭戲謀生的鄉民陳老爹平常的一天，廢名彷彿並不是在寫陳老爹，只是作了這個人物一天的記錄員而已。陳老爹愛喝酒，但是由於衙門禁演木頭戲，他沒錢再去喝酒，於是一個人外出遊蕩，愛唱戲的老爹邊走邊唱著戲文，在無所事事的閒逛中他想起了自己的老伴駝子媽媽，那棵駝子媽媽親手種的楊柳是老爹唯一的安慰，但是一場大雨之後，「土坡企眺，一片汪洋，綠茸茸的好像一叢蘆草，老爹知道是柳葉」〔註152〕。因為暴雨，茅棚不能再住人，陳老爹再也回不到那個裝滿回憶的家，所以他將那棵楊柳砍掉了，小說在此戛然而止。對於陳老爹這個形象，我們只知道他的職業、愛喝酒、平常一天裏做了些事、想了些事而已，他的外貌、性格、他有著怎樣的經歷，廢名似乎也不屑於告訴讀者，他只是寫在我們看來可能並不重要的某一個片斷，但就是這樣一個片斷卻表達了陳老爹的孤獨。

在《菱蕩》中，廢名寫了一個外號叫陳聾子的長工，他並不是真聾，是因為「他在陶家村打了十幾年長工，輕易不見他說話」，可是少言寡語的陳聾子卻是這個風景如畫的菱蕩的形象代言人，「城裏人並不以為菱蕩是陶家村的，是陳聾子的」，他特別的老實厚道，「二老爹的園是他種，園裏出的菜也要他挑上街去賣。二老爹相信他一人，回來一文一文的錢向二老爹手上數。

〔註151〕廢名：《竹林的故事・柚子》，《廢名集》，第 1 卷第 25 頁。
〔註152〕廢名：《竹林的故事・河上柳》，《廢名集》，第 1 卷第 128 頁。

洗衣女人問他討蘿蔔吃——好比他正在蘿蔔田裏，他也連忙拔起一個大的，連葉子給他。」〔註153〕這篇小說也沒有可供敘述的完整情節，只是絮絮叨叨地說著摘菱角、送菱角、做農活等這些陳聾子平日裏都會做的事。城裏人之所以將菱蕩與陳聾子合二為一，原因正在於此，世外桃源般的菱蕩彷彿是一個恆常的存在，而陳聾子的存在就是這種恆常的注腳，他誠信、敦厚的品德是與菱蕩外在的風景美統一存在的內在美，他不問世事，日復一日地平凡勞作，心甘情願地守著自己的小小天地，在廢名看來，這就是人與自然的完美重合，陳聾子就是花園般的菱蕩的靈魂所在。

　　無獨有偶，在《橋》裏也有這樣一個不善言辭，被人叫做「三啞」的鄉民，就像菱蕩之於陳聾子，對於史家莊來說，「三啞叔就是史家莊，史家莊就是三啞叔」〔註154〕，他曾經是個乞丐，後來在小林的奶奶家做了長工，他對人和善、忠誠，還是一個懂得體會生活中小樂趣的人。有一天他將一根插了許多紅色野花的竹子送給小林當作送別的禮物，並說這是竹子開花，在送小林回家的路上，三啞叔因為沒有聽到小林稱呼過他，於是他說：「哥兒，我還沒有聽見你叫我哩，我自己叫自己，『三啞叔』！」〔註155〕這是一位有趣的長工，不僅會送別致的小禮物，還會宛轉地表達自己的意見。很難相信這是一位有過乞討經歷的長工，三啞叔只能屬於廢名內心那片純淨的竹林。《橋》裏的其它人物，小林、細竹和琴子也像是在畫中的人物，不食人間煙火，整個小說也並沒有可以貫穿始終的故事，每一小篇都如同石拱橋的一個小拱，最後連接在一起，成為一座搭通往竹林深處那個夢境的「橋」。所以說，廢名筆下的鄉民都是夢裏人，無需關注現實，無需世事變遷，他們就是那樣自在地存在著，也只能在夢境裏存在著。

　　如果說廢名筆下的鄉民是他的田園夢不可或缺的組成部份的話，那麼沈從文作品中的鄉民形象是與湘西密不可分的。正如《邊城》這篇小說的名字一樣，湘西雖然在地理位置上處於中國的中心部份，但是卻是在大山深處，是真正文化意義上的邊城。因此，沈從文所寫的鄉民張揚著原始的生命力，服膺的是樸素的本能的倫理道德。站在一直以追求西方科學進步、民主自由為目標的現代中國，用沈從文自己的話來說，這是「落伍」的，但是他故意

〔註153〕廢名：《桃園‧菱蕩》，《廢名集》，第 1 卷第 209 頁。
〔註154〕廢名：《橋‧落日》，《廢名集》，第 1 卷第 356 頁。
〔註155〕廢名：《橋‧落日》，《廢名集》，第 1 卷第 356 頁。

用這種所謂「落後」的鄉民形象來告訴讀者「二十年來的內戰，使一些首當其衝的農民，性格靈魂被大力所壓，失去了原來的樸質，勤儉，和平，正直的型範以後，成了一個什麼樣子的新東西。」〔註156〕就物質文明來說，也許是在進步，但同時也將鄉民身上本來的美好品質帶走了，這是沈從文所惋惜的，也是他想用他的文字留住的。

《邊城》裏的那個搖了五十年渡船的老船夫，從不要乘船人自願給他的船費，當地人卻過意不去，會將錢硬塞給老人，「凡事求個心安理得，出氣力不受酬誰好意思，不管如何還是有人要把錢的」，老人出於同樣的心理，被迫收了錢後，又會將上好的煙葉將作禮物，回贈給渡船人，老人安心於這樣的生活，幾十年如一日，「他從不思索自己職務對於本人的意義，只是靜靜的很忠實的在那裏活下去。」〔註157〕他的孫女翠翠彷彿是湘西自然美景的化身，「觸目為青山綠水，故眸子清明如水晶。自然既長養她且教育她，為人天真活潑，處處儼然如一頭小獸。」〔註158〕祖孫二人的生活也是悠然自得，從不為外面的世界操心，他們的天地就是那只渡人也渡己的小船。茶峒這個小城「一切總那麼靜寂，所有人民每個日子皆在這種不可形容的單純寂寞裏過去」，連這裡的妓女也「重義輕利，又能信守自約，……也常常較之知羞恥的城市中人還更可信任。」〔註159〕在沈從文看來，正是這種千百年不曾改變的平靜，才使這裡的鄉民還保持著未被現代文明破壞的淳樸民風。但是現代物質文明正像無法抗拒的颶風一樣，遲早都會將這些「人之初，性本善」中的原初之善裏挾而去。繼承了上一代美德的爺爺暴雨之夜逝去，本應將美德繼續傳承下去的儺送、天保的不可所蹤，不啻為沈從文對鄉民淳樸品德即將消逝的悲觀預言。

在《丈夫》裏，我們可以看到當地民風的寬容，來自鄉下的婦女在船上做「生意」，賺了錢交給家裏，而丈夫也允許，當地的鄉民對於這樣的事不僅接受，還認為與其它工作一樣，「不與道德相衝突，也並不違反健康」。〔註160〕當然，女人們這樣做也是因為貧困，但關鍵是鄉民們並不歧視這些用自己的身體來換取金錢的婦女，這不能單純地以觀念的落後與否來界定。這實際上

〔註156〕沈從文：《題記》，《沈從文全集》，第 8 卷第 59 頁。
〔註157〕沈從文：《邊城》，《沈從文全集》，第 8 卷第 63 頁。
〔註158〕沈從文：《邊城》，《沈從文全集》，第 8 卷第 64 頁。
〔註159〕沈從文：《邊城》，《沈從文全集》，第 8 卷第 68 頁～71。
〔註160〕沈從文：《丈夫》，《沈從文全集》，第 9 卷第 47 頁。

是鄉民樸素的道德觀，對他們來說，這只是補貼家用的一個方式，與貞操、墮落等道德沒有關係，這些在妓船做生意的女人們本身是好的，如果有一天變壞了，那也是因為「慢慢的與鄉村離遠，慢慢學會了一些只有城市裏才需要的惡德」，可見，是城市的污穢之氣沾染了她們。小說裏的丈夫從鄉下來城裏看望妻子，親眼目睹船上的生活，對妻子的深厚情感與做丈夫的尊嚴讓他感到難過，雖然鄉下的生活沒有了妻子的貼補會更加貧窮，但是他和妻子還是最終決定回到鄉下。他絲毫沒有嫌棄妻子的船妓身份，只是出於內心情感，他不願妻子再過這樣的生活。沈從文顯然對丈夫這樣的道德觀持肯定的態度，相較於城市裏對於妓女的歧視，偽善的市民們一邊說著她們是世上最骯髒的人，一邊卻用色欲的眼光看著她們，究竟誰比誰更道德、或者更不道德？妓女在沈從文的筆下也是有情有義的，而嫖客也一樣真心長情。例如柏子，一個在風雨裏討生活的水手，他拼命掙錢，只是為了「河街小樓紅紅的燈光，燈光下有使柏子心開一朵花的東西存在。」〔註161〕短暫的溫暖時光可以支撐著柏子繼續水手粗糙辛苦的生活，「他的所得抵得過一個月的一切損失，抵得過船隻來去路上的風雨太陽，抵得過打牌輸錢的損失，……」〔註162〕這是一種隨遇而安的生活，湘西的鄉民們遵從的是自然的法則，過得是一種自然的、未經文明規訓過的生活。

但是物質文明終究會來到，詩意的鄉土人生禁不起機器的轟鳴。另一位作家沙裏的《土》，之所以命名為「土」是作者意欲說明土地才是鄉民的立身之本，但是城市的擴張，使得本來安守土地的鄉民開始拋棄自己的根本，黑土地賦予他們的生命力也是漸漸地褪去。百多年前的山民來到了一片曠野，他們決定在這裡安家落戶，而此時土地是滋養他們生命的來源，「他們知道他們生命的旺盛，是要靠著那一身強壯的筋骨，來年年翻弄土塊，反汗滴進土裏，然後再從土裏找出他們要吃的、要用的東西來……」〔註163〕人們在這塊土地上休養生息，土地給他們帶來的財富，這裡從一個荒涼的小村莊，變成了一個熱鬧的集市，城市在延伸，終於將鐵路修到了劉村，對於這個新式的交通工具，鄉民們極力反對，但是終究還是通了火車。

鄉民們原來的生活也在不知不覺中被改變了，「每天永遠是有七趟火車，

〔註161〕沈從文：《柏子》，《沈從文全集》第 9 卷第 41 頁。
〔註162〕沈從文：《柏子》，《沈從文全集》第 9 卷第 45 頁。
〔註163〕沙裏：《土》，《中國淪陷區文學大系——新文藝小說卷》（下），第 512 頁。

來回的走，劉村用這火車來計算時間，他們吃飯、作事、都拿過火車作標準，連村中私塾裏教書也是遵循著火車的時間，上學放學而不再使用香火來計算了。」〔註164〕慢慢的，火車帶走了越來越多的鄉民，「全村的年輕人都又離開村子，到遠方給作工去了」，村裏的老人劉二爺認爲「土地是人們生活的本源，凡是人，就應該種地，年輕輕的小夥子東跑西奔的絕對出息不了好東西」〔註165〕。然而，他卻無能爲力，眼睜睜地看土地漸荒。小鎮也修建起了商鋪，還安裝了路燈，「從一個小小的荒村變成爲一個時代的都市」，繁榮也給原來寧靜的村莊帶來了賭場、妓院、高樓、公司那些本來遠離鄉村的嘈雜與混亂。鄉民不再依靠土地，與日漸興起的集鎮相比，村莊衰落下去了，一場暴雨引發的洪水讓土地顆粒無收，賣地、賣地之後離鄉成了唯一的選擇。

當劉二爺「又茫然抓起一把土來扔進河裏去，河水無聲的毀壞了被土打起的波紋，它還和往常一樣的向東流去。」〔註166〕永不停息的河水象徵著無法阻擋的發展潮流，靠土地生存的鄉民們終會被這潮流席捲而去。另一位作家馬驪的中篇小説《生死路》與《土》一樣，也是描寫了社會動蕩對鄉民品性產生的影響。自然災害導致了鄉民被迫離開土地討生活，變成了遊民。在遷徙流離的過程中，爲了生存，鄉民趙老元不得不以女兒的色相來招攬賣唱的生意，完全沒有了羞恥之心，剛帶著全家出來乞討的鄉民尤天順斥責趙老元的行爲與賣女兒無異，趙老元也是出於無奈，「你一個姑娘，俺也一個呀，你疼姑娘俺就不疼嗎？還是那句話，咱天天得吃飯呀，若想餓死，還出來幹啥？……這年頭，事情可依不得自己！」〔註167〕作家在這裡強調的是惡劣的外部環境是鄉民品性惡化的主要原因，如果不是混亂的時局，鄉民們仍會保持傳統農業社會裏淳樸、善良的美德，馬驪對於趙老元這個鄉民形象並不是批判，更多的是對鄉村被破壞的控訴。

不管作家們出於何種目的，審美視閾中的鄉民形象有著單純、質樸的本性，自由主義作家一方面對此持肯定與讚賞的態度，並將之作爲鄉民的主要品性寫在了自己的作品裏，另一方面他們的書寫也對正處於傳統社會轉型中鄉民品性的逐漸改變表達出深深的擔憂。在他們看來，這些屬於傳統的美好

〔註164〕沙裏：《土》，《中國淪陷區文學大系——新文藝小説卷》（下），第550頁。
〔註165〕沙裏：《土》，《中國淪陷區文學大系——新文藝小説卷》（下），第595頁。
〔註166〕沙裏：《土》，《中國淪陷區文學大系——新文藝小説卷》（下），第619頁。
〔註167〕馬驪：《生死路》，《中國淪陷區文學大系——新文藝小説卷》（下），第425頁。

人性正在都市功利文明的擠壓下慢慢消逝。但我們應該清醒地認識到，執著於審美的自由主義作家對於鄉民形象的選擇性書寫，正是由於他們將傳統「用來躲避對當代社會生活的不滿、失望和挫折。如果社會處在危機中，更幸福的舊日傳統就會成爲尋找慰藉的替代性源泉。」〔註168〕

3、和諧之背後：守成投機習性的主觀遮蔽

「和諧是中國文明的關鍵詞」〔註169〕，這是《大地》的作者賽珍珠對中國文化的概括，她也將這樣的理解體現在了這本書寫中國鄉民的長篇小說中。在這個美國人寫的中國鄉土小說裏，主人公王龍對於土地有著近乎偏執的熱愛，在得到一筆意外之財後，便開始了收買土地的歷程。他所積纍的財富大部份都用來買地，最後成了遠近聞名的地主。王龍對於土地的欲望是傳統社會所有鄉民的內心寫照，這一點在賽珍珠看來，正是這種欲望才是中國人在歷經劫難後仍然可以面對現實，努力生存下去的原動力，「叛亂和政治動蕩在中國的歷史上時有發生，但中國人的性格和他們的思想裏所蘊含的萬物生生不息的觀念使這個民族得以無數次地恢復元氣，重整河山，災難和動亂只不過是中華帝國綿延發展與生長過程中暫時出現的羈絆和阻礙而已。」〔註170〕四季輪迴，鄉民的辛勤勞作與土地的回饋，人與自然的互動帶來的繁衍生息，這也是賽珍珠所認爲的「和諧」，從其它自由主義作家的作品中來看，也確實如此，鄉土社會的和諧來源於鄉民性格中的與世無爭、敬天順命。但是，當我們繞行到和諧的背面，我們將會發現鄉民除了具有與傳統鄉土社會道德法則相適應的品性之外，還有幾千年小農社會所積聚的文化認同與意識習慣，這些並不「和諧」的存在。

再回過頭來看王龍，這個嗜「土」如命的鄉民，用了一生的時間不停地買地，但是在他還未咽氣的時候，幾個兒子就已經秘密地籌劃出賣土地了，雖然他千叮萬囑不能賣地，但這已經不再起任何作用，地賣了、大宅院也賣了，一切好像又回到了原點。這種狀況是傳統鄉土社會的財富規律。例如在

〔註168〕〔波〕彼得什托姆普卡：《社會變遷的社會學》，林聚仁等譯，北京：北京大學出版社，2011年，第63頁。

〔註169〕〔美〕賽珍珠：《中國：過去和現在》，何兆武、柳卸林主編：《中國印象：外國名人論中國文化》，北京：中國人民大學出版社，2011年，第462頁。

〔註170〕〔美〕倪維思：《中國和中國人》，崔麗芳譯，北京：中華書局，2011年，第228頁。

臺頭村，「沒有哪個家庭能保有他們的土地達三四代之久。通常，一個家庭辛勤勞動、節儉生活，然後開始買地；第二代成員繼續努力，結果家庭有了更多的土地，成了富裕家庭；第三代成員只顧享樂，花得多掙得少，不再買地，漸漸開始賣地；第四代賣掉更多的地，到最後家庭陷入貧窮。這個周期甚至不到 100 年就循環一次。」〔註 171〕這種土地集中再分散、再集中、再分散，真可謂是「人生代代無窮已」，一輩子圍著土地轉基本上是所有鄉民人生的總結。這種通過土地流轉而造成的鄉村中社會階層的上向流動與下向流動是頻繁的，但這都是結構內的流動，而並不是本質上的結構性改變，這就很難說社會究竟是否進步，又要多大程度上進步了。

對於土地毫無保留的渴望，將鄉民們牢牢的拴在鄉村，「農民把土地看得比黃金還要重，往往上升到生命價值的高度，失去土地是農民最痛苦的事情，在更多的情況下，農民寧願賣兒賣女，也不願出賣土地。」〔註 172〕將一生繫於土地之上，是絕大多數鄉民的唯一選擇，除非發生無可抗拒的天災或兵禍，如《生死路》中所描寫的那樣，鄉民們外出乞討，但是一旦災難過去，他們又會回到故鄉，重複以往的生活。即使流民遷徙，首先選擇的依然是開疆拓土，開始農耕生活，在另一塊土地上定居下來，這也只是生存地點的改變而已。「一個農戶家庭，省吃儉用，經過幾十年甚至幾代人的積纍，所希冀所追求的，無非是沒有土地的想得到幾畝土地，有了土地的想得到更多一些土地。」〔註 173〕這樣的循環往復不僅是鄉民個人的家庭，也是整個中國社會的發展歷程。

鄉民囿於土地的守成理念，確實造就了一個平靜的鄉土田園，但同時也造成了社會的停滯。李約瑟曾經提出過一個關於中國科技與社會發展的著名問題，這就是「李約瑟問題」，為何中國古代有著西方無法比擬的發達的科技成就，但是為何這些科技成就並未使中國像西方一樣產生從量變到質變的結果，有學者認為最核心的原因就在於「只要中國傳統社會深陷在超穩定系統之中，就一方面有相當發達的技術水平，另一方面大一統型技術結構向開放

〔註 171〕〔美〕楊懋春：《一個中國村莊——山東臺頭》，張雄等譯，南京：江蘇人民出版社，2012 年，第 117 頁。

〔註 172〕張鳴：《鄉土心路八十年——中國近代化過程中農民意識的變遷》，西安：陝西人民出版社，2013 年，第 30 頁。

〔註 173〕郭於華、孫立平：《訴苦：一種農民國家觀念形成的中介機制》，《中國學術》2002 年第 4 期。

性技術體系的轉化也是不可能的。」〔註174〕在這個超穩定的社會結構裏，「超穩定」除了是一種政治結構外，更多指向的是文化認同與心理習慣。鄉民們依賴經驗，無論是在生活，還是在農業生產上，在超出經驗範圍之外的事物，他們大多採取排斥的態度。

　　例如在《土》中，火車與一個鄉民的驢車發生了碰撞之後，本來這只是一個意外的交通事故，但一部份鄉民卻認為火車給他們的生活帶來的威脅與破壞，於是便不計後果地想讓火車也「吃一個苦」，「他們由村子後面的大河灘上，以及其它的處所，搬了不少大塊的石頭。一車，兩車，大概拉了有十車的樣子。他（李五爺）指揮著所有的人，往鐵道上堆，把石頭堆成了一個大垛，有兩個人高。但他還怕不牢實，又往橫裏堆，堆成有一間房子大小。……他們連眼睛都未閉等待著這列載貨的火車到來。」〔註175〕此事被及時發現之後，李五爺及其幫手都被抓了，這裡值得重視的鄉民們對這一事件的態度是「所有的人都替李五爺擔心，似乎對於李老虎（注：李五爺的父親）的子孫的行為也似乎是表示著無上的敬意。」〔註176〕可見李五爺並不是「一個人在戰鬥」，他的破壞行為背後是所有鄉民的支持，表示敬意則意味著這是他們都想去做而不敢去做的事，可見鄉民內心對於火車的到來簡直到了仇恨的地步，只是鄉民本性中的膽小怕事採取了忍耐的態度。

　　鄉民們對於原有生活經驗的執著和對新鮮事物本能的排斥，使他們只能停留在小農時代男耕女織的田園牧歌裏，而這樣的文化認同和心理習慣「從社會的角度來看，中國人的知足是與進步相對立的，是會阻礙進步的」〔註177〕。鄉村和諧、平靜的背後是整個社會不思進取、安於現狀的集體無意識。但鄉民的守成理念並不代表他們從來都是安分守己，相反，對於土地的執著使鄉民在特定的時期、在可能的情況下會釋放出與日常不一樣的行為與心態，成為破壞和諧的因子。鄉民對土地、財富的渴望無時不在，但囿於傳統倫理、道德準則，在正常情況下，他們都相信依靠勤勞致富，同時也對命運篤信不已，對於鄉村中的貧富差別都能夠用「命運」的解釋來安慰自我，「中國人所謂的『命好』、『命

〔註174〕金觀濤、劉青峰：《興盛與危機：論中國社會超穩定結構》，香港：中文大學出版社，1992年，第296頁。

〔註175〕沙裏：《土》，《中國淪陷區文學大系——新文藝小説卷》（下），第562頁。

〔註176〕沙裏：《土》，《中國淪陷區文學大系——新文藝小説卷》（下），第564頁。

〔註177〕〔美〕明恩溥：《中國人的氣質》，劉文飛等譯，南京：譯林出版社，2011年，第148頁。

不好』這類說法，其意思與兒童故事書中的『好精靈』、『壞精靈』差不多。憑藉這些神奇的魔力，什麼事情都可能半途而廢，什麼事情也都可能實現。」〔註178〕相信「命運」是鄉民們對所有已發生的或未發生的一切最好的解釋，不需要動腦筋去尋找原因和理由，坦然接受就可以，「難得糊塗」成了一種境界。

　　因此，他們對於生活、對於社會的看法也同樣無可無不可，隨遇而安，只要還可以守著自己土地生存下去，其它的都可以不計較。於是，鄉民們知足長樂，關注點只在於自己的土地和日常的生活，因此這樣的一群人實際上又是不講原則、極端自私、功利的人，「他們是一種力量的最終產物，這各力量能造就出西方國家所謂的『講究實際的人』，這種人的生活由兩樣東西構成：肚皮和錢袋。」〔註179〕。所以當時代發生變故，小農的投機性就會顯露出來，財富的欲望使鄉民們也可以將傳統倫理、道德或者宿命論都拋諸腦後。自由主義作家其實不是沒有注意這一點，在後期創作風格改變的廢名小說裏，他有這樣的觀點：「莫須有先生稱讚中國的農民，並不是不知道中國農民的狡猾，只是中國農民的狡猾無損其對國家盡義務罷了。」〔註180〕鄉民有他們自己的生存智慧，他們靠著本能來判斷何時以何種面目出現，如果說他們敦厚、老實，但這只是鄉民品性的正面，到了非常時期，那些日常由於條件所限而隱藏起來的品性便會爆發。正如張鳴所說：「在傳統社會的常態，農民是政治的『觀眾』，政治舞臺上你方唱罷我登場的亂哄哄的一切，似乎都與他們沒有什麼關係，但是一旦到了社會的非常態，農民就會由觀眾化為『暴眾』，橫掃政壇如卷席。」〔註181〕有的學者認為，「農民固守著自己的道義觀、對地主、高利貸者有著極強的認同與依戀，以至於打土豪時，也要讓對方不要認出自己。」〔註182〕確實，鄉民在精神上是認同地主、高利貸者，因為他們的富裕生活也是鄉民所幻想的未來，可以說是他們苦心經營的目標，可是在土改鬥爭地主時不讓他們認出來卻不是因為道義。實際上鄉民的道義觀並不是絕對無條件存在，並不能成為鄉民自身理性的約束，道義是有彈性的、是在

〔註178〕〔美〕明恩溥：《中國人的氣質》，第 146 頁。
〔註179〕〔美〕明恩溥：《中國人的氣質》，第 76 頁。
〔註180〕廢名：《莫須有先生坐飛機以後・到後山鋪去》，第 2 卷第 1099 頁。
〔註181〕張鳴：《鄉土心路八十的上——中國近代化過程中農民意識的變遷》，西安：陝西人民出版社，2013 年，第 15 頁。
〔註182〕張宏卿：《農民性與中共的鄉村動員模式——以中央蘇區為中心的考察》，北京：中國社會科學出版社，2012 年，第 154 頁。

一定條件下存在的，一旦突破界限，道義便不復存在。因此他們害怕被認出是出於投機的心理，在沒有確保自身處於絕對安全的情況下，鄉民的自私本性決定了他們不可能犧牲自我的，產生被認出後可能被報復的風險。

對於階級革命理論，鄉民是無法深刻而理性理解的，但是革命給了鄉民們一個得償所願的機會，無論是平時與地主、富戶的私人恩怨，或者由來已久的仇富心理，都可以用「革命」來解決，用康德的話來說就是「中國人報復心強，但他們總可以忍耐到適當的時機才發作。」〔註183〕這種報復與「革命」基本沒有關係，而與鄉民的投機本性有直接關係。鄉民們都認同「君子報仇，十年不晚」或者「不是不報，時候未到」，這個「十年不晚」和「時候未到」正是不計時間成本的等待時機，時機成熟，便會變本加厲、加倍奉還，這本質上就是一種投機。

自由主義作家對於鄉民形象的選擇性書寫爲他們建構了一個平和、自在的烏托邦，在這個靜美和諧的桃花源裏，「生活於其中的鄉村人，一切皆依照自然和傳統禮俗行事，從中傳達出溫柔敦厚的古樸人情。在這樣的化外之境裏，絲毫不見上下尊卑的差別，也不見地主與長工、主人與僕人之間的對立和衝突」〔註184〕，我認爲這是自由主義作家們對鄉村的美好回憶和期待，也是對社會現實的批判，在時局動蕩的民國時期，他們爲自己、爲讀者營造了一個可以讓感時憂國的心靈暫時逃遁的夢境。在滿目書寫著鐵血丹心的現代文壇，自由主義鄉土敘事裏的鄉民們宛如正吟唱一曲遺世獨立的清音，悠然穿越時移世易，永恒存在。

鄉民，一個簡單的名詞，它除了是地域屬性的標記，更是意味著文化屬性。古老傳統的鄉土社會，居於其間的鄉民們與它同生共長，相互影響。有什麼樣的國民便有什麼樣的國家，反之亦然。鄉民，在國家的政治生活中是一個既無權發聲、也無能力發聲的群體，但是這樣一個群體卻決定了國家的發展。晚清以來，啓蒙先驅在尋求強國的路上，發現了「鄉民」，指出沒有這個群體的現代化，也就不可能有中國的現代化。於是，鄉民從文學敘事的後臺走上了前臺，無論在啓蒙、革命還是自由主義鄉土敘事中，鄉民有了各種

〔註183〕　〔德〕康德：《康德與東方宗教》，何兆武柳卸林等編：《中國印象：外國名人論中國文化》，北京：人民大學出版社，2011年，第132頁。
〔註184〕　丁帆：《中國鄉土小説史》，南京：南京大學出版社，2007年，第74頁。

不同的形象。當作家們都各取所需地用鄉民敘事來爲自己的思想言說時，他們都認爲自己是鄉民的代言人。當啓蒙鄉土敘事將鄉民定性爲愚昧麻木時，卻沒能看到鄉民們獨特的生存智慧；當革命鄉土敘事將鄉民看作是階級革命最堅定的同盟者時，卻故意地忽視鄉民的自私落後；當自由主義鄉土敘事將鄉民看作是淳樸敦厚的傳統道德承載者時，卻對鄉民的狹隘投機視而不見。鄉民，承擔著世間最重的勞動同時也承受著最大的苦難，他們處於社會的最底層，自身的局限讓他們只能沉默的在場，但他們並不僅僅是存在於文學敘事中的書寫符號，而是有著深刻豐富的歷史內涵與文化內涵。面對鄉民這一龐大的文化群體，眞正地去瞭解他們的複雜性，去傾聽他們的聲音，不僅是文學的責任，也是歷史的責任。

第四章　鄉俗敘事：無法割裂的文化傳統

　　「沒有人會用不受任何影響的眼光看待這個世界，人們總是借助於一套確定的風俗習慣、各種制度和思維方式來觀察這個世界的」〔註1〕，任何人都不可能脫離身處由風俗習慣、各種制度與思維方式所構成的文化氛圍，也就是說，如果將特定的風俗習慣看成一個相對穩定的場閾的話，那麼在此文化氛圍中生活的人，無論是外在行為活動還是內在心理，都不能不受制於此。風俗作為傳統的一個重要組成部份，具有傳承性，而人既是風俗的創造者又是承載者。風俗也具有發散性，身處其中的個人就是將其發散的節點，由無數的節點編織而成了特定的文化環境，又反過來影響個人的行為與思想。作為社會的人是無法脫離文化環境而獨立存在的，因此，對於以書寫「人」為主要內容的文學來說，必然會涉及到「人」所處的文化環境。鄉土風俗文化是一個抽象的概念，但卻是傳統鄉土社會的核心所在，正如「不以規矩，不能成方圓」，風俗習慣的規範性作用，是維持和穩定傳統鄉土社會的內在精神力量，因此無論是鄉村的外在景觀、鄉紳還是鄉民，都是圍繞著文化習俗而運轉的。

　　作為改造社會的手段之一而興起的現代文學，具體到鄉土文學，即是用文學的方式去探討、分析傳統鄉土社會，當鄉景、鄉紳和鄉民一起進入敘述視野時，不可迴避的是作為這三者活動支配力量的鄉土習俗。鄉土習俗，即鄉俗，是傳統文化的一部份，具有歷史性與普世性，但我們看到在現代鄉土

〔註1〕〔美〕魯思・本尼迪尼特：《文化模式》，張燕等譯，杭州：浙江人民出版社，1987年，第2頁。

文學中，由於敘述視角的不同而呈現出對鄉俗不同的書寫與解讀，以符合作家自我的敘事目的，從而形成了鄉俗敘事。進入不同敘事語境的鄉俗，恪盡職守地爲作家的創作目的服務，啓蒙精英在未釐清傳統與鄉俗之間關係的情況下，對兩者一概而論，鄉俗成爲了「吃人」禮教的最佳形象代言人；階級革命作家則將注意力放在了鄉俗的民眾認同感上，正面或反面的借用鄉俗使革命鄉俗敘事呈現了多種複雜形態；自由主義作家則更多地著眼於鄉俗的審美與文化傳承的功能，以一種歷史的眼光敏銳地看到了鄉俗與現代文明之間的衝突，在力量懸殊的較量之中，古老的鄉俗顯露出了頹敗之勢，自由主義作家憂心於文化傳統無以爲繼，在進退兩難的心態之下，鄉俗在審美視閾中成爲了連接傳統的文化血脈。

因此，這三個不同視角下對鄉俗的言說，與鄉景敘事、鄉紳敘事、鄉民敘事一起構成了現代文學鄉土敘事的整體。鄉俗，一種客觀存在的非物質文化，對於傳統鄉土社會來說，所有的外在表現都是建立在鄉俗這一背景文化之上的，在摒棄對鄉俗本身主觀價值判斷的基礎上，去理解鄉俗進入不同話語後如何調適自我，去迎合敘事語境，從而深入探究不同視角的鄉俗敘事。

第一節　扼殺與罪惡：啓蒙主義視角下的鄉俗敘事

啓蒙知識分子對於鄉俗並沒有提出一個清晰的界定，在批判傳統的大框架之下，作爲傳統文化的組成部份之一，鄉俗也就有著與生俱來的原罪，他們認爲正是由於鄉俗文化的精神控制，才使得鄉民愚昧麻木，同時也是社會停滯、國家落後的根源所在。在啓蒙鄉土文學中，鄉俗等同於傳統或禮教，是一種馴化鄉民行爲與思想的工具，是具有落後封建性的意識形態，執著於將傳統與現代對立言說的啓蒙精英們毫不猶豫地將鄉俗劃歸爲批判對象，其批判的態度決定了在啓蒙敘事中的鄉俗無法擺脫被妖魔化的傾向。但另一方面，值得一提的是啓蒙知識分子對於民間俗文學的宣揚和提倡，要利用俗之活力打倒雅之死氣。可見，對於如何看待「俗」，啓蒙精英們是處於矛盾心態之中的，並沒有形成理性的認識與成熟的看法。

1、禮教與鄉俗：啓蒙文學敘事的理論淵源

基於啓蒙鄉土文學將批判鄉俗籠統地納入反傳統反禮教的範疇，在此我們有必要對鄉俗的概念與範圍進行界定，同時也對這三者之間的關係作理論

辨析。首先來看傳統、禮教和鄉俗各自的含義。傳統是「歷史沿革下來的思想、文化、道德、風俗、藝術、制度以及行為方式等」〔註2〕，禮教，有兩個含義：「1、禮儀教化。指維護宗法與等級制度而制定的禮法條規和道德標準。2、禮的教育。」〔註3〕鄉俗，即鄉土社會的民間風俗，周作人在談到中國神話「天狗吃月亮」的時候，曾明確提到過「鄉俗」一詞，「從前的人們很相信月真的被天狗吞了，所以便造出許多的神話來，流傳至今猶成為一種鄉俗」〔註4〕。從周作人所指出的「鄉俗」一詞中，可以看到，這是一種民間的文化認同，也就等同於中國傳統鄉土社會的民俗或者風俗。

　　風俗指的是「歷代相沿積久而成的風尚、習俗」〔註5〕，從傳統、禮教與風俗三者的定義來說，傳統的容量最大，禮教與風俗都從屬於「傳統」的範疇，那禮教與風俗是否有交集呢？再進一步來看何謂「俗」，從「俗」的本意來看，「俗，習也風俗也。……俗，謂土地所生習也」，或者「謂常所行與所惡也」〔註6〕。源於土地與民間的鄉俗，其中「俗」的特質又決定了它是與文化傳統中的「雅」相對存在的，「俗：1、習尚，風氣。2、庸俗，凡庸。與高雅相對。」〔註7〕可以來做這樣的界定，「禮教」是知識精英階層所共同制定與遵從的禮儀制度，基本等同於官方意識形態，是有系統的、嚴格的，因此在中國傳統社會，「禮」有著絕對權威的地位。當代作家格非在討論《金瓶梅》時，就小說內容體現出來的明朝經濟格局變化與傳統倫理道德衝突，也認為「所謂禮，雖偏重於道德、教化，用以規訓、激發個體內心的道德律令和良知，但實際上『禮』也是『法』，甚至是凌駕於法律之上的最高原則」，而「禮」與「法」相比，則更具實際操作意義，「這種禮儀制度，實際上是中國古代社會的『憲法』——雖無形，但無處不在」〔註8〕。可見，禮教是傳統社會正面的精神導向與道德價值取向原則。那麼作用於基層社會的民風鄉俗與禮教有聯繫有背離，獲得的是占人口絕大多數的鄉民群體的認同。

　　在中華文明的歷史長河中，「禮教」無疑是一種儒家倡導的雅文化，而「鄉

〔註2〕《辭海》：上海：上海辭書出版社，2009年，第1冊第321頁。
〔註3〕《辭海》：上海：上海辭書出版社，2009年，第2冊第1331頁。
〔註4〕周作人：《神話的趣味》，《周作人散文全集》，第3卷第531頁。
〔註5〕《辭海》：上海：上海辭書出版社，2009年，第1冊第618頁，
〔註6〕《中文大辭典》：臺北：中國文化學院出版部，1968年，第3冊第93頁。
〔註7〕《辭源》：北京：商務印書館，1979年，第1冊第221頁。
〔註8〕格非：《雪隱鷺鷥：〈金瓶梅〉的聲色與虛無》，南京：譯林出版社，2014年，第59頁。

俗」則是生成於民間的俗文化。著名民俗學家鍾敬文認爲傳統文化是由上、
中、下三個分支組成的，其中最主要的就是「由廣大農民及其它勞動人民所
創造和傳承的文化。中下層文化就是民俗文化，它雖然屬於民族文化的一個
部份，但卻是重要的、不可忽視的部份。」〔註9〕有的學者認爲民間習俗是屬
於大傳統中的小傳統，如果將官方意識形態定性爲大傳統的話，那麼民間習
俗則是在大傳統框架之下運行的小傳統。但是事實上，「大傳統」恰恰是屬於
少數精英的雅文化，就其影響力來說，卻可以說是「小」傳統。而民俗雖被
認爲是小傳統，但卻發揮著實際的廣泛的功用，是眞正的「大傳統」。不可否
認儘管精英文化在不斷修正和引導民間文化，但對於文化水平極低的鄉民來
說，理解和接受精英正統文化是一件相當困難的事情，他們的認知水平容易
接受和他們認識水平相當的鄉俗文化。因此，依靠鄉民口耳相傳、身體力行
來傳承的民俗文化在鄉土社會中有著更大的效力。同時，也由於鄉民的文化
局限，使鄉俗必然帶有非理性的色彩，摻雜著迷信和陋習。這一部份與現代
文明相牴觸的惡俗、陋習，同樣也是正統禮儀教化所不容許的。但是在新文
化運動中，我們看到的情況是，啓蒙鄉土文學以反傳統反禮教爲宗旨，可在
文本中批判的卻大多是鄉野陋俗，並不是眞正的正統禮教，究竟是啓蒙的急
切心態使知識分子沒有來得及去釐清傳統、禮教與鄉俗之間的複雜關係，使
這三者不分彼此地一起撞到了批判的槍口上呢，還是對於啓蒙知識分子來說
禮教與鄉俗本來就是二位一體的呢？

　　從歷史上來看，禮與俗雖然是以一個整體出現的，但是卻有所偏重，確
切的來說應該是「有禮的俗」，即民俗是在「禮」教化指導下形成的，而禮教
之「教」在於教化，是將「禮」與鄉俗融合在一起的手段。如《周禮・天官・
大宰》中便有「六曰禮俗，以馭其民」〔註10〕，官方提倡用禮儀風俗來教化
民眾，規範社會秩序，所以禮教與鄉俗在理論上具有一致性，但這種從上至
下的人治教化不可能毫無衰減地貫徹始終，因此禮教與鄉俗之間疏離也越來
越大。鄉野民間逐漸形成的習俗與儒學精英崇尚的禮儀規範，使禮俗一體只
能停留在理論上。到了近代，將目光轉向西方的中國知識分子在進行中西文
化對比時，敏銳地發現了民俗文化對於一個國家發展的重要性，其中的代表
就是黃遵憲，但是禮俗不分的傳統認知使他並未對兩者區別對待。

〔註 9〕鍾敬文：《鍾敬文文選》，董曉萍選編，北京：中華書局，2013 年，第 357 頁。
〔註10〕楊天宇：《周禮譯注》，上海：上海古籍出版社，2004 年，第 20 頁。

　　1887 年，在黃遵憲所寫的《日本國志》中專門有一卷用來介紹日本的禮俗文化，在書中他對於何謂「風俗」是這樣的解釋，「風俗之端，始於至微，博之而無物，察之而無形，聽之無聲。然一二人倡之，千百人和之，人與人相接，人與人相續，又踵而行之。及其既成，雖其極陋甚弊者，舉國之人習以爲然。上智所不能察，大力所不能挽，嚴刑峻法所不能變」，可見黃遵憲是看到了風俗對於社會影響力是極大的，這樣的精神認同一旦形成即使用強制手段也無法將其改變，他還看到了風俗形成中不可避免地會摻雜進陋俗，但人們也照常遵守，並不以爲然。緊接著他將禮與俗聯繫在了一起，「夫事，有是有非，有美有惡，旁觀者或一覽而知之，而彼國稱之爲禮，沿之爲俗，乃舉國之人展轉沈錮於其中而莫能少越，則習之囿人也大矣。」〔註 11〕從這幾句話來看，黃遵憲認爲「禮」是「俗」的中心，將「禮」推而廣之便是「俗」，禮俗規範對民眾起著控制作用，在此文化氛圍之中的人民難以逾越習俗行事，只能「展轉沈錮其中」。與《周禮》的體例相似，黃遵憲將禮與俗合二爲一，因此在《禮俗志》中，他將朝會、祭祀、神道與婚娶、飲食、喪葬等日常民俗放在了一起論述。

　　1914 年，李大釗專門寫了一篇《風俗》來討論風俗之於社會的重要性，雖然李大釗通篇使用的是「風俗」一詞，但是從他的敘述來說，實際所指應與黃遵憲對於風俗的理解是一樣的。李大釗認爲社會之所以形成在於「不僅人體之集合，乃具同一思想者這總稱」，而社會中的每個人相互影響，「因以成共之意志，鬱之而爲風俗，章之而爲制度，相維相繫以建其群之基」，形成了共同的認知，社會的群體行爲只是表現的一種形式，而眞正在群體中發揮主導作用的是行爲背後的精神認同，即「群其形也，風俗其神也」。〔註 12〕所以對於一個國家、一個社會來說，風俗可興國，亦可亡國，「離於人心則無風俗，離於風俗則無群。……人心之所向，風俗之所由成也，人心死於勢利，則群之所以亡也」，風俗之於興亡如此重要，但是引領社會風俗的重任在於「群樞」的身上，群樞對於風俗的導向作用非同小可，「風之以義者，眾人之赴義。風之以利者，眾與之赴利」〔註 13〕。從這裡可以看出，群樞實際上就

<hr />

〔註11〕〔清〕黃遵憲：《禮俗志》，《晚清東遊日記集編 日本國志》，王寶平主編，上海：上海古籍出版社，2001 年，第 350 頁。

〔註12〕李大釗：《風俗》，《李大釗全集》，北京：人民出版社，2006 年，第 1 卷第 88 頁。

〔註13〕李大釗：《風俗》，《李大釗全集》，第 1 卷第 89 頁。

是指知識精英，他們所宣揚與倡導的思想可以引導風俗，從而影響民眾，李大釗在文中舉了許多古代的例子，例如孔子、匡稚圭、光武帝等人的來說明群樞對於下層社會風俗的引領作用，實質上就是上層的禮儀對下層民眾所起的教化作用。所以究其根本，李大釗強調的仍然是禮俗一體，推禮及俗對底層民間社會有著重要的意義。

另一位著名學者梁漱溟在論及禮俗時認爲「禮必本乎人情；人情即是理性。故曰：『禮者理也』。非與眾人心理很契合，人人承認他，不能演成禮俗。」〔註 14〕從這幾句話可以看到梁漱溟將禮與俗看成既是一體的又是有區別的，禮更像是帶有本源性，發自於人的內心，禮的概念要通過心理認同之後，才可能推衍下去，形成禮俗，而禮則是俗的限定。這樣的認識與黃遵憲的由「風俗之端」到「沿之爲俗」是一致的，通過教化，其最終結果是禮俗一體。

因此，中國傳統知識分子對於禮教與鄉俗並不進行特別區分。啓蒙精英們雖然受過西方文化的影響，但是他們與傳統文化有著無法割裂的血緣聯繫，使他們在禮教與鄉俗的問題上仍然延續著以往禮俗不分的習慣認知，所以他們反對所謂的落後鄉俗就等同於反禮教，完全沒有意識到禮教與習俗兩者之間事實上存在著的巨大差距。禮教本身並沒有錯，例如，「在廣東省佛山市志中就規定，在由百戶人家組成的每個里中，都要有對社稷行春秋禮的祭祀。在這些儀式活動中，那些身爲官員的權威，宣讀帝國的法令，並鼓勵村民們幫助窮人，尊敬老人及有身份的人。」〔註 15〕因此，禮教是由官方提倡的，一種理性的、概念的規範，而鄉俗的形成則是與日常生活息息相關，也是與鄉民的文化素質緊密相連。

禮教是知識精英對社會的理想化構想，鄉土社會結構中的主要構成鄉民群體是難以完全理解和接受。而鄉民的行爲規範更多的是在日常生活中積纍的夾雜著非理性的經驗之談。當然這並不是說禮教與鄉俗之間就完全沒有聯繫，畢竟知識精英的理想化社會構想也是在現實社會文化裏面生長出來的，正如費里德曼所認爲的那樣，「在儒教煙幕之下還隱藏著一種不同的生活方式和一套不同的價值：粗略地說，就是農民文化（culture of peasants）」，但實質

〔註 14〕 梁漱溟：《鄉村建設理論》，《梁漱溟全集》，濟南：山東人民出版社，2005 年，第 2 卷第 181 頁。

〔註 15〕 〔英〕王斯福：《帝國的隱喻：中國的民間宗教》，趙旭東譯，南京：江蘇人民出版社，2009 年，第 76 頁。

上儒教這種「精英文化（elite culture）和農民文化並非不同的東西：它們是彼此的變體（version）」。〔註 16〕禮教與鄉俗有著相同的文化血緣，必須注意的一點是，它們並不是對方的克隆，而是彼此的「變體」，精英文化因其特點而關注更多的是理論建構，與鄉俗的實踐性與普遍性不可同日而語。但是禮教與鄉俗的文化同源性卻讓啟蒙精英們將鄉俗之過放入了禮教之罪的框架內。

　　因此，從新文化運動一開始，啟蒙知識分子就將禮教與鄉俗當作一個整體進行批判，即使是社會風俗的問題，也將之歸因於禮教之過。例如，陳獨秀在《敬告青年》一文中，指出中國社會落後是與習俗有關的，「若夫吾國之俗，習為委靡：苟取利祿者，不在論列之數；……」〔註 17〕按照啟蒙知識分子的習慣思路，民風習俗是由「禮」教化而來，向上溯源的必然結果便是，控制民眾思想的傳統禮教是造成這種萎靡不振的社會風俗的罪魁禍手，因此改造中國必須從革新禮教文化做起。所以緊接著陳獨秀就在《文學革命論》中提出要進行倫理革命，首當其衝的就是要先反禮教，「孔教問題，方喧呶於國中，此倫理道德革命之先聲也。」〔註 18〕陳獨秀對於禮教之罪還著眼於民族性格、文學文風等比較抽象的方面，還留有商討的空間，在陳獨秀回答一封質疑反禮教的讀者信中，也可以看出他對於反禮教的態度還是有所保留的，反禮教似乎只是為了新舊對立而不得不反，「記者非謂孔教一無可取，惟其根本的倫理道德，適與歐化背道而馳，勢難並行不悖，吾人倘以新輸入之歐化為是，則不得不以舊有之孔教為非。」〔註 19〕無論是在《憲法與孔教》還是《舊思想與國體問題》等文章裏，陳獨秀都只是從制度層面上說明了代表傳統的舊禮教與現代國家之間無法調和，並沒有列出反禮教的實質性理由，是不具備直觀的視覺衝擊力。吳虞則就激進得多了，他進一步發揮了《狂人日記》裏「吃人的歷史」，直截了當地將吃人與禮教劃上了等號，「孔二先生的禮教講到極點，就非殺人吃人不成功，真是慘酷極了！一部歷史裏面，

〔註 16〕〔美〕莫里斯・弗里德曼：《論中國宗教的社會學研究》，《中國社會中的宗教與儀式》，〔美〕武雅士主編，彭澤安等譯，南京：江蘇人民出版社，2014 年，第 25 頁。

〔註 17〕陳獨秀：《敬告青年》，《獨秀文存》，合肥：安徽人民出版社，1987 年，第 6 頁。

〔註 18〕陳獨秀：《文學革命論》，《獨秀文存》，合肥：安徽人民出版社，1987 年，第 95 頁。

〔註 19〕陳獨秀：《答佩劍青年》，《獨秀文存》，合肥：安徽人民出版社，1987 年，第 660 頁。

講道德說仁義的人，時機一到，他就直接間接的都會吃起人肉來了。……吃人的就是講禮教的，講禮教的就是吃人的呀！」〔註 20〕吳虞直接爲禮教宣判了罪行，「吃人」就是「禮教」的目的，於是徹底顛覆了禮教存在的原初意義，背負著「吃人」原罪的禮教成爲了啓蒙知識分子批判的靶心，而這個靶心周圍卻是本不屬於禮教的鄉俗惡習。

啓蒙精英們集中力量批判禮教，把鄉俗中的鄙陋習俗歸咎於禮教，這其中除了他們「由禮而俗、禮俗同體」的傳統認知外，還有一個重要原因是，在他們的啓蒙理論中並不反「俗」，還將「俗」當作了批判正統文化的工具。但是有的學者認爲「五四反傳統主義除了試圖打倒魯迅在《狂人日記》隱射爲封建禮教的『地主舊賬簿』，更將農村爲主體的『民間文化』視爲糟粕」。〔註 21〕事實也許並非如此，從啓蒙文學理論主張上可以看到，啓蒙精英們預設的立場就是「俗」就是好的，「正統」就是不好的。胡適在《白話文學史》中認爲正統文學是死的，而白話文學才是充滿生命力的，原因在於白話文學來自鄉野民眾，「民間的小兒女，村夫農婦，癡男怨女，歌童舞妓，彈唱的，說書的，都是文學上的新形式與新風格的創造者。」〔註 22〕再來看鄭振鐸對俗文學所下的定義，「所謂俗文學就是不登大雅之堂，不爲學士大夫所重視，而流行於民間，成爲大眾所嗜好，所喜悅的東西。」〔註 23〕正因爲是被民眾所喜好，在鄭振鐸所總結的俗文學六個特點中，其中「四是新鮮的，但是粗鄙的」〔註 24〕。

從這一點來看，啓蒙知識分子不是不清楚鄉民品味的低下，但是他們就是要讓「粗鄙」作爲攻擊正統的武器。由此可知，啓蒙知識分子一方面爲了反正統禮教所以必須要肯定鄉民的「俗」，但另一方面他們也非常清楚鄉野之俗中又有與西方現代文明相悖的、明顯粗陋和落後的地方，於是這裡就出現了理論上的矛盾，啓蒙知識分子採取的策略便是對「鄉俗」進行拆解，將鄉土惡俗歸咎於禮教，最終指向的是掌握傳統文化資源的鄉紳階層，奪取其在文化上的話語權，同時也將符合鄉民審美趣味和欣賞習慣的俗文學剝離出

〔註 20〕 吳虞：《吃人與禮教》，《吳虞集》，田苗苗整理，北京：中華書局，2013 年，第 41～42 頁。

〔註 21〕 趙樹岡：《星火與香火：大眾文化與地方歷史視野下的中共國家形構》，臺北：聯經出版社，2014 年，第 22 頁。

〔註 22〕 胡適：《白話文學史》，歐陽哲生編：《胡適文集》，北京：北京大學出版社，1998 年，第 8 冊第 160 頁。

〔註 23〕 鄭振鐸：《中國俗文學史》，北京：北京聯合出版公司，2014 年，上冊第 1 頁。

〔註 24〕 鄭振鐸：《中國俗文學史》，上冊第 2～4 頁。

來，加以肯定。

這樣的理論處理，可以在啓蒙鄉土文學的實踐中得以證明，例如在作品中，啓蒙作家們對於鄉紳與鄉民都有所批判，但是側重點卻不盡相同。啓蒙作家是將鄉紳作爲封建禮教的代表和鄉民的精神控制者加以批判，認爲鄉紳在文化上的反動是社會進步的主要障礙，所以取締鄉紳階層才是思想啓蒙運動的最終目的。對於鄉民而言，啓蒙作家儘管也批判其愚昧無知，但根本目的是想說明鄉民之愚的根本原因在於傳統禮教的壓制，對鄉民群體本身卻是「哀其不幸，怒其不爭」的憐憫態度。所以啓蒙文學敘事對於鄉俗的處理是與思想啓蒙理論一致的，作爲傳統文化的一部份，禮俗理所當然的受到了批判，但同時啓蒙精英又需要用鄉民認同的俗文學傳統來批判正統文化，因此他們對整體性的鄉俗作了結構性分離，屬於惡習陋俗的部份以批判禮教之名，納入了啓蒙鄉土敘事話語之中。因此，禮教事實上成爲了批判鄉俗的替罪羊。

2、鄉俗之寫意：啓蒙文學敘事的蒼涼心境

晚清以來，從以西方爲「敵」到以西方爲「師」，從「西」學變爲「新」學，名詞的改變意味著對西方文化態度的根本轉變，也意味著學西方的同時，摒棄傳統，「近現代中國士人的一個共同心結即大家爲了中國好，卻偏偏提倡西洋化；爲了愛國救國，偏要激烈破壞中國傳統。結果出現破壞即救國，愛之愈深，而破之愈烈，不大破則不能大立的弔詭現象。」〔註25〕因此，在批判傳統的大前提下，鄉俗作爲鄉土社會文化的重要組成部份，在啓蒙文學敘事中得到了充分的展現，但由於對禮教與鄉俗概念的糾結與置換，從《狂人日記》中「意在暴露家族制度和禮教的弊害」〔註26〕開始，啓蒙作家將鄉俗置於批判「吃人」禮教的範疇之中，這就很難用理性的方式去解讀鄉俗，同時無處不在的鄉俗早已深深紮根在鄉民的精神世界，難以改變，所以我們也可以看到啓蒙作家在作品中對於落後的鄉俗流露出的悲觀、絕望的蒼涼心態。

啓蒙鄉土敘事對於鄉俗的書寫可以分爲三個類型，第一種是鬼神迷信、陰間想像的鄉俗；第二種是典妻、訛傳等鄉土陋俗；第三種是民風未開的野蠻鄉俗。

〔註25〕羅志田：《權勢轉移：近代中國的思想與社會》，北京：北京師範大學出版社，2014年，第33～34頁。
〔註26〕魯迅：《〈中國新文學大系〉小說二集序》，《魯迅全集》，第6卷第247頁。

　　首先來看啓蒙鄉土文學中關於鬼神迷信的鄉俗敘事。在傳統鄉土社會，鄉民是沒有固定與嚴格的宗教信仰，但是對鬼神和地獄卻有豐富的想像，主要體現在鄉民對於喪禮、祭祀祖先的重視，他們相信在現實世界之外存在著另一個雖然活人看不到，但卻實際存在的鬼神共存的地下空間，被稱爲陰間或地獄，「陽間有什麼，到了陰間也有，……陰間是完全和陽間一樣，一模一樣的」〔註 27〕。這個空間裏的鬼神無所不能，人們虔誠敬神便可得到保祐，否則便會有災難降臨，更嚴重的是死後也要在陰間受盡折磨，因此鬼神迷信是帶有功利性的，人們通過迷信期望在現世得到福氣和在來生獲得好報，因果報應的信仰約束著鄉民的思想與行爲，鬼神與陰間既可以給予鄉民精神上的安慰，又讓他們充滿了敬畏，所以並不存在的鬼神卻在鄉民日常生活中佔據了重要的位置。例如在呼蘭河，有很多的節日都與鬼有關，「跳大神有鬼，唱大戲是唱給龍王爺看的。七月十五放河燈，是把燈放給鬼看，讓他頂著燈去脫生。四月十八也是燒香磕頭的祭鬼」〔註 28〕。活著的人相信死去的人會在陰間變成鬼，以另外一種方式繼續存在著，葬禮是爲死去的人在陰間的生活做準備。

　　在《明天》裏，單四嫂的兒子寶兒在病死後，雖然貧窮，但還是按照繁瑣的喪葬規矩準備，這讓單四嫂子用盡了所有積蓄，「燒了一串紙錢；又將兩條板凳和五件衣服作抵，替單四嫂子借了兩塊洋錢，給幫忙的人備飯。……半現半賒的買一具棺木」，第二天，「上午又燒了四十九卷《大悲咒》；收斂的時候，給他穿上頂新的衣裳，平日喜歡的玩意兒，——一個泥人，兩個小木碗，兩個玻璃瓶，——都放在枕頭旁邊」，緊接著參加過喪葬過程的所有人，「凡是動過手開過口的人都吃了飯」〔註 29〕，整個過程才結束了。經歷喪子之痛的單四嫂子一邊沉浸在悲痛之中，一邊還要應付必不可少的儀式禮節，因爲辦喪禮而家徒四壁的單四嫂子留下的只有賒下的債了。傾其所有不過是想對寶兒有所彌補，小說名爲《明天》，但實際上寶兒的離去對於單四嫂子來說，等同於帶走了明天，明天早已不復存在。葬禮給了單四嫂子活下去的理由，她可以期待寶兒在燒掉《大悲咒》的煙火中得以重生。單四嫂子不會想到如果用治辦葬禮的錢來爲寶兒好好地治病，也許不會落得如此結果，但是

〔註27〕 蕭紅：《呼蘭河傳》，《蕭紅全集》，第 3 卷第 17 頁。
〔註28〕 蕭紅：《呼蘭河傳》，《蕭紅全集》，第 3 卷第 44 頁。
〔註29〕 魯迅：《明天》，《魯迅全集》，第 1 卷第 476～478 頁。

盡心籌辦喪禮能為單四嫂子帶來心靈的安慰，總算可以為兒子做點什麼，想像著他可以在另一個世界帶著自己喜歡的玩具繼續活著。儘管不能免去的複雜葬禮儀式對於現世的痛苦生活並不起作用，反而會加重生活負擔，但幾乎讓人絕望的現實生活讓鄉民們對那個無法證實的地獄陰間充滿了期待。

　　蕭紅在《呼蘭河傳》裏用了兩節的篇幅來描寫紮彩鋪，各式各樣、五顏六色的紙人、紙馬、紙宅，紙做的金銀財寶，這些專門用來燒掉的陪葬品做得如此精緻，是因為人們相信「人死了，魂靈就要到地獄裏邊去，地獄裏邊怕是他沒有房子住，沒有衣裳穿，沒有馬騎。活著的人就為他做了這麼一套，用火燒了，據說是到陰間就樣樣都有了」〔註30〕，幻想著陰間的繁華盛世，以至於「窮人們看了這個覺得活著還沒有死了好」，現實中沒有的榮華富貴，死後就可以輕易得到了。七月十五盂蘭節也就是鬼節，人們相信放了河燈，就可以讓冤死的鬼魂找到重生的道路，但是正因為是鬼節，當地人都相信，「就是七月十五日這夜生的孩子，怕是都不大好，多半是野鬼托著蓮花燈投生而來的。」〔註31〕鬼和人有著一樣的生活，這是鄉民們對於陰間最直接的想像，所以人去了陰間也和在現實生活中一樣，會長大、結婚生子。

　　魯彥在《菊英的出嫁》就描寫了一場熱鬧的婚禮，但是婚禮的主角卻是早已死去多年的人，鄉民們相信地下世界的存在是這場婚禮能夠舉行的根本原因。菊英的母親在女兒過世十年以後，仍然相信菊英在陰間依然活著，到了該婚嫁的年齡。母親竭盡全力準備婚禮，平時省吃儉用、日夜操勞、病情加重的她，為了準備各種嫁妝，竟然「還隨去了良田十畝，每畝約計價一百二十元」，這一場婚禮得到了鄉民的讚揚，「看得人多說菊英的娘辦得好，……她們又談到菊英的聰明和新郎生前的漂亮，都說配合得當。」〔註32〕菊英娘終於為女兒辦了一場可以讓她安心的冥婚，花費如此多錢財與精力只為了一個標緲虛無的陰間想像。如果說關於陰間的想像可以對鄉民貧乏的現實生活與精神生活有所安慰的話，那麼它的另一個功能就是可以恐嚇行為未能獲得鄉俗認同的鄉民。在《祝福》裏，祥林嫂最擔心的就是在陰間要被下油鍋來償還現世的罪孽，於是將所有的工錢拿去廟裏「捐門檻」，為了把門檻當自己的替身，「給千人踏，

〔註30〕　蕭紅：《呼蘭河傳》，《蕭紅全集》，第 3 卷第 14 頁。

〔註31〕　蕭紅：《呼蘭河傳》，《蕭紅全集》，第 3 卷第 30 頁。

〔註32〕　魯彥：《菊英的出嫁》，《魯彥文集》，書林主編，北京：線裝書局，2009 年，第 82～83 頁。

萬人跨，贖了這一世的罪名，免得死了去受苦」〔註33〕。但是花了大價錢捐來的門檻並沒有換來祥林嫂預想的結果，她仍然是一個不被現實接受，將來也不會被陰間接受的女人。

相信地獄的真實存在、信鬼敬神的鄉俗使鄉民對於祭祀非常重視，用規定好的儀式去敬神和祖先是祭祀的主要內容，但是在啓蒙鄉土文學中，這種祭祀則是對鄉民變相的精神審判。在《祝福》裏，小說一開始就詳細地描述了魯鎮在舊曆年底的過年鄉俗——「祝福」，這是一個隆重的儀式，鄉民們通過這個儀式來迎神接福，祈求來年的好運和福氣，所以在準備福禮的過程中越仔細才越對神靈顯示出誠心，許的願才會更靈驗，「殺雞、宰鵝，買豬肉，用心細細地洗，……煮熟之後，橫七豎八的插些筷子在這類東西上，可就稱爲『福禮』了，五更天陳列起來，並且點上香燭，恭請福神們來享用；」〔註34〕本來「祝福」、祭祀等是鄉民對生活的祈盼，希望神靈、祖先保佑自己，這樣的願望應該說無可厚非，但是在魯迅的筆下，這些祈福的鄉俗卻最後成爲了讓祥林嫂精神崩潰的最後一擊。家破人亡的祥林嫂被大家看作是不祥之人，老鄉紳四叔更是嫌棄，於是在祭祖時禁止她觸碰敬祖先的飯菜，只有一些「敗壞風俗的，用她幫忙還可以」〔註35〕，明顯的偏見讓祥林嫂無比自卑，千方百計想去除帶給自己不祥的罪過，但是她的努力無濟無事，又一次冬至祭祀時，她還是被排斥在了那些「乾淨」的祭品之外，這一次的打擊讓她徹底絕望，她終於明白了自己永遠也無法洗清身上的罪孽，郁郁而死。其實我們看到，類似於「祝福」、祭祖這樣的鄉俗，只是鄉民表達自己心願的一種方式，但是在這個儀式除了表面上的形式之外還包括背後約定俗成的迷信觀念，例如要身家清白的人才可以參與祭祀活動中，否則祈願就不會靈驗。

因此在《祝福》裏，能否參加祭祀成爲了判斷祥林嫂是否有罪的方式，被允許參與祭祀意味著祥林嫂獲得了鄉俗的認同，反之則不被鄉俗所原諒，無法救贖的罪責將會伴隨她一生，死後也將不得安寧。本意祈求神靈祖先庇祐的祭祀給祥林嫂帶來的卻是傷害，這個「祝福」是多麼的諷刺。可以看到，在啓蒙話語中的鄉俗被描寫成了鄉民的精神枷鎖，在無形中扼殺人的生命。

第二種類型是鄉野陋俗，例如典妻租子，或者由於鄉民無知而輕信的訛

〔註33〕 魯迅：《祝福》，《魯迅全集》，第 2 卷第 20 頁。
〔註34〕 魯迅：《祝福》，《魯迅全集》，第 2 卷第 5～6 頁。
〔註35〕 魯迅：《祝福》，《魯迅全集》，第 2 卷第 16 頁。

傳，例如偏方、沖喜之類。魯迅在《藥》中寫到了華老栓爲了給兒子華小栓治肺癆，不惜出大價錢從劊子手康大叔手裏購買人血饅頭，將所有的希望寄託在這個根本無望的偏方上，「他現在要將這包裏的新的生命，移植到他家裏，收穫許多幸福」〔註36〕華老栓之所以有如此想法，是由於當地流傳的毫無根據、但鄉民們都相信的說法，只要是人血饅頭，「包好，包好，這樣趁熱吃下。這樣的人血饅頭，什麼癆病都包好！」〔註37〕但最終的結果卻是華小栓並未因此而痊癒，終於還是病死了。

而在蕭紅的呼蘭河，民間流行用跳大神的方式來治病，由人來扮演的大神，決定著病人的生死，還影響著旁人的命運，「說這的病人，不出今夜就必得死的，死了之後，還會遊魂不散，家族，親戚鄉里都要招災的」，於是病人家屬只有賄賂大神，以求得病人和鄉鄰的平安，但是當跳神儀式結束，被鄉民虔誠寄予了厚望的「大神」和求神的鄉民並沒有不同，「這雞，這布，一律歸了大神所有，……她把雞拿回家自己煮上吃了。把紅布用藍靛染了之後，做起褲子來穿了。」〔註38〕不管病是否可以治好，鄉民都可以接受，跳大神治病求的是神，因此一切好或壞的結果都可以歸因於神的旨意，而神是大家所不能掌控的，鄉民內心最真實的想法是連神都求過了，病好不好便都沒有自己的責任了。在《生死場》中月英的丈夫剛開始也曾「替她請神，燒香，也跑到土地廟前索藥。後來就連城裏的廟也去燒香」，但是這所做的這些事都徒勞無功，「月英的病並不爲這些香煙和神鬼所治好」，但是丈夫心裏卻心安理得了，「以後做丈夫的覺得責任盡到了」〔註39〕，任由月英病痛而死。

小團圓媳婦年僅十二歲，被夫家虐待而生病，請來了大神也未能治好她的病，於是大家獻出了各自的偏方，這些莫名其妙的偏方怪異無比，把小團圓媳婦當試驗品一般，不管多麼荒唐的偏方都輪番試驗，最後想出來的辦法就是，用洗澡來驅病。在這個儀式裏，大神在一旁跳著，另一邊要將小團圓媳婦按在滾燙的熱水裏，「小團圓媳婦當晚被熱水燙了三次，燙一次昏一次。」〔註40〕雖然沒有立刻被折磨死去，但她已經是奄奄一息，可是惡夢還沒有結束，繼續跳神、燒替身，一個本來健康活潑的小女孩被當成了妖怪，最後，

〔註36〕魯迅：《藥》，《魯迅全集》，第 1 卷第 465 頁。
〔註37〕魯迅：《藥》，《魯迅全集》，第 1 卷第 468 頁。
〔註38〕蕭紅：《呼蘭河傳》，《蕭紅全集》，第 3 卷第 28 頁。
〔註39〕蕭紅：《生死場》，《蕭紅全集》，第 1 卷第 70 頁。
〔註40〕蕭紅：《呼蘭河傳》，《蕭紅全集》，第 3 卷第 105 頁。

小團圓媳婦終於死在了所謂可以「治病」的「偏方」上。呼蘭河的鄉民們將性命託付給所謂的「大神」和憑空杜撰的偏方，曾經美麗的月英和可愛的小團圓媳婦都是這種鄉俗的犧牲品，蕭紅從這個鄉俗裏看到的是無奈，她感歎「滿天星光，滿屋月亮，人生何似，爲什麼這麼悲涼。」〔註41〕

　　再來看啓蒙鄉土敘事中關於婚姻中的陋俗，例如典妻、賣妻和沖喜。這三種由來已久的習俗都與女性有關，在啓蒙視閾中，女性在傳統社會裏謹守三綱五常的封建禮教，是男性的附屬品，也基本等同於物品，可以用金錢來交換。啓蒙作家除了抨擊鄉民的落後觀念，更多的是批判禮教對於這樣鄉俗的形成有不可推卸的責任，「舊時，在江南的許多地區，典妻婚被習俗所認同，也形成了女子爲家庭生存或利益而自願出典的現象」〔註42〕。在啓蒙主義視角中，鄉民之所以做出典妻的行爲，除了在特定的情況下迫不得已之外，更多的是這種古老的鄉俗在底層鄉民中存在的普遍性，以至於一旦家庭發生某種變故，自然而然地就會用會這種方式來解決。在許傑的《賭徒吉順》中，富紳陳哲生因爲沒有兒子，所以看中了吉順的妻子，要向吉順典妻生子，「就是說在契約訂定的時期以內，所產生的兒子，是被典主先期典去，屬於他的。」〔註43〕吉順第一次聽到中間人文輔的遊說時，並不同意。但是在吉順賭博輸完了家當，還欠了債的時候，他很快就找到了文輔，同意把妻子典給陳哲生。

　　臺靜農的《蚯蚓們》裏，由於災荒歉收，鄉民們紛紛逃荒，但是李小的妻子不願再忍受這樣貧窮的生活，儘管心有不捨，但還是願意改嫁他人，李小無力阻攔，「終於，他想到這大概是命裏定的，也只得順從了」，於是遵照鄉俗，以出賣的方式將妻子改嫁他人，「立賣字人李國富因年歲歉收，無錢使用，情願將女人出賣於趙一貴名下爲妻，央中說合，人價大錢四十串文正。……外者女人帶來小孩一口，亦由買主養尖，日後不得藉此生端。」〔註44〕在這裡，我們看到李小的妻子儘管自願離開李家，但是卻要經過簽訂賣妻字據的程序才能改嫁。

〔註41〕蕭紅：《呼蘭河傳》，《蕭紅全集》，第 3 卷麼 29 頁。
〔註42〕陳華文：《民俗文化學》，杭州：浙江工商大學出版社，2014 年，第 187 頁。
〔註43〕許傑：《賭徒吉順》，《許傑代表作 —— 子卿先生》，北京：華夏出版社，2010 年，第 79 頁。
〔註44〕臺靜農：《蚯蚓們》，《臺靜農代表作 —— 建塔者》，北京：華夏出版社，2009 年，第 60～62 頁。

在《負傷者》裏，鄉民吳大郎的妻子與張二爺勾搭成奸，但是由於吳大郎收了張二爺的錢，只能敢怒不敢言，眼睜睜地被欺侮。實在無法忍受的吳大郎在與張二爺發生了衝突，被張二爺扔出的菜刀砍傷了腳，還被抓進了警署。終究還是儒弱的吳大郎在署長的軟硬兼施之下，被迫將妻子賣給了張二爺，「立賣字人吳志強，今因無錢使用，情願將女人出賣於趙果齋二老爺爲妾……」〔註45〕照理說，吳大郎的妻子自願嫁於張二爺爲妾，張二爺財大勢大，吳大郎只是個低賤的鄉民，可是爲了獲得娶吳大郎妻子的合法性，還是必須要履行一個賣妻的手續，才能符合當地的鄉俗，得到大家的承認。

臺靜農的《燭焰》則描寫了一個沖喜的故事。翠兒是家裏的獨生女，深得父母疼愛，但是未婚夫吳家少爺病重，要求翠兒提前嫁過去，「據吳家雙親的意思，是希望伊能過去沖沖喜」，翠兒父母雖然內心滿懷憂慮，有所遲疑，但是習俗如此，「吳家少爺在病著，我的意思本想遲遲，不過吳家一定要沖喜；父親也無法，總覺得女兒是人家人，只得應允了」〔註46〕。可見翠兒的父母做出這樣的決定，原因有兩個，一個是沖喜可以消災去病的鄉俗，另一個是女兒一旦與他人有了婚約，便是「嫁出去的女兒潑出去的水」，與娘家便沒有太大的關係，女兒成了夫家的人，只能聽從夫家的一切安排，哪怕明知未婚夫久病難愈，也不能不將女兒嫁過去沖喜。果然，沖喜沒有讓吳家少爺的病情並未如期立刻好轉，母親的擔憂變成了現實，沖喜後三四天吳少爺便病死了，這決定了翠兒的從今以後的命運——孤獨終老。啓蒙鄉土文學中無論是典妻、賣妻還是沖喜的民間陋俗，表面上看都是批判鄉村的落後和鄉民的愚昧無知造成了這種陋俗的流行，但是追根溯源，啓蒙知識分子還是打著批判禮教中所規定的女性的依附地位的旗號。

啓蒙鄉土敘事中第三種類型是鄉土遺俗。傳統的鄉土社會仍然處於前現代的狀態，啓蒙知識分子認爲，正是落後的傳統文化造成了鄉村社會如今民智未開的蒙昧狀態，而禮教加強宗法家族，使鄉民們沒有國家觀念，也沒有社會觀念，宗法制使村落更像是按血緣結成的氏族，文化上的封閉與自足，使鄉俗在某種程度上仍保留了一些遠古遺風。

〔註45〕臺靜農：《負傷者》，《臺靜農代表作——建塔者》，北京：華夏出版社，2009年，第68頁。

〔註46〕臺靜農：《燭焰》，《臺靜農代表作——建塔者》，北京：華夏出版社，2009年，第29～30頁。

　　許傑在《慘霧》裏描寫了村落之間為爭奪土地而發生的械鬥。事件一開始，癩頭金告訴村裏人，環溪人開墾了本來屬於玉湖莊的荒地，這讓玉湖莊的鄉民們立刻全民皆兵，拿著短棒、豬刀槍，浩浩蕩蕩地要去和環溪人爭奪土地。兩個村一波又一波的群鬥和復仇，雙方都有鄉民被殺死，衝突越來越激烈，鄉民們已經殺紅了眼，「被傍晚血泊一般的晚霞帶著一種殺伐之氣所籠罩著的！這是何等地令人可怕的情形啊！」〔註 47〕僅僅是因為開墾的幾塊荒地，兩村的鄉民都非理性的投入到了毫無必要的戰鬥當中，而戰鬥的規模隨著雙方多人死傷而越來越升級，還有別的村莊來的同宗鄉民也捲入到事件中來，最後的結果當然是兩敗俱傷。和《慘霧》中兩村之間你死我活的殘酷械鬥一樣，魯彥的《岔路》也講了一個類似的故事。小說講述了袁家村與吳家村同時爆發了鼠疫，可怕的傳染病讓村莊籠罩在死亡的陰影中，為了盡快地消除鼠疫，兩村商量要請關公出巡。因為按照鄉俗，關公出巡就一定可以快速地結束這場瘟疫，讓村莊恢復平靜。一切都按既定的程序在緊張進行著，但是矛盾也在悄悄滋生著。花費了大量人力物力準備的結果是，關公出巡的儀式隆重熱烈，就在儀式行進當中，兩村的鄉民突然翻臉，原因就在於究竟關公先出巡到哪個村，雙方鄉民都想讓關公先到自己的村裏，但是哪個村都不願退一步，「關爺遲一天巡到袁家村，不要多死一些人？」〔註 48〕本來是為了救人才進行儀式，結果不僅沒有救人，反而讓那些在鼠疫中都存活的人，死傷在了無謂的打鬥之中，「真正的械鬥開始了。兩村的人都擦亮了儲藏著的刀和槍，堆起了矮牆和土壘，子彈在空中呼嘯著」，鼠疫再加上械鬥，「每個村莊裏的人在加倍地死亡，沒有誰注意到。仇恨毀滅了生的希望」，越來越多的人在死去，但是對兩村的鄉民來說，這還不足以平息因為關公未能先到自己村而帶來的怒火，「『寧可死得一個也不留！』吳阿霸這樣說，袁載良這樣說，兩村的人也這樣說。」〔註 49〕械鬥的鄉俗殘酷程度超過了天災，使更多的鄉民死於本不該發生的事件當中。

　　從《慘霧》和《岔路》所描寫的鄉村之間的械鬥原因來看，根本就不算是大事，但是卻讓鄉民付出了慘重的生命代價。鄉俗作為一種集體無意識，

〔註 47〕 許傑：《慘霧》，《許傑代表作——子卿先生》，第 20 頁。

〔註 48〕 魯彥：《岔路》，書林主編：《魯彥文集》，北京：線裝書局，2009 年，第 174 頁。

〔註 49〕 魯彥：《岔路》，書林主編：《魯彥文集》，第 175 頁。

具有支配鄉民的能量，可以說在村莊械鬥中喪生的鄉民們都是愚昧的鄉俗導致的。蹇先艾在《水葬》裏描述了一個鄉民因偷盜而按鄉規私設公堂被判水葬的故事。窮困的駱毛偷盜被人抓住，於是按照慣例，「犯罪的人用不著審判，私下都可以處置。而這種對於小偷處以『水葬』的死刑，在村中差不多是『古已有之』的了」沒有審判，沒有警察，犯人一路高喊「再過幾十年，又不是一條好漢嗎？」〔註50〕的豪言壯語，這樣的話聽起來似曾相識，二千多年的帝制社會裏，多少英雄好漢殺富濟貧、或者起義抗爭，在生命的最後時刻都會用這樣一句話來為自己壯行。駱毛的話讓人瞬間恍惚這是在哪個朝代？旁邊一群鄉民，男男女女、老老少少穿紅戴綠像過節似的，興高采烈地追著看熱鬧，要觀賞即將進行的水葬，這樣的情景同樣讓人懷疑這是一群生活在古代的鄉民，但是駱毛在遊行中挨了一拳後，叫了一句「民國不講理了是不是？」才提醒讀者這是現代的民國，是在提倡民主與科學的 20 世紀。可悲的是駱毛要講理，並不是要講他為什麼偷了一點東西就莫名其妙被判了水葬的理，而是在押送途中，因為他的破口大罵，引來了一個鄉民的怒打，他要講的理是為什麼打他一拳的理。由此可見，偷東西就要處以水葬的鄉俗是鄉民們從不質疑的認同，連被處於水葬的駱毛也只怪自己「太背時」被抓住，他反覆的叫罵不是申訴自己本來並不應該判以水葬，而只是單純地咒罵圍觀鄉民，從這個表現來看，駱毛儘管不願，但是從內心裏已接受鄉俗的審判。

　　從以上三種不同類型的鄉俗敘事來看，啟蒙視閾是將鄉俗置於批判禮教的框架之中，在有意無意間模糊了禮教與鄉俗之間的區別與界限，「禮教吃人」，鄉俗就必然是殺人的，因此我們通過啟蒙視角所看到的鄉俗不僅是落後，還是相當惡劣與殘忍的，無數的無辜鄉民從身體上或者從精神上被扼殺在鄉俗裏，但當我們的目光從啟蒙視角中抽離出來，就會發出這樣的疑問，有著悠久歷史的鄉土社會，是如何通過「殺人」的鄉俗維持下去的呢，或者，是否是因為啟蒙視閾過濾了鄉俗的全部功能，只為我們呈現為啟蒙目的而選擇性書寫的鄉俗呢？我們有必要重新理性的審視鄉俗。

3、文化之根性：中國鄉俗文化的尷尬處境

　　鄉俗是一種經過漫長時間逐漸演化的、被鄉民所認同的行為習慣與心理習慣，「人的文化存在機制，其核心基礎就是民俗文化。一個人可能不識字、

〔註50〕蹇先艾：《水葬》，《蹇先艾文集》，第 1 集第 27 頁。

不掌握典籍文化，但不可能沒有民俗文化。每個人都是民俗文化的創造者，同時又是民俗文化的承載者。」〔註51〕鄉俗具有歷史性，但又超越歷史而存在，時光流逝、朝代更迭，作為鄉民思想意識的內核，鄉俗保持著自身的穩定性。在中國鄉土社會的緩慢發展過程中，鄉俗是在日常生活的點滴之中慢慢形成，並滲透日常生活的各個方面，成為一種集體無意識。

作為鄉俗的創造者與承載者，鄉民的文化與認知水平決定了鄉俗中有許多非理性的、迷信的因素存在，但這並不是鄉俗的全部，鄉俗同樣也是鄉民們生產生活經驗的總結，中間不乏理性的成份，比如鄉民們對於四季節氣的掌握，同時，有些鄉俗屬於人類共同的經驗，並不是僅在中國鄉土社會存在。例如，胡適曾在他的留學日記裏記載過美國也有求雨的習俗，「歐美科學之發達，可謂登峰造極矣；科學知識之普及可謂家喻戶曉矣；而猶有求雨之舉。吾去年聞西美某省長出令，令省中各教堂同日祈禱求雨，今又見之。」〔註52〕胡適也在感歎以科學理性聞名的歐美竟然也會求雨，看來迷信的習俗是全世界都會存在的，這是在人類無法真正的掌控大自然時而產生的敬畏和依賴的心理，是正常的也是人類認知發展過程中必經的階段。列維‧斯特勞斯在對各國神話的研究之後也發現「如果說，神話的內容完全是隨機的，那麼五湖四海的神話為什麼如此相似呢？」〔註53〕因此，如果要對鄉俗作一個客觀理性的研究和評價，就需要將它放在世界性的民俗文化範圍中，我們將發現中國的鄉俗與其它國家的民俗有相通的地方，也有因地域、傳統等客觀因素的不同而具有差異性，與其它國家民俗相似的地方不一定就是先進的，與其它國家民俗不同的地方未必就是落後的。

同時，也應該看到，鄉俗的產生、流行，總是有一定的原因，總是與現實生活相關的，鄉俗「作為一種文化而存在，讓使用這種文化的人，具有一種文化的認同，一種心靈的依託，一種精神的皈依」〔註54〕。所以鄉民們不可能以主觀惡意去製造一種鄉俗，所以我們用現代的眼光發現某些鄉俗確實屬於惡習、陋俗，這也與當時的社會、文化有密切的關係。例如，魯彥描寫「冥

〔註51〕鄭土有等：《五緣民俗學》，上海：同濟大學出版社，2013年，第6頁。
〔註52〕胡適：《美國亦有求雨之舉》，《胡適日記》，曹伯言整理，合肥：安徽教育出版社，2001年，第1冊第371頁。
〔註53〕〔法〕克洛德‧列維——斯特勞斯：《結構人類學》，張祖建譯，北京：中國人民大學出版社，2006年，第1冊第191頁。
〔註54〕陳華文：《民俗文化學》，杭州：浙江工商大學出版社，2014年，第4頁。

婚」目的是爲了表現鄉俗的本質就是迷信，可悲的是鄉民還篤信不已，用盡全力辦了一場荒唐的婚禮。但事實上，冥婚並不完全是迷信，從情感上來說，傾注的是菊英的母親愛女之情，擔心陰間的女兒太過寂寞，這種親情是與迷信無關的，它只是需要通過冥婚這種儀式來表達母親的愛，母親覺得必須再爲女兒做點什麼才能放心。這也是鄉民寄託情感的一種方式，例如王安憶的小說《天仙配》講述了一個發生在新時期的冥婚，而冥婚的主角並非一般無知的鄉民，而是一個年輕的女戰士，雖然這位在戰爭中犧牲的女戰士信仰的是共產主義，但是也並不妨礙當地的老百姓用這種迷信的方式厚葬她，因爲女戰士犧牲的時候年紀小，鄉民們把她當成自己的女兒、姐妹，擔心著她一人孤單，所以即使信仰有衝突，鄉民們還是按照自己的習俗爲她舉行了冥婚儀式。

　　另外，從文化傳統來說，冥婚是「建立在人們對靈魂信仰的基礎上，還建立在墓葬的習俗上，它是中國人對於靈魂膜拜的外化，說明中國人對鬼神世界抱有相當樂觀的態度」〔註 55〕。又再如《呼蘭河傳》裏蕭紅所寫的小團圓媳婦的治病過程，從表面上看，我們確實可以抨擊愚昧迷信的鄉俗害死了原本健康的小姑娘，但是實際上胡家人對小團圓媳婦所採取的治療方式屬於薩滿教的巫儀。東北地區盛行薩滿教，而「治病儀禮是薩滿巫儀中最常見的儀禮，……薩滿認爲不同的病症是由於不同的惡靈作祟的結果」〔註 56〕，於是便有了用各種怪誕的方法，要將小團圓媳婦身上的鬼神趕出來，「她吃了雞，她又出了汗，她的魂靈裏邊因此就永遠有一個雞存在著，神鬼和胡仙黃仙就都不敢上她的身了。」〔註 57〕老胡家的人本意並不是要害死小團圓媳婦，爲了治病趕鬼，老胡家幾乎傾家蕩產地花費了五千多弔錢，最後落得家破人亡。呼蘭河的鄉俗是一個非常複雜的組成，其中不僅有對薩滿教的信仰而形成的薩滿儀禮，但也夾雜著由於鄉民無知而形成的迷信思維，同時薩滿本身是祭神祈福的，只是到了民間，鄉民們按照自己的認知去理解薩滿，在日常生活大大突出了薩滿的「巫」的因素，顯得更加荒誕。

　　因此，鄉民們認同鄉俗、踐行鄉俗，必然是有著多重的原因，並不能用單純的落後或迷信來全部概括，在充分給予理解的基礎上，再去重新觀察鄉

〔註 55〕陳華文：《民俗文化學》，第 189 頁。
〔註 56〕色音：《論薩滿教的巫儀》，苑利主編：《二十世紀中國民俗學經典・信仰民俗卷》，北京：社會科學文獻出版社，2002 年，第 271 頁。
〔註 57〕蕭紅：《呼蘭河傳》，《蕭紅全集》，第 3 卷第 85 頁。

俗時，就會發現啓蒙鄉土敘事中所描畫的鄉俗只是其中的一個方面，並且啓蒙話語將之偏頗的醜化後，拖拽入禮教的範疇，成爲「禮教吃人」的最好闡釋。事實上，在新文化運動打倒禮教、批判傳統之後，隨著傳統鄉土社會結構的變化，鄉俗也逐漸走向沒落，這些曾經是啓蒙知識分子夢寐以求的局面，當這一切眞實到來的時候，卻已經與啓蒙初衷完全背離，社會並沒有因爲禮教和鄉俗被破壞而變得更好，隨之而來的是社會秩序的混亂與崩塌。

鄉俗是傳統鄉土社會賴以存在的文化基礎，「也是凝聚一個民族的文化核心點」〔註 58〕。從理論上來說，禮教與鄉俗應該是從屬的關係，禮教是最高形式的禮儀規範，鄉俗秉承禮教精神而形成，使禮教融入日常生活，「從來中國社會秩序所賴以維持者，不在武力統治而寧在教化；不在國家法律而寧在社會禮俗。」〔註59〕從大體上來說，有什麼樣的「禮」，就有什麼樣的「俗」，但是正如人類學家特魯伊洛特所說的：「超越於政府與國家制度之上的通過運用和實踐來確認有效性的多重場域」〔註 60〕（I suggested such a strategy here, one that goes beyond governmental or national institutions to focus on the multiple sites in which state process and practices are recognizable through their effects），即在國家與社會層面實際存在著的多重場域，精英廟堂場域的禮教並不可能被民間場域完全理解與接受，在鄉民社會有一套自適應的習俗維持著日常生活秩序。因此，禮儀之範與民間之俗在某些方面存在一致性，可是也在實踐中存在理解上和實踐上的偏差，有時甚至於背離的。

雖然身居鄉間的鄉紳階層從某種程度上來說，起到了連接禮教與鄉俗的功能，使兩者盡可能的運行在同一軌道上，但隨著時代的變遷，特別是晚清變局中，士紳們形成了學習西學的共識，自身的文化觀念發生了改變，再加上 1905 年廢除科舉之後，鄉紳紛紛另找出路，投身新學，另外由於思想啓蒙運動對於傳統文化的全盤否定與批判，鄉紳之學再難有作爲。同時民國時期城市的發展，也使越來越多的傳統鄉紳離鄉進城，維持禮教和鄉俗的力量漸近消失，使鄉土社會秩序幾乎失控，當時就有學者看到鄉村「質樸之風俗大

〔註58〕 鍾敬文：《建立中國民俗學派》，《鍾敬文文選》，董曉萍選編，北京：中華書局，2013 年，第 22 頁。

〔註59〕 梁漱溟：《鄉村建設理論》，《梁漱溟全集》，濟南：山東人民出版社，2005 年，第 2 卷第 179 頁。

〔註 60〕 Michel-Rolph Trouillot,:《The Anthropology of the State in the Age of Globalization》，《Current Anthropology》，2001 年第 42 卷第 1 期。

壞，流風漸趨淫蕩」〔註61〕。鄉俗中屬於惡俗的部份逐漸顯現出越來越大的影響，鄉村社會世風日下，是建立現代國家的一個巨大障礙，愈加表現出鄉風民俗對於國家上層政治的反作用力，「人民生活之滿足，固有賴於政治之教，養，衛各種制度盡善行。但政治上各種制度之進行，與社會風俗習慣之關係，至爲密切。」〔註62〕。也就是說，社會風俗也是一種不可小視的精神力量，政治制度能夠眞正的踐行下去有賴於民間風俗的配合，因爲「眞正把人們維繫在一起的是他們的文化，即他們所共同具有的觀念和準則。」〔註63〕只有將已經被打亂的精神認同重新聚集起來，才能讓鄉俗恢復對鄉土社會倫理秩序的維持作用，所以在三十年代初，國民政府在其政治實踐中開始有意識地整頓民風，改變惡習，以便有利於政令與制度的推行。

1934 年，國民政府開始向全社會宣傳新生活運動，推行新生活運動的原因正是由於思想啓蒙運動與戰亂造成了傳統道德觀、價值觀的破壞與社會秩序的混亂，「知一切無禮無義不廉無恥的事實之養成，革命本身實負其大部份責任，而五四運動之文化破壞工作，實亦難辭其咎。」〔註64〕傳統文化被破壞，造成的最終後果是社會道德底線的崩潰，以及民眾精神認同的眞空，因此才會出現「其衣食住行之法則，本極高尙，時至今日，反有粗野卑陋之狀態，而不免流爲非人的生活者，厥爲『禮義廉恥』不張之固」，因此，新生活運動的核心內容就是「提倡『禮義廉恥』的規律生活，以『禮義廉恥』之素行，習之於日常生活『衣食住行』四之事中」，而推行新生活運動的最終目的就是要「運動完成，風氣移易」〔註65〕，讓已經敗壞的鄉風民俗重新回到「禮義廉恥」的框架當中來，規範日常生活，肅清陋俗惡習的流弊。這是官方對於傳統道德觀的重新提倡，與此同時，在民間也有一批知識分子積極地進行鄉村建設運動，正是由於他們也看到了鄉俗對於鄉土社會產生舉足輕重的影響，「此社會結構與生活方式，其實是生活的工具。此種種的生活工具一方面

〔註61〕　紀彬：《農村破產聲中冀南一個繁榮的村莊》，《中國農村經濟論文集》，千家駒編，中華書局，1935 年，第 512 頁。

〔註62〕　蔣中正：《新生活運動綱要（附新生活須知）》，《交通職工月報》1934 年第 2、3 期。

〔註63〕　〔美〕露絲‧本尼迪克特：《文化模式》，王煒等譯，北京：社會科學文獻出版社，2009 年，第 11 頁。

〔註64〕　陳立夫：《新生活運動之理論與實際》，《政治月刊》1934 年第 2 期。

〔註65〕　蔣中正：《新生活運動綱要（附新生活須知）》，《交通職工月報》1934 年第 2、3 期。

爲社會習慣與禮俗，一方面即爲各方面的制度組織。此社會習慣與禮俗能滿足其生活要求，解決其生活上的問題」。〔註66〕因此，鄉俗的治理也是鄉村建設工作的重要組成部份。

許多致力於鄉村建設的知識分子都是留學歐美的，他們除了希望將先進的農業技術應用於中國鄉村，改善農業經濟和農民生活以外，也要建立一個適應於中國的鄉土文化。既然要適應於中國本土，那麼就無法離開中國的傳統禮俗。但新文化運動恰恰就是對中國傳統禮俗的批判與破壞，導致了鄉村社會倫理道德等鄉俗中好的那一部份逐漸消失，「現在一般青年人硬講新學術，拉幾個新名詞，罵得自己祖宗狗血噴頭：什麼『吃人的禮教』，『虛僞的道德』，『打倒廉恥』，『萬惡孝爲先』，種種怪異的口號，無奇不有」，而打倒自己傳統與文化的後果便是「完全沒有自信力，承認自己是無文化的民族，承認自己的祖宗全是混蛋，承認自己民族歷史上沒有一個好人。」〔註 67〕失去了文化自信力的中國人開始學習外國，但是無論是學歐美，還是學俄國，其結果不僅是失敗，反而使社會狀況更加惡化。因此，要重建鄉村，還是要回到自己的傳統習俗中找資源。對於鄉俗的看法，鄉村建設派是理性的，也是比較全面的，看到了鄉俗對於鄉村道德風尚有著正面促進的作用，「風俗之於人類，雖往往爲道德之累，致使人誤風俗爲道德，而流弊無窮，然其社會之關係，則固極爲重要。況風俗有善有惡，其善良一部份，不但不爲道德所累，而尤爲道德之助乎。」〔註68〕

因此，對於鄉村建設派來說，要使中國進步，必先由改造鄉村開始，而改造鄉村不是徹底的破舊立新，除了改善不良的鄉俗之外，還應該從舊有的習俗中尋找可用的資源，例如家族制度、倫理道德等，梁漱溟就說「鄉村建設就是要創造一個新文化，創造新文化要以鄉村爲根，要以中國的老道理爲根」〔註 69〕。中國傳統文化並非一無是處，相反還應該是建立新文化的根基所在，也就是說「新」也需要從「舊」中而來，才是眞正可行的。無論是啓

〔註66〕 瞿菊農：《力量的培養》，郭麗等編：《民國思想文集》（鄉村建設派），長春：長春出版社，2013 年，第 267 頁。

〔註67〕 王鴻一：《中國民族精神及今後之出路》，郭麗等編：《民國思想文集》（鄉村建設派），第 51 頁。

〔註68〕 米迪剛：《農村家族制度與社會改良》，郭麗等編：《民國思想文集》（鄉村建設派），第 23～24 頁。

〔註69〕 梁漱溟：《鄉村建設大意》，《梁漱溟全集》，濟南：山東人民出版社，2005 年，第 1 卷第 653 頁。

蒙知識分子、國民政府，還是鄉村建設派，他們都看到了鄉土社會確實存在問題，亟待解決，都不約而同地將重建文化作爲改造社會的方法，但有趣的是，在傳統和鄉俗的觀點上，後兩者正好是對思想啓蒙的反動。

從新文化運動到新生活運動的時間間隔不過十幾年的時間，從打倒「吃人的禮教」到重提「禮義廉恥」的傳統倫理道德，社會思潮彷彿繞行了一圈又回到了原點，啓蒙精英們滿懷激情、費盡心力要從舊傳統中殺出一個新天地，可是傳統被打倒之後，社會危機、文化危機並沒有因此而化解，他們所期待的新社會和新文化也並未如期建立，反而陷入的是更爲混亂的局面，在禮教約束失效的情況下，鄉土社會中的惡習陋俗更加肆無忌憚，因此才有了三十年代重新將禮義廉恥作爲社會道德準則的新生活運動。

舊傳統舊文化被打倒後，鄉土社會出現的道德眞空，使得鄉俗中的惡習陋俗部份更加突出，鄉村的人文環境更加惡劣，作爲當時執政者的國民政府認爲這是新文化運動與不斷的社會動盪造成的，因此想到的補救辦法是回歸傳統。回顧整個二十世紀，「傳統」就像一個揮之不去的陰影，既無法徹底破壞，又無法完全恢復，總是在時代變遷中浮浮沉沉，而鄉俗作爲傳統文化中重要的組成部份，其命運也與「傳統」緊密相連，總是被當作社會進步的障礙物。但是最終的結果，正如曾經激進的啓蒙主義者傅斯年在晚年的總結，「傳統是不死的。在生活方式未改變之前，尤其不死。儘管外國人來征服，也是無用的。」〔註70〕和傳統一樣，鄉俗根植在每個鄉民的精神深處，無論批判也好，提倡也好，都是一個無法繞行的一個恒常的自在物。

當我們站在距離世紀初那場思想啓蒙運動較遠的時空裏，重新審視啓蒙鄉土文學中的鄉俗敘事時，留下的是「禮教吃人」的整體意象，這是除了啓蒙精英們刻意將鄉俗之陋歸咎於禮教之罪外，也有用惡習陋俗遮蔽鄉俗中那些保留傳統倫理美德的習俗之故。雖然惡習陋俗並不是鄉俗的全部，但也不能否認傳統鄉土社會的習俗確實有待進一步的改進，以適應現代社會。鄉土社會要移風易俗，這不僅是啓蒙知識分子的認識，革命知識分子同樣看到了這個問題。如果說啓蒙精英們採取的途徑是要通過打倒傳統和禮教來重建一個新的文化體系，那麼革命知識分子則是用一套新的意識形態來重新解讀鄉俗，從而顛覆其存在的內在文化基礎，其外在形式已爲新的意識形態所利用。

〔註70〕傅斯年：《中國學校制度之批評》，歐陽哲生主編：《傅斯年全集》，長沙：湖南教育出版社，2003年，第5卷第211頁。

第二節 置換與利用：階級革命視角下的鄉俗敘事

「沒有革命的理論，就不會有革命的行動」。〔註71〕對於革命知識分子來說，革命的行動當然包括文學創作，所以文學實踐必須是革命理論先行，反之如果沒有革命理論對文學的掌控，那麼也就不可能是革命文學。階級革命的理論指導著革命文學創作，具體到鄉土文學中的鄉俗敘事，那就意味著鄉俗也將毫不例外地進入階級革命話語之中，但與鄉景、鄉紳、鄉民不同的是，鄉俗因為是鄉土社會共同的精神認同，不僅屬於地主階級，也同樣屬於鄉民階級，同時具有非同一般的穩定性，因此在處理鄉俗的問題上，階級革命文學呈現出了更加複雜的形態，既不能單純的打倒，也不能全部的接受，因此既要選擇性的批判它，又要適當地利用它。

1、壓迫之工具：現代革命話語的批判邏輯

在啓蒙視閾中，鄉俗是與禮教同流合污的，鄉俗是禮教在鄉土社會對鄉民進行精神統治的另一種形式，批鄉俗也就等同於批禮教，徹底清除傳統文化才有建立西方式新文化的可能性。這種批判指向的是傳統鄉土社會整個精神層面的，並沒有區別鄉紳與鄉民在鄉俗的創造與傳承方面所起到的不同作用，而是將禮教作為社會進步的最大障礙。為了達到攻擊禮教的目的，胡適等人也不惜提倡受到民間喜愛的小說、彈詞、傳奇等俗文學，希圖用文學革命來打開批判傳統文化的突破口，但實際上在民眾中的影響力卻度不大，啓蒙知識分子的傳統本質決定了「文學革命實際上是一場精英氣十足的上層革命，故其效應也正在精英分子和想上升到精英的人中間。」〔註72〕因此，思想啓蒙運動對知識分子階層有所影響，吸引了部份鄉紳棄舊從新，從而對禮教的維持產生了破壞作用，但對於真正的鄉民階層卻未見其效，鄉俗也因失去了禮教的有效管束而導致惡俗泛濫。思想啓蒙運動對於傳統鄉土社會秩序來說，確實可以說是破壞有加，但這種破壞是經過從上至下的途徑實現的。隨著啓蒙之聲逐漸消隱，革命時代勢不可擋地到來了，作為鄉土文學中最為重要的根源性敘事背景，鄉俗從啓蒙話語轉移了階級革命場閾之中，開始了漫漫革命改造之旅。

〔註71〕〔俄〕列寧：《怎麼辦？——我們運動中的迫切問題》，《列寧全集》，北京：人民出版社，1986年，第6卷第23頁。
〔註72〕羅志田：《權勢轉移：近代中國的思想與社會（修訂版）》，北京：北京師範大學出版社，2014年，第140頁。

　　首先來看，鄉俗等文化觀念是如何進入了階級理論框架之中的，因為這將決定著革命作家採取何種方式和態度來處理進入革命敘事中的鄉俗。二十年代中後期，雖然啟蒙之光漸漸黯淡，但並不代表文化思潮就此停止，而是迎來了一個更加激進的思想運動。階級革命思潮來勢洶洶，知識分子開始使用新的革命理論對新文化運動做整體的評價，以清算其帶來的思想影響，掃清啟蒙主義的遺塵，為新的思想革命運動作鋪墊。因為只有這樣才能重建新的文化理念，開啟一個新的革命時代，「我們要創造一個世界的文化，我們要創造一個文化的世界。」〔註73〕革命知識分子創造的這個全新的文化世界，建立在舊有的文化觀念廢墟之上，其採取的方式實際與思想啟蒙運動如出一轍，所不同的是借用的批判工具和批判的對象。郭沫若對於新文化運動是不屑一顧的，他認為啟蒙知識分子們的身份不過是「舉人進士的老爺夫子變成了碩士博士的教授先生」〔註74〕，這樣的人能起到什麼樣的革命作用呢，啟蒙運動與封建時代文以載「忠孝節義」的道一樣，前者只不過載的是資本主義自由民主的道而已，因此新文化運動只是一個資產階級的文化運動，啟蒙主義者所提出的思想主張，對於現階段的中國社會來說已然過時了，因此，以先進的無產階級自居的革命作家們毫不客氣地宣稱魯迅「是資本主義以前的一個封建餘孽。……是二重的反革命人物」，魯迅作為新文化運動的靈魂人物，批倒了魯迅也就等同於全面推翻了新文化運動。

　　如此看來，就像新文化運動徹底否定傳統文化一樣，革命文學同樣徹底否定了新文化運動。郭沫若認為即將掀起的無產階級文藝，是在一個全新的理論指導下的文藝運動，要用「清醒的唯物辯證論的意識」劃出一個新的時代。歷史唯物主義認為人類社會歷時性的經歷五個社會形態，在不同的社會形態中有不同的文藝思想，所以只有首先界定了社會性質才能針對性地進行革命文藝運動，回過頭看宣揚思想解放、科學與民主的啟蒙知識分子連社會性質都沒有搞清楚，更不可能有正確理論引導，新文化運動的失敗當然就是注定的，「前期的文藝運動，簡單地說，只是語體文運動，它沒有建立藝術的理論，它沒有確定它的階級性，……第二期的文藝運動，便從這階級鬥爭中

〔註73〕郭沫若：《我們的文化》，《郭沫若全集》，北京：人民文學出版社，1989年，第16卷第83頁。

〔註74〕郭沫若：《文學革命之回顧》，《郭沫若全集》，北京：人民文學出版社，1989年，第16卷第85頁。

暴發。」〔註75〕革命知識分子將一個個新鮮的名詞信手拈來，「無產者」、「普羅列塔利亞」、「革命的印貼利更追亞」、「意德沃羅基」、「階級」、「奧伏赫變」等等，這些讓人眼光繚亂的詞彙編織出了一個新的文學理論框架，意味著革命知識分子將用一個全新的文化視角重新敘述啓蒙文學敘事中對傳統、鄉俗等文化現象。

　　再來看鄉俗等傳統文化是如何通過階級理論分析成爲剝削階級的壓迫工具的。與啓蒙主義比較單純的文化觀念相比，階級革命理論對於文化的看法更加系統性。啓蒙主義並未將傳統、禮教、制度等文化觀念與經濟、政治密切地聯繫在一起，因此他們反對與批判的只是文化本身，沒有對這種文化產生的基礎進行批判，而階級革命理論則是將經濟、政治、文化三位一體地結合在一起，從根本上解釋了文化產生的原因，也從根本上解決了要消除某種文化心理，也必須要消除這種文化心理產生的經濟基礎，要推翻精神文化上的統治，必須要和經濟革命與社會革命結合起來。啓蒙主義者進行的只是「文化運動」，而革命知識分子進行的是包括文化革命在內的飽含血與火、生與死的階級革命，切斷的是整個傳統文化的命脈。因此，鄉俗作爲傳統文化的一部份，無法逃脫被革命的命運，也將被整理進階級統治的機器內，等待革命知識分子的清理。階級革命理論以其強大的衝擊力和先鋒性顛覆了啓蒙話語，確立了自己的合法性，革命知識分子滿懷信心地站在自己的時代，要對過往的一切進行重新評價與再造，「整理過去的文化，創造將來的文化，本是無產階級革命對於人類的責任」〔註76〕。

　　對於持階級理論這一先進思想武器的革命知識分子來說，階級分析成爲了一個放之四海皆準的套子，經濟、政治、社會、文化都必須經過「階級」這個濾鏡，否認除了階級屬性之外，存在其它共性的可能性，「社會是由階級構成的，階級的鬥爭促進社會的發展，這是自然的必然的本質上的眞相，所以我們在社會裏看到的只是階級，People 這個抽象的東西只是一個空洞的名字。」〔註77〕既然根本不存在抽象的「人」，那麼由人類所創造的文化也不可

〔註75〕丁東：《中國文藝運動的新趨向》，1928 年 11 月 1 日《青海》創刊號，《「革命文學」論爭資料選編》，北京：知識產權出版社，2010 年，（下）第 522 頁
〔註76〕蔣光慈：《無產階級革命與文化》，《蔣光慈文集》，上海：上海文藝出版社，1988 年，第 4 卷第 138 頁。
〔註77〕彭康：《革命文藝與大眾文藝》，《創造月刊》第 2 卷第 4 期，1928 年 11 月 10日。

能是抽象的，和人一樣具有階級性。革命知識分子否認人類有共通的情感或習俗，人的階級性決定了不同的階級有著自己的文化，「因爲生產力沒有充分發展的緣故，社會中分成統治與被統治階級；因爲社會中有階級的差別，文化亦隨之而含有階級性」，那麼階級之間的對立與鬥爭不僅表現在社會生活上，也表現在文化上，「統治的階級爲著制服被統治階級，於是利用文化迷惑被統治階級之耳目」〔註 78〕。也就是說，文化是階級社會中剝削階級用來統治的手段之一，具體到鄉土社會，作爲鄉土文化的重要組成部份，鄉俗無疑也將被劃分階級歸屬。毛澤東在《中國社會各階級的分析》一文中將農村劃分爲以下和個階級：地主階級、小資產階級（自耕農）、半無產階級（半自耕農、貧農、小手工業者、店員、小販）、無產階級（雇農、遊民無產者），在鄉村社會中處於剝削和壓迫地位的是地主階級，與之相對立存在的是處於被壓迫階級的鄉民群體，而地主階級與城市中買辦階級的性質是一樣的，「代表中國最落後和最反動的生產關係，阻礙中國生產力的發展。他們和中國革命的目的完全不相容。」〔註 79〕作爲鄉村中的統治階級，地主階級掌握著文化權力，鄉俗也就成爲他們統治鄉民群體的重要方式。地主階級不僅帶有封建主義的落後性，同時還帶有階級剝削的反動性，因此也代表著最腐朽沒落的文化，他們利用手中的文化權力從精神上掌控鄉民群體，「這四種權力——政權、族權、神權、夫權，代表了全部封建宗法的思想和制度，是束縛中國人民特別是農民的四條極大的繩索」〔註 80〕。所以，階級革命的任務不僅是要推翻地主階級在經濟和政治上的統治權，更爲重要的是解除他們在精神文化上的統治權。在鄉紳一節中談到過，鄉紳是鄉土社會中的文化階層，兼具有土地身份與文化身份，在傳統鄉土社會中起著維繫著傳統倫理道德與社會禮俗秩序的作用，所以打倒地主階級，也基本等同於清除鄉紳階層，這其中除了經濟原因之外，另外的原因就在於剝奪他們在鄉民精神認同中的特殊地位。

鄉俗中包括大量的迷信、禁忌、儀式，或者一些約定俗成的鄉規，在革命知識分子看來，鄉俗本身就是屬於封建時代落後的思想文化，同時還成爲了地

〔註 78〕蔣光慈：《無產階級革命與文化》，《蔣光慈文集》，上海：上海文藝出版社，1988 年，第 4 卷第 139 頁。

〔註 79〕毛澤東：《中國社會各階級的分析》，《毛澤東選集》，北京：人民出版社，1991 年，第 1 卷第 4 頁。

〔註 80〕毛澤東：《湖南農民運動考察報告》，《毛澤東選集》，北京：人民出版社，1991 年，第 1 卷第 31 頁。

主階級進行階級壓迫的隱形工具。鄉民在地主階級嚴酷的經濟剝削之下，如遇天災人禍、走投無路時，一般都會主動地求助於鄉俗中的迷信活動、儀式等，這是鄉民萬不得已所走的最後一步，求助於上天或者鬼神，將農田的收成寄託在迷信上，而不是將矛頭指向收取重租的地主階級身上。所以，鄉俗和地主階級一樣是反動的，在農民運動高潮中，可以看到鄉俗伴隨著地主階級被推翻，也被當作「族權」、「神權」而被禁止，「壞的族長、經管，已被當作土豪劣紳打掉了。……農民協會佔了神的廟宇做會所」，同時還將鄉俗中的惡習也算到了地主的頭上，「對於社會惡習之反抗，如禁賭鴉片等。這些東西是跟著地主階級的惡劣政治環境來的」〔註81〕。總而言之，鄉俗成為了地主階級的附屬品，兩者合二為一，都是階級革命的對象，所以革命鄉土敘事中的鄉俗和地主階級一樣，是以階級鬥爭之敵的面目出現的。但是鄉俗在革命文學敘事中不僅只有「階級敵人」這一副面孔，在無產階級取得政權、洋溢著革命樂觀主義情緒的根據地和解放區，鄉俗不再是苦大仇深的鄉民們祈求生存的救命稻草，更多的是以一種封建遺毒的面目存在於鄉民的思想觀念之中。對於根據地和解放區的鄉民們來說，經濟上與政治上都獲得了解放，地主階級雖然已被打倒，但是鄉民們在思想意識上卻仍然受到代表著地主階級、封建落後的鄉俗控制，這與馬克思主義的「一定形態的政治和經濟是首先決定那一形態的文化的；然後，那一定形態的文化又才給予影響和作用於一定形態的政治和經濟」〔註82〕，顯然是不相適應的。鄉俗存在的經濟和政治基礎已經被徹底消除，它的存在已對無產階級革命政權不構成威脅，消亡只是一個時間問題，但是由於舊文化的慣性使文化水平低的鄉民們仍然認同和遵守。總體說來，失去了反動政權庇護的、被地主階級利用的鄉俗，與鄉民之間的關係也不再是緊張的階級對立關係，而革命政權的確立給革命知識分子帶來了勝利的自信，所以此時的革命鄉土文學對鄉俗的敘述開始呈現一種輕鬆的喜劇色彩，一掃早期階級革命文學中加諸在鄉俗身上濃重的悲情色彩。在改變對鄉俗敘事態度的同時，革命知識分子也意識到，作為文化觀念的鄉俗，在文盲半文盲的鄉民思想中根深蒂固，並不能短時間能從鄉民的思想意識中立刻根除，但是又必須要建立與根據地和解放區的經濟政

〔註81〕 毛澤東：《湖南農民運動考察報告》，《毛澤東選集》，北京：人民出版社，1991年，第 1 卷第 38 頁。

〔註82〕 毛澤東：《新民主主義論》，《毛澤東選集》，北京：人民出版社，1991 年，第 2 卷第 664 頁。

治相適應的新民主主義文化，「不把這種東西打倒，什麼新文化都是建立不起來的」〔註83〕。

所以，不管以何種態度對待鄉俗，其最終目的都是要消除封建文化對鄉民的影響，這關係到鄉民階級對新的政權和新的意識形態的認同和支持，對鄉俗一味的批判與打倒是否可以達到建立新文化的預定目標，還是另有途徑可以將這個「階級壓迫的工具」改造來爲革命所用？革命作家用自己的文學實踐回答並解決了在鄉俗的傳統裝置下，如何從壓迫的工具變成了傳遞無產階級革命新文化和意識形態的載體。

2、舊俗之終結：革命意識形態的文學闡釋

「文學，有它的社會根據——階級的背景。文學，有它的組織機能——一個階級的武器。」〔註84〕「階級」是革命鄉土文學的關鍵詞，這意味著階級革命理論貫穿在文學創作之中，將無產階級革命鬥爭採用文學的方式在作品中演繹一遍，以此預見現實生活中階級革命的結果，最終達到宣傳與教育的目的。階級話語是一個巨大的熔爐，一旦進入，其強烈的解構性使它完全可以按照自身的話語邏輯重塑事物。從文化的角度來看，鄉俗作爲一種鄉土社會的精神認同，並不是專屬於某個階級所有，一些禁忌、迷信、倫常和儀式，不僅鄉民遵守，鄉紳地主也都不例外。但是階級話語中的鄉俗卻具有了鮮明的階級性，與經濟、政治革命有機結合在一起的文化革命，反抗的是地主階級的精神統治。革命鄉土文學通過鄉俗敘事來闡釋剝削階級如何利用文化權力統治鄉土社會，階級革命任務之一就是要推翻地主階級對鄉民的精神束縛，不僅在經濟和政治上獲得解放，在文化上也要獲得新生。在已經建立無產階級政權的根據地或解放區，階級革命獲得勝利的同時，還需要進行包括重建精神文化在內的社會改造，用新的意識形態去替換曾經的鄉俗習慣，這是與提高鄉民的階級覺悟有密切的關係，只有提高了階級意識，才能真正的認同新政權。因此，改造舊的鄉俗，建構新的文化認同，成爲解放區鄉土文學中鄉俗敘事的主要內容與目的。革命鄉土文學中的鄉俗敘事可以分爲以下三個類型：一、作爲階級統治手段之一的舊鄉俗；二、革命鄉土敘事中鄉

〔註83〕毛澤東：《新民主主義論》，《毛澤東選集》，第 2 卷第 695 頁。
〔註84〕李初梨：《怎樣的建設革命文學》，《「革命文學」論爭資料選編》，北京：知識產權出版社，2010 年，（上）第 117 頁。

民對於舊鄉俗的反抗；三、解放區文學對舊鄉俗的改造。這三個類型實際上也是革命鄉俗敘事的一個邏輯漸進的過程，當用階級話語揭示舊鄉俗的階級本質之後，便是鄉民將反抗舊鄉俗當作推翻地主階級政權的內容之一，通過階級革命取得政權之後便對舊鄉俗用新的意識形態進行改造。

首先來看第一種類型，鄉俗作爲地主階級統治鄉民的工具。由於生產方式的原始與鄉民認知水平的限制，傳統鄉土社會有許多毫無根據的禁忌、迷信儀式，或者一些約定俗成的習慣，千百年來的傳承使鄉民們將這些鄉俗融入了自己的日常生活，對於居住於鄉村的每個個體而言，「落地伊始，社群的習俗便開始塑造他的經驗和行爲。……社群的習慣便已是他的習慣，社群的信仰便已是他的信仰，社群的戒律亦已是他的戒律。」〔註85〕因此，鄉俗不僅對鄉民有效，而是對每個受到鄉土文化薰陶的人都會產生影響，這不是人爲所控制的。但是在革命鄉俗敘事中，通過階級分析，鄉俗不再是鄉土社會的一種集體無意識，而是被統治階級有意識地利用，掩蓋階級剝削實質，轉移階級矛盾的手段。

在葉紫的《豐收》裏，鄉民們總是在和老天週旋，下雨時擔心雨太大淹了莊稼，天晴時擔心晴天太久會乾旱，所以都將好收成寄託在老天爺的身上。好不容易等到清明下了種，旱災緊接著又來了，眼看著田地乾涸，即使拼命車水，也無法緩解旱情。於是，村裏人開始祈雨，「關帝爺爺是三天前接來的。殺了一條牛，焚了斤半檀香」，但是並沒有立即見效，又有人提議可能是「菩薩還沒有看見田中的情況吧！大前年天干，也是請菩薩到外面去兜了一個圈子才下雨的」，村裏的人又被重新召集起來，虔誠地抬著菩薩在繞著村裏轉了四五圈，雨也沒有立刻下。雖然菩薩沒有馬上靈驗，但一點不妨礙每個村莊都請菩薩去轉一圈，「處處都忙著抬菩薩求雨哩！」〔註86〕雨終於下了，但這一下又帶來了洪澇，鄉民就這樣忙不迭地和老天爺鬥，不得安生。按照鄉俗慣例，佃農豐收後請鄉紳地主們吃一頓「打租飯」，以便商討繳租比例。但是這場傾盡全力準備的「打租飯」一點沒有讓鄉紳地主們發發善心、開恩寬限雲普叔，高額的利息、沉重的租稅瞬間讓雲普叔又變得一無所有，還欠下新的債，永無翻身之日。從小說裏我們看到，鄉民求雨是成功的，按照作者的

〔註85〕〔美〕露絲・本尼迪克特：《文化模式》，王煒等譯，北京：社會科學文獻出版社，2009年，第2頁。
〔註86〕葉紫：《豐收》，《葉紫文集》，第75頁。

信仰，求雨只是迷信，不可能是下雨的眞正原因，但是大雨確實在求雨之後出現了，作者爲何要如此處理求雨這個鄉俗？首先，鄉民之所以急切的求雨，是擔心無法向地主繳納地租、還清借債，例如雲普叔賣女借穀種，所有的希望都放在莊稼的收成上，所以求老天爺下雨，是絕望中唯一的寄託。如果求雨不成功，旱災造成顆料無收導致走投無路，鄉民們怨恨的只是老天爺不給人活路，而沒有想到破產的根本原因在於地主的嚴酷剝削；如果求雨成功迎來了好收成，但一樣地無法逃脫繼續負債破產的境地，那麼說明了不給鄉民活路的恰恰不是上天，而是人間的閻王——地主階級，地主們在雲普叔的打租飯上貪婪、冷酷的表現就是最好的證明。因此，在革命敘事中，鄉俗成爲了地主階級蒙蔽鄉民的藉口，規避階級矛盾的工具。

再來看茅盾的《春蠶》中，老通寶等鄉民們在整個養蠶的過程中都嚴格遵守養蠶的風俗與禁忌，「一個戒嚴令也在無形中頒佈了：鄉民們即使平日是最好的，也不往來；人客來衝了蠶神不是玩的！」鄉民們小心翼翼，爲了不衝撞各路神仙，在收蠶的時候，老通寶「拿出預先買了來的香燭點起來，恭恭敬敬放在竈君神位前」，「這是一個隆重的儀式！千百年相傳的儀式！」還有蠶花娘娘也是得罪不起，荷花家因爲蠶「出火」，讓全村人都擔心沾惹到她家的晦氣，影響自己的蠶，所以「全村的婦人對於荷花家特別『戒嚴』。她們特地避路，不從荷花的門前走，遠遠的看見了荷花或是她那不聲不響丈夫的影兒不趕快躲開」〔註87〕。一個月以來日夜的守護和謹守習俗，換來了春蠶的豐收，但是豐收並沒有換來預想中的經濟收益，蠶繭賤賣，「老通寶一村的人都增加了債！」〔註88〕可見，儘管鄉民們無比虔誠地敬神、遵守流傳千百年的鄉俗禁忌，在地主階級與帝國主義經濟的雙重剝削之下，對於改善鄉民們貧困生活根本就無濟於事。茅盾在小說裏詳細地描述養蠶過程中的種種習俗，無非是想告訴讀者，豐收、富裕的生活是鄉民們嚮往的，但是又深知要達到這樣的生活非常不易，所以設置了種種鄉俗儀式來遵守，以表達自己的誠意，希望這些神與禁忌可以幫助自己擺脫貧困。但是殘酷的現實證明了，即使像清規戒律一般遵守鄉俗，其最終結果並不是美好願望的實現，而是更加糟糕的明天，信奉各路神仙的鄉俗救不了鄉民，眞正掌握著鄉民命運的是地主階級。

〔註87〕茅盾：《春蠶》，《茅盾全集》，北京：人民文學出版社，1985 年，第 8 卷第 324～326 頁。

〔註88〕茅盾：《春蠶》，《茅盾全集》，第 8 卷第 337 頁。

　　在啓蒙鄉土文學中曾出現過的「典妻」的陋俗，在革命鄉土文學中也作爲一個題材出現在柔石的《爲奴隸的母親》之中。小說描寫了一位母親被丈夫典給了一個秀才家，拋家棄子爲秀才生了一個兒子，但是三年期滿，母親不得不再一次捨棄親生兒子，回到原來的家中，而家裏情形並沒有因爲她被出典換了錢而有所好轉，依然一貧如洗。階級話語的高明之處並不僅僅是批判典妻這一行爲本身，而是在深究爲何會出現「典妻」這樣的陋俗，這個原因的揭示才是小說的眞正主旨。小說一開始，作者介紹了丈夫，應該說他是一個有著好手藝的鄉下人，「他能將每行插得非常直，假如有五人同在一個水田內，他們一定叫他站在第一個做標準」，而且他的頭腦也並非不靈活，因爲在不做農活的時候，還是一個走街竄巷的皮販。照理說，這樣一個有手藝有頭腦的鄉民，生活應該過得下去，但是竟然走到了活不下去的邊緣，「然而境況總是不佳，債也年年積起來了」，永遠還不清債的後果是自暴自棄，「煙也吸了，酒也喝了，錢也賭起來了。這樣，竟使他變做一個非常兇狠而暴躁的男子」〔註 89〕，從作者的描述中可以看到，這個丈夫並不是本性壞，也不是懶惰，他也曾爲了過好日子勤勤懇懇地勞動，是由於社會的逼迫讓他看不到希望，只有在抽煙喝酒賭博中混日子。王狼的逼債終於讓丈夫感到生活無望，唯一的辦法只有「典妻」才能解燃眉之急。柔石還在小說中描寫了丈夫殺女嬰的行爲，民間殺嬰一是由於重男輕女的觀念，二是貧困無法養活多餘的孩子，但是無論是典妻還是殺嬰的鄉俗，作者都希望傳達這樣的一個眞實意圖，從表象看到鄉俗背後的實質，那就是階級社會剝削制度的存在才造成了這種罪惡的鄉俗，而要消除這種帶給鄉民們無盡苦難的陋俗，就只有推翻地主階級統治的黑暗社會。

　　在《賭徒吉順》中，許傑意欲通過吉順典妻還賭債來批判鄉民個人的麻木與墮落，這與柔石用階級視角來敘述「典妻」這一鄉俗顯然是兩個不同層面，後者是將鄉俗看成是社會制度造成的惡果，最終指向的是要用階級革命來消滅剝削制度，才能從根本上消除陋俗的存在。張天翼在小說《脊背與奶子》中嘲弄與批判了族權、夫權這一鄉俗。在階級革命理論中，族權是地主階級利用封建宗法制度對鄉民進行階級統治。長太爺是個體面的族紳，對任三嫂的美貌早就垂涎三尺，當任三嫂被押在香火堂裏審問私奔一事時，一群

〔註89〕柔石：《爲奴隸的母親》，《柔石作品集》，鄭州：河南大學出版社，2004 年，
　　　（二）第 460 頁。

族紳盡顯醜惡的嘴臉，「大家也把眼睛偷偷地往任三嫂身上溜，看著她是怎麼個勁。」〔註90〕長太爺給任三嫂的罪名是「淫奔」，懲罰是脫光衣服打一百下。有趣的是，這個充當打手的人竟然是任三嫂的丈夫——任三。任三之所以如此聽話，緣於長太爺為了收買他，借過他一百四十塊錢，於是他就愚蠢地相信了長太爺對他是真好，他在眾人眼目之下親自扒自己妻子的衣服，拿著筋條，狠狠地打，邊打邊罵「這娼婦」，筋條都被打斷了，任三也打得累了，「喘著氣，拿袖子在額頭上揩著汗」〔註91〕，而任三嫂則被打得皮開肉綻，鮮血染紅了筋條。小說至此，作者已經成功地將族權與夫權完全顛覆，表面道貌岸然實則荒淫無恥的族紳掌握著族權，狠心愚蠢的丈夫擁有著夫權，如此荒唐無理的族權與夫權絕對有推翻的理由，但是「地主政權，是一切權力的基幹」〔註92〕，因此只有打倒了地主階級的統治，才有可能徹底的解除族權與夫權對女性的壓迫。

　　這一類型的鄉俗敘事實際上是用潛在的階級意識解構鄉俗，在解構過程中形成了階級話語邏輯，即鄉俗只是社會日常生活中的表象，而真正支配這個表象的是背後的社會制度。同樣，革命鄉俗敘事表面上是敘述陋俗帶給鄉民的苦難，或者謹遵鄉俗也難逃苦難，其潛在話語敘述的卻是鄉俗不過是階級統治的隱蔽手段，揭開階級這層面紗，才能看清鄉俗的實質。

　　革命鄉俗敘事的第二種類型是被壓迫鄉民對於舊鄉俗的反抗，包括對於鄉村中倫理習俗，例如子輩對父權、妻子對夫權的反抗，還有鄉民對地主所把持的迷信、風水、鄉村道德秩序等的反抗。首先來看女性對於傳統鄉俗的反抗。在革命鄉土文學中，女性沒有地位，依附於丈夫，不僅和丈夫一樣要接受階級剝削，還有附加的性別歧視和家庭暴力，但這些都是鄉俗對女性社會地位、家庭地位的規定，所以對於女性來說，破除這些鄉俗就是階級革命的目標之一。

　　蔣光慈的《咆哮了的土地》中鄉民吳長興因為生活貧困、無處訴苦，認為老婆和自己的財產是一樣的，便將老婆當自己的出氣筒，經常打罵，老婆從來都只會忍氣吞聲，但李傑到了他家的那一晚，彷彿也帶去了革命氣息，

〔註90〕張天翼：《脊背與奶子》，《張天翼文集》，上海：上海文藝出版社，1985年，第1卷第494頁。

〔註91〕張天翼：《脊背與奶子》，《張天翼文集》，第1卷第497頁。

〔註92〕毛澤東：《湖南農民運動考察報告》，《毛澤東選集》，北京：人民出版社，1991年，第1卷第31頁。

吳老興的老婆面對丈夫的打罵，第一次為自己爭辯，「風裏雨裏，我曾過過一天好日子嗎？吃也沒有吃，穿也沒有穿，我不抱怨你，這已經是我很對得起你了，偏偏你這黑東西沒有天良，今天也打罵我，明天也打罵我，簡直不把我當做人……」〔註93〕她終於開始為自己爭取「人」的權利與地位了。當張進德告訴她，只要有道理，可以去革命任何人的命的時候，吳長興老婆立即追問自己是否也可以革命丈夫的命，當得到了張進德的肯定回答後，主動提出要參加革命軍，還要發動村裏的姐妹們一起參加農會，來革自己丈夫的命，「等到農會成立了之後，那時我看你再欺壓我罷，那時我看你這黑種諒也不敢了！……」〔註94〕小說中的另一位女性毛姑，在受了革命的影響之後，開始反思她是否可以另走一條不被鄉俗所規定的人生道路，在參加了農會之後，她由一個「本來只知道燒鍋，縫繡，洗衣，種菜，等待著嫁漢子的鄉下的姑娘」成為了一個革命積極分子，乾淨利落地剪掉了代表傳統女性的長髮，在母親的眼裏成了「發了瘋的野丫頭」，可見在老一輩人的眼裡，女人剪頭髮是與「瘋」劃等號的，也就是說是一種非正常的行為。如果說長髮意味著傳統習俗的羈絆，那麼剪頭髮的實際意義就在於，必須要用一定的方式來表明女性異於往常的狀態，儘管只是換一種髮型，但顯示的是女性革命的決心。因此，剪頭髮在革命文學敘事中是女性拋棄習俗、走上革命道路的標誌，在《星》裏，在葉紫的闡釋中，剪頭髮是革命行為的一種，「出嫁、改嫁都要自己做主，……女人們還偷偷留著沒有剪頭髮的，限時統統要剪掉！……」女性剪頭髮被革命賦予了特別的象徵意義，是女性獨立、平等、自由時代的到來，因此，村裏的老人們紛紛感到不安，「女人沒有了頭髮要變的，世界要變的哪！」〔註95〕對於女性自身來說，剪頭發表達的更是一種自我解放的決心，當其它婦女以各種各樣，例如沒有頭髮閻王不收、看相的說晚景全靠頭髮之類荒謬的理由，都躲避剪頭髮的時候，一心想要擺脫殘暴丈夫的梅春姐卻泰然自若地剪去了頭髮，這說明了梅春姐對於革命有天然的親近。剪掉長髮，對於女性來說，除了表明革命的意志，更象徵著一種人生的抉擇，告別的不僅是過去，這個剪髮的儀式對於女性而言，幾乎等同於將自己作為階級革命

〔註93〕 蔣光慈：《咆哮了的土地》，《蔣光慈文集》，上海：上海文藝出版社，1983 年，第 2 卷第 186 頁。

〔註94〕 蔣光慈：《咆哮了的土地》，《蔣光慈文集》，上海：上海文藝出版社，1983 年，第 2 卷第 231 頁。

〔註95〕 葉紫：《星》，《葉紫文集》，第 283 頁。

的獻祭，「20 世紀 20 年代婦女激進化的標誌，也許沒有比剪髮更顯而易見、更有煽動性的了。……在統一戰線的意識形態中，婦女剪斷頭髮是和放足一致的。男人剪掉髮辮是共和革命在髮式上的象徵，婦女剪去長髮則是國家主義的標誌。它不僅表明了兩性平等，也是同女性虛榮心的告別，更是為國家利益而自我犧牲的承諾。」〔註 96〕剪了頭髮之後的梅春姐果然像變了一個人似的，她勇敢地去追求自己的幸福，當革命者「黃」提出要和她私奔的時候，她有過擔心和害怕，但是也走出了最後那一步，和「黃」逃跑了，開始了作為一個女革命者的新生活。

再來看子輩對於父權的反抗。孝道是傳統鄉土社會中重要的倫理道德，但是對於階級革命理論來說，地主階級正是利用封建倫理來安定社會秩序，培養的都是尊老盡孝的順民，讓鄉民失去反抗的意識。所以，在革命鄉俗敘事中，表面上看是父子之間由於對革命的看法不一致發生衝突，但其真實內涵卻是接受階級革命的年輕人對於孝道這一傳統鄉俗的反抗，是通過反叛已經習慣於當地主階級順民的父輩，走向革命的必經之路。最為典型的當屬《咆哮了的土地》中的李傑，他的父親是小說的大反派，反動地主兼鄉紳，是階級與文化上的雙重敵人，於是李傑要反抗的父親與革命對象合二為一，反抗父親就等於革命，不反抗父親就等於反革命，李傑斬釘截鐵地站在了革命這邊，帶頭放火燒掉了自己的家 —— 被全村鄉民仇視妒忌的李家老樓，完成了自己的革命使命，成為一個真正的可以代表無產階級的革命者。

在葉紫的《豐收》、茅盾的《春蠶》、《秋收》等作品中，作家們都設計了類似的情節，父輩的落後與子輩的激進兩者之間形成了矛盾張力，從敘事的功能上來說，推動了故事的發展，使父輩的轉變有一個緩衝的過程，更加具備說服力。從作家想要表達的創作目的來說，則是表現了革命的到來意味著舊鄉俗不僅被質疑、被挑戰，當父輩最終心悅誠服地承認了子輩的正確性，表示要跟著子輩走的時候，這更是對「孝」這一鄉俗的徹底顛覆。與反抗「孝」的倫理鄉俗相關的便是對於鄉紳這個道德權威的反抗，以及對於地主階級掌握的神權迷信鄉俗的否定。在傳統鄉土社會，家國同構，族紳、鄉紳都是一鄉之望，是值得尊敬的對象，「孝」不僅體現在對待自己的父輩，也體現在以

〔註96〕〔美〕羅威廉：《紅雨：一個中國縣域七個世紀的暴力史》，李里峰等譯，北京：中國人民大學出版社，2014 年，第 294～295 頁。

「孝」對待家族、鄉村中的族紳和鄉紳。但是階級革命，只認階級不認血緣，既然可以反對父輩的權威，也就等同於可以反抗家族、鄉村的權威。

在《咆哮了的土地》中，革命的鄉民自作主張地把張舉人抓進了農會裏，張舉人是個頭髮已經雪白了的老人，但是對於鄉民們來說，只要是階級敵人，就可以不分老幼尊卑，「癲痢頭手持竹條，正有一下無一下地鞭打著張舉人逗著趣」，好比抓在貓手裏的老鼠，玩弄於股掌之間。張舉人平時的威風此時完全掃地，最後王貴才想出了一個可以震懾其它地主的好辦法，「把張舉人和胡根富綁著遊街，使他們出出醜」，這一舉動經過張進德的引申之後，遊街就成了打倒權威的革命宣傳，「要使鄉下人知道，有錢有勢的人並不是什麼天上的菩薩，打不倒的，只要我們窮人聯合起來，哪怕他什麼皇帝爺也是可以推翻的。」〔註 97〕鄉俗與地主鄉紳的權威是結合在一起的，所以徹底地打倒鄉俗也就是可以推翻地主階級，反之也是成立的。

洪深在《農村三部曲》之《五奎橋》中寫了鄉民對於風水等鄉俗的否定與反抗，實際上針對的是地主階級借助迷信、風水等鄉俗來欺壓鄉民的惡行。由於乾旱，鄉民們想盡了辦法，拜神、打醮、念經，各種求雨的辦法都試過了，但都無濟於事，大多數鄉民相信他們都是靠天吃飯的，天不下雨也是無可奈何之事。李全生卻以鄉民中少見的清醒意識，認識到這一切都應該歸咎於周鄉紳阻止拆橋運水車，在李全生的帶領下，鄉民與周鄉紳之間的矛盾激化，爭論焦點集中在了究竟要不要破壞周家的風水上，因為橋拆了可以重修，但破壞了風水就無法被救了。周鄉紳堅持風水不能動，一是以他的學識為根據的理性原因，「我讀徧四書、五經、二十四史，書中從沒有說起過。天不落雨，從來沒有拆橋的辦法的」，二是根據他多年來的生活經驗，他認為這座橋多年來不僅給周家，也給鄉民們帶來了平安、豐收，所以「這座五奎橋，豈但關係我們周家祖墳上的風水，也關係你們全鄉村的風水。這樣的好風水，保橋還來不及呢！」〔註 98〕這番話看似合情合理，讓部份鄉民打消了拆橋的念頭，但是具有階級覺悟的李全生是不可能被周鄉紳蒙蔽的，他用事實對風水一說作出了反擊，「風水的話，哪裏靠得住！」，如果一定要說風水好的話，那也是對周家好，對多數鄉民來說，水車無法通過橋底，眼看著莊稼就要顆

〔註97〕蔣光慈：《咆哮了的土地》，《蔣光慈文集》，上海：上海文藝出版社，1983 年，第 2 卷第 317、322 頁。
〔註98〕洪深：《五奎橋》，《洪深文集》，北京：中國戲劇出版社，1957 年，第 1 卷第 221～222 頁。

料無收，「五奎橋的風水是壞透的了。」〔註99〕李全生戳穿了風水的詭計，鄉民們的怒火再次被點燃，五奎橋終於被蜂擁而至的鄉民拆除了。我們看到，在李全生和周鄉紳關於風水的交鋒中，周鄉紳這些文縐縐的理由並沒有起到特別的說服作用，那些四書五經的歷史經驗對於鄉民來說幾乎完全無效，過去的豐收年景也不能讓鄉民因為感念舊恩就放棄今年的收成。

因此，周鄉紳的這番說辭終究還是不具備鄉民可接受的力量，而李全生一上來就直接否定了風水本身，再用階級分析的方法，提供了另一種「事實」給鄉民，風水之說實際上只是為地主階級服務的，是用來維護他們自己的利益，根本就是子虛烏有，因此鄉民們也就不必擔心破壞風水會為自己帶來什麼厄運，去相信地主階級的風水之說才會帶來災難。迷信風水的鄉俗終於在鄉民們的拆橋行為中被否定，同時否定的還有周鄉紳的名望和權威。

在革命鄉土文學中，不少作品還涉及到了階級革命中對民間信仰的反叛，例如將廟宇、祠堂等本來用於進行敬神、祈禱等儀式的場所，變為審判階級敵人、指揮革命運動的主要地點。在《咆哮了的土地》中，參加農會的鄉民們一致決將關帝廟作為農會的辦公地，並且趁機在傳統的關帝廟大會上宣佈農會成立，緊接著著就發生了老和尚被鄉民無辜打死，將張舉人等人抓進廟裏鞭打等，這些曾被民間習俗禁止的事情，現在都以「革命」的名義正當地進行。關帝廟大會結束後，作者為張進德安排了一段廟裏思索的情節，這段內心獨白更像是蔣光慈為革命者離經叛道、毀壞鄉俗行為尋求合法性，在未接受階級革命點化之前，張進德也和其它鄉民一樣，信神敬神，但是一旦成為有著共產革命信仰的革命者，立刻就意識到自己曾經信神的愚蠢，能夠拯救自己與眾生的不是什麼關帝、神仙，而正是掌握了階級革命這個理論武器的自己，「而現在他，張進德，卻做著為關帝爺所沒夢想得到的事業：這農會是要推翻地主的統治，這是被壓迫階級的反抗運動呵！……」〔註100〕關帝等民間信仰是鄉民日常生活習俗的一部份，同時也是維繫鄉土社會秩序的意識形態之一，共產革命信仰所具有的唯一性、排他性與鄉土多神信仰習俗產生了衝突，同時在信仰的內容與性質上也無法兼容，因此只有在打破信仰鄉俗的基礎上才能建立無產階級革命的意識形態。

〔註99〕洪深：《五奎橋》，《洪深文集》，第 1 卷第 226 頁。
〔註100〕蔣光慈：《咆哮了的土地》，《蔣光慈文集》，上海：上海文藝出版社，1983 年，第 2 卷第 261 頁。

在階級革命鄉土敘事裏，作家將領導農民暴力革命的農會設置在曾經讓鄉民安於現狀、求得精神安慰的廟宇裏，其中的原因在於除了這一地點是傳統的鄉民聚集場所之外，最重要的作用在於這意味著新的意識形態對舊迷信鄉俗的佔領，「不打破唯心的民間信仰，更無法建立唯物的馬列共產主義。……馬列主義思想驅逐了『封建迷信』和宗教，最後取代所有信仰，建立全國一致，滲透到日常生活的『新文化』」〔註101〕。在《星》裏，關帝廟也是農會的所在地，比《咆哮了的土地》更有意思的是，當梅春姐與「黃」私奔逃跑後，丈夫陳德隆到農會中去告狀，也就是去關帝廟裏向農會幹部們揭發副會長將自己的妻子拐跑一事，本來關帝在傳統鄉俗裏是老百姓的保護者，而在妻子與他人私奔的事情上，陳德隆實際是一個受害者，按舊俗規定關帝應該是站在他這一邊的，但既然已經是革命時代了，一切都不能按舊的道理來評判了。陳德隆和農會會長、以及幾個婦女幹部在一個曾經供菩薩的殿堂裏開始評理，農會幹部們用陳德隆聞所未聞的話語，宣告了在信菩薩的時代遵循的那些道理過時了。雖然關帝廟還是那個廟，但是廟裏真正的主宰早已乾坤倒轉，所以廟裏上演的不再是求神拜佛的舊戲碼，而是一套求神不如求己的階級鬥爭新戲，農會「仍然在關帝廟中排他們的戲。……為的是要表演一個很有田地的人，剝削長工和欺壓窮困女人的罪惡」，讓鄉民們參與演戲的目的在於幫助他們確立階級革命的新觀念，在不知不覺之中將以前的舊迷信拋諸腦後，廟裏的關帝、菩薩是無法救鄉民於水火之中的，解放只能由自己爭取，於是也就有了鄉民們的角色，「麻子嬸以下，便統統扮窮困婦人和那受剝削受得太多、而商量共同起來反抗的種田漢。」〔註102〕如果說在階級革命文學敘事中，這一類的廟宇、祠堂成為了革命者宣傳新意識形態，破除舊傳統觀念的主要場所，那麼無產階級已經掌握政權的根據地或解放區文學敘事中，面對舊鄉俗觀念被打倒、新的意識形態認同尚未牢固建立的新舊交替時期，這一類的聚集鄉民的傳統場所，就成為了營造革命氛圍、清算階級仇恨、鞏固政權，同時促使鄉民們建構新的精神認同的重要場閾。

第三種類型是解放區鄉土文學中新文化觀念對舊鄉俗的取代。由於已經通過階級革命掌握了政權，解放區作家的創作心態與國統區作家用文學來表達階

〔註101〕趙樹岡：《星火與香火——大眾文化與地方歷史視野下的中共國家形構》，臺北：聯經出版社，2014年，第9頁。

〔註102〕葉紫：《星》，《葉紫文集》，第292～293頁。

級革命的急切心態有了很大的不同，因此鄉俗的文學闡釋方式也發生了變化。舊鄉俗隨著地主階級政權的倒臺而失去了依附的基礎，但是殘留在鄉民們頭腦中的鄉俗觀念卻並沒有立刻被清除，有可能成爲新政權建設的隱形障礙，所以如何教育鄉民們徹底摒棄舊俗遺毒，是此時鄉俗敘事需要重點解決的問題。面對獲得經濟與政治上翻身、但文化水平依然停留在舊時代的鄉民們，作家們選擇採取一種更加容易讓鄉民們接受的話語方式來引導建構新的思想認同，以趙樹理爲首的山藥蛋派作家就是其中的典型代表。他們將文學的觸角深入到鄉民日常生活之中，以淺顯易懂的語言，將新政權所需要的政治意識融入到看似瑣碎平常的情節之中，表面上的移風易俗實際上隱藏著深刻的社會革命。

　　首先來看解放區作家對於日常鄉俗的書寫，一般集中在婚姻習俗的改變與女性地位的轉變上。傳統鄉土社會的宗法家族制度決定了婚姻由父母做主，通過聯姻可使家族力量更加強大，這種通過血緣、姻親關係結合在一起的家族，與只遵循階級關係的新政權存在著矛盾，「按照親緣關係對人的分類，門頭、輩分、長幼、性別乃至孝與不孝，都是重要的因素，而這些不但不是階級區分，甚至與『財主』和『受苦人』的區分也並非一致和重疊。」〔註 103〕所以，承認家族便無法認同階級，而承認階級也就無法認同家族。打破舊的婚姻習俗，是解放區建立無產階級專政的一個重要步驟，拆散舊時代的家族，以個體自由結合的小家庭作爲社會基本單位，不僅是政治革命的需要，也是社會思想革命的需要，因此政治力量介入了婚姻舊俗的改變當中，成爲實行新習俗依靠的基礎。

　　趙樹理的《小二黑結婚》中，小二黑與小芹自由戀愛，但是遭到了雙方父母的反對，小二黑的父親二諸葛認爲兩人的命相相剋，而小芹的母親、以跳大神聞名的三仙姑卻嫌貧愛富，要把小芹嫁給一個家中富有的退職軍官。在舊鄉俗裏，二諸葛和三仙姑反對的理由都是最正當的，但是到了新社會，兩人就成了落後的老封建、被鬥爭的對象。小二黑與小芹敢於反對自己父母的原因在於新政策的撐腰，「我打聽過區上的同志，人家說只要男女雙方本人願意，就能到區上登記，別人誰也作不了主⋯⋯」〔註 104〕政府強制推行的法

〔註 103〕郭於華：《訴苦：一種農民國家觀念形成的中介機制》，《傾聽底層——我們如何講述苦難》，桂林：廣西師範大學出版社，2011 年，第 53 頁。

〔註 104〕趙樹理：《小二黑結婚》，《趙樹理文集》，北京：工人出版社，1980 年，第 1 卷第 9 頁。

規代替了舊鄉俗，區長作爲政治力量的代表，不僅解除了小二黑與童養媳的婚約，還做主證明了小二黑與小芹結婚的合法性。他們自主結婚的成功，還帶來了附加效應，新權威的確立讓三仙姑與二諸葛的迷信活動也沒有了施展的空間，因爲邊區政府已經取代了「神」的權威作用，獲得了鄉民們的認可。

在《邪不壓正》裏，同樣也講述了一個青年男女婚姻自主的故事，只是情節比《小二黑結婚》更加曲折和豐富，在軟英與小寶的戀愛過程穿插著鄉村土改運動中暗流湧動的正邪之爭。軟英是一戶靠開墾荒地、勤勞致富的中農家的女兒，小寶則是在地主家扛活的長工，早就心意暗許，但是迫於地主家的勢力不得不與地主的兒子訂婚，按照鄉俗，軟英家收下了對方的財禮，這門婚事也是算成了，只等婚禮的進行，但是隨著鄉村的解放，地主被打倒，軟英也得以解除婚約，但是農會主席小昌卻學會了地主那一套手段，又利用手中職權、以清繳財產爲名，逼其與自己兒子訂婚，終於來了整黨工作團，問清事實真相，還給軟英了一個公道。小寶與軟英的戀愛一波三折，終於掃除了障礙，此時她最關心的是婚姻是否真的可以自主，這時區長的回答尤爲重要：「我代表政權答覆你，你跟小寶的關係是合法的。你們什麼時候想定婚，到區上登記一下就對了，別人都干涉不著。」〔註105〕區長是政權的化身，這意味他對軟英與小寶關係的肯定，背後有著強大的政治力量的支持，因此舊的婚約婚俗失去了存在的依據。

在《登記》裏，趙樹理講述了小飛蛾和艾艾母女兩人都是婚前自由戀愛，但是舊社會小飛蛾遭到的是父母的反對，強行讓她嫁給了張木匠，在張木匠得知小飛蛾對他態度冷淡另有原因之後，竟然相信女人就是必須要「打」才能安心過日子的老習俗，於是用暴力的手段讓小飛蛾屈服，而艾艾和年輕時的母親一樣，與同村青年小晚相愛，被村裏的老封建們說成名聲不好，但最後的結果卻和母親截然不同，原因在於新婚姻法的頒佈，不但爲艾艾消除了不好的名聲，還成爲區上認定的模範婚姻，成爲婚姻自主的典型，受到了區分委書記的表揚。在《登記》裏宣揚的一個核心觀念就是「合法」代替的「合俗」，在「法」面前，所有的「俗」都可以失去效力。

阮章競的《漳河水》裏也通過描寫三位女性荷荷、苓苓、紫金英在新舊社會不同的婚姻遭遇進行對比，揭示出舊俗帶給無數女性婚姻悲劇，而新時

〔註105〕趙樹理：《邪不壓正》，《趙樹理文集》，北京：工人出版社，1980年，第1卷第282頁。

代讓這些曾經痛苦的女性獲得了新生，從這部小曲中的小標題——《往日》、《解放》也可以看到舊俗成為了不可再來的「往日」，而迎來了讓女性「解放」的新習俗。在婚姻自由的新風俗裏，女性不再是雙方家庭利益交換的物品，而是具有自主性的個體，所以我們看到在以上關於婚姻自由的作品中，女性都是作為主動打破舊婚俗、追求新婚俗的一方。

這與階級革命敘事中的女性反抗男尊女卑的舊鄉俗相比，又有了進步，在早期革命鄉俗敘事中，女性的婚姻已經由舊鄉俗造成了痛苦的後果，例如吳長興老婆、梅春姐的遭遇，但是遇到了革命的拯救，才有了改變命運的可能性。而在解放區的鄉俗敘事中，由於革命政權已經發生效力，所以舊鄉俗在造成既成事實之前，就遭到了反抗，而新的制度、新的法規使這種反抗得以成功，從而確立一種新的習俗觀念。年輕女性可以根據自己的意願選擇婚姻，因此在婚姻生活中也越來越顯現出主動性，一反傳統鄉俗對女性所規定的家庭角色，更多地參與到社會生活中。

例如《傳家寶》中的金桂，就是這樣一位被婆婆看不慣的新女性。金桂不僅是一個「女勞動英雄」，還是婦聯女主席，並且還不顧舊俗的規矩，隨時可以回娘家，經常參加幹部會，惹得婆婆不高興，丈夫也成為幹部以後，「地裏的活完全交給金桂做，家事也交給金桂管，從這以後，金桂差不多半年就沒拈過針，做什麼事又都不問婆婆自己就作了主」〔註106〕。這與舊鄉俗中婆婆與媳婦之間的關係發生了顛倒，表明女性的家庭地位已經隨著其參與社會工作而有了根本的改變，在山藥蛋派作品中，女性在傳統習俗中的賢妻良母角色已經被新社會中的勞動積極分子所取代，例如馬烽的《結婚》中楊小青，由於一心撲在公社的事業上，沒有時間結婚，好不容易抽空約好去領結婚證，結果卻在領結婚證的當天，偶遇他人生小孩，她也是幫人接生在前，自己領證在後；《韓梅梅》中的女主角韓梅梅，在新時代可以自己為自己的前途做決定，由於沒有考上中學，毅然回村參加勞動，在全家人的反對聲中自作主張當了一名養豬的社員，由於有知識，學會了科學養豬，最後成了生產模範。還有孫犁的《荷花澱》中的青年婦女們，她們身上沒有一點農家女自私、膽小怕事的舊俗氣，而是識大體，支持自己的丈夫前線抗戰，還異常勇敢，敢到鬼子的據點附近去找自己的丈夫，經過一場突如其來的戰役後，這些婦女

〔註106〕趙樹理：《傳家寶》，《趙樹理文集》，北京：工人出版社，1980年，第1卷第287頁。

們決定自己也可以成立一支隊伍，脫掉在丈夫眼裏「落後」的帽子。從以上的分析可以看到，解放區文學中的鄉俗敘事側重於日常鄉俗的書寫，從生活的點滴來表現解放區鄉民的新生活、新鄉俗的優越性，而這種「新」必須與「舊」相對立才能顯現出「新」的意義，因此作家們採取了簡單對比的敘事方式，從而建立起「新」就是好，「舊」就是壞的價值判斷，這種直線式的敘事方式也是針對於解放區鄉民的文化水平而言，便於讓鄉民更加直觀、容易地認同新鄉俗，更好地參與到新政權的建設當中來。因此，雖然日常鄉俗敘事立意不高，但卻是關係到鞏固無產階級政權的政治基礎的問題。

解放區文學的鄉俗敘事除了對鄉民的日常鄉俗進行書寫之外，還涉及如何打破舊的迷信鄉俗，與階級革命文學中對迷信習俗的敘述不同的是，解放區已經通過階級革命，建立了代表鄉民利益的新政權，但是殘留在鄉民頭腦裏的權威觀念仍然存在，所以階級革命敘事中對於迷信鄉俗的敘述重點在如何讓鄉民拋棄對神的幻想、去相信階級的力量和認同革命，而解放區的存在本來就已經顯示了階級革命的力量，因此解放區文學對於迷信鄉俗敘述的側重點在於如何填補舊信仰被清除之後出現的信仰真空，這就需要通過某些鄉民們熟悉的儀式來重建新的精神認同，於是就出現在在廟宇、祠堂或公眾地點進行大規模的鄉民集會，與以前求雨、祈福、拜神時全民參與的儀式形式相似，但是內容換成了鬥爭地主、開訴苦會、開代表會等，這樣的儀式清洗的是鄉民們頭腦中舊的迷信習俗的記憶，取而代之的是新信仰、新權威的確立。

《李家莊的變遷》裏，八路軍解放了李家莊，要建立抗日根據地，開始清算漢奸的罪行，而地主李如珍不僅欺壓鄉民，還當了漢奸，是村裏曾經一手遮天的惡霸地主，此時農會出於「恢復政權、組織民眾」的需要，縣長決定「到村裏對著全村老百姓公審這兩個人」。龍王廟裏供奉著掌握雨水的龍王，風調雨順是鄉民們最大的願望，因此龍王是鄉村社會裏最為重要的一個神，但是現在的龍王廟不再是鄉民祈雨求神的地方了，它的功能已經改變，成為了公審現場，「龍王廟的拜亭上設起公堂，縣長坐了正位，村裏公舉了十個代表陪審。……村裏的全體民眾站在廟院裏旁聽」〔註107〕。公審結束之後，群情激憤，全然忘記了這裡是神聖的龍王廟，鄉民們一擁而上，當場就把李如珍打死了。根據地建立後，龍王廟裏的龍王再也不起作用了，「三年大旱，

〔註107〕趙樹理：《李家莊的變遷》，《趙樹理文集》，北京：工人出版社，1980年，第1卷第184頁。

李家莊互助大隊開渠澆地，沒有垮了」，因此大家聚集在龍王廟裏再也不是爲了求雨和豐收，這個地方成了鄉民們開勝利大會，唱戲慶祝的地方，「抗戰以前，……大小事，哪一件不是人家李如珍說怎樣就怎樣？誰進得龍王廟不捏一把汗？如今哪？哪件事不經過大家同意？哪個人到龍王廟來不是歡天喜地的？」〔註108〕在鄉民翻身做主人之後，雖然龍王廟所在的地點、外觀並無二樣，但是新的政治認同已經使龍王廟存在的意義發生了根本的改變。可見，革除鄉民的迷信鄉俗是需要與階級革命同步進行的，階級革命滿足了鄉民在經濟、政治方面的要求，才能讓鄉民在思想意識上對新的意識形態有所信賴，這才是鄉民拋棄迷信鄉俗最爲關鍵的原因。

　　趙樹理的短篇小說《求雨》雖然寫於 1954 年，但是其創作思維仍然是解放區文學的延續。作品描寫了一個如何讓新的政治力量戰勝天災，從而使鄉民主動放棄求雨這一傳統習俗的過程。解放之前，金斗坪村的鄉民遇到天旱，就會到龍王廟裏求雨，有著一套嚴格的流程和儀式，但是地主周伯元不僅利用求雨來剝削長工，還利用天災趁機低價收買鄉民的土地，對周伯元來說：「求雨不過是個樣子，其實下不下都好——因爲一半金斗坪都是我的，下了雨自然數我打的糧食多，不下雨我可以用一斗米一畝地的價錢慢慢把另一半也買過來」〔註109〕，可見求雨本身是沒有實際意義的，還成了地主斂財的工具。解放之後又遇乾旱，政府號召鄉民們用科學方法來抗旱，打井、挖渠，這樣就可以一勞永逸，再也不怕旱災。但是在工程尚未見成效的時候，一部份鄉民對政府還半信半疑，覺得還是要相信老辦法，於是又開始求雨，「黨支部書記於長水想出的對付辦法是一方面說服他們，一方面加緊開渠——只要渠開成了，自然就沒有求雨了」，果不其然，在將河水順利引到村裏來之後，連最頑固的老封建也從龍王廟裏跑出來，不再求雨了。政治力量此時挑戰的是千百年來鄉民頭腦中根深蒂固的思維模式，要想改變，必須要通過一種顯而易見的形式讓鄉民們切身體會到它的威力，黨支部書記想出的辦法順利解決了連龍王都無法解決的乾旱問題，有效地破除了鄉民的迷信習俗。而韋君宜的《龍》則是將龍王之「龍」直接替換成了革命之「龍」。這是一篇有明顯寓言色彩的作品，講述了老老村兩個月未見滴雨，鄉民幾近無法生存的邊緣，大家誠心求雨，龍王從廟裏抬出來七次，旱情也沒有絲毫緩解，不得不求助

〔註108〕趙樹理：《李家莊的變遷》，《趙樹理文集》，第 1 卷第 188、190 頁。

〔註109〕趙樹理：《求雨》，《趙樹理文集》，北京：工人出版社，1980 年，第 1 卷第 332 頁。

於最後一個辦法，就是讓一個童男去尋找眞龍，並讓眞龍的抓子在童男頭頂上摸一下，就會下雨了。村裏挑出了一個童男虎兒向東尋找眞龍，七天之後，虎兒回來了，告訴鄉民們，他找到了「眞龍」，原來這個眞的「龍」就是賀龍，「他是活龍。來了之後，雨就跟著他來了，好年成也來了。以後要五天刮一次風，十天下一次雨。我們一垧地要收三石穀子和兩石高粱」〔註 110〕，從那以後，老老村再也沒有災年了。在這部小說裏，可以看到，作家將自然之災轉換成了政治之災，將迷信信仰轉換成了政治信仰，求雨的鄉俗也由此轉換爲對政治領袖的期盼。

綜上所述，我們可以看到，解放區文學中的鄉俗敘事是對舊鄉俗的全面的顚覆與重新的建構，從以上三種不同類型的革命鄉俗敘事中，我們看到由揭示鄉俗、到反抗鄉俗，再到改造鄉俗，構成三個遞進層次的敘事模式。在階級革命文學中階級話語在對鄉俗進行階級分析的同時，也揭示了鄉俗的精神實質，指出鄉俗文化的階級屬性，是地主階級使用的統治手段之一，依附於反動政權之上的，因此打破舊鄉俗的束縛也是階級革命的重要組成部份，所以在揭示鄉俗階級性的基礎上，接受階級革命的鄉民帶頭反抗鄉俗，這是表明暴力革命反抗的不僅是經濟與政治方面的壓迫，也要從精神層面對地主階級統治進行否定和推翻。而在解放區文學中，面對新建立的革命政權，其鄉俗敘事也著重在了幫助新政權建立新的政治認同，因此新舊鄉俗之間的鬥爭成爲了作家書寫的主要對象，鄉民在新舊思想觀念的博弈中受到教育，作品的結果無一例外的都是新鄉俗因爲有政權的支持而獲得勝利，鄉民的舊觀念得以消除，新的鄉俗觀念贏得了鄉民的認同。但是，當我們深入到鄉俗敘事的內部，就會發現新與舊之間的界限並不是那麼清楚地就可以劃清，雖然舊鄉俗被新的意識形態斥責爲封建遺毒，但是在某種程度上，新與舊卻在相互地滲透。

3、民風之改造：革命鄉俗敘事的精英實質

階級革命對於中國傳統鄉土社會來說，不僅是一場政治革命、社會革命，更是一場深刻的思想革命，這意味著要將處於「封建時代」的鄉民推向「新民主主義」時代，如果說有形的政權可以通過暴力革命實現轉換，那麼無形的精神認同卻無法通過單純的暴力得以順利轉換。作爲革命宣傳工具的革命鄉

〔註 110〕 韋君宜：《龍》，《延安文藝叢書》，長沙：湖南文藝出版社，1987 年，第 2 卷
小說卷（上），第 306 頁。

土文學一方面用階級話語去解構舊鄉俗文化傳統，另一方面在解構的同時也按照新的意識形態要求建立新的鄉俗觀念。在階級革命理論的框架之中，「一定的文化是一定社會的政治和經濟在觀念形態上的反映」，因此社會性質決定了文化性質，對於中國傳統鄉土社會來說，舊文化的性質是屬於半殖民地半封建社會的，是「反對中國的新文化。這類反動文化是替帝國主義和封建階級服務的，是應該被打倒的東西」，舊文化習俗是阻礙無產階級新文化的，所以「不破不立，不塞不流，不止不行，它們之間的鬥爭是生死鬥爭」。〔註111〕

　　無產階級革命理論決定了革命鄉土文學的鄉俗敘事邏輯，由無產階級政權領導下建立的新鄉俗是先進的、爲廣大人民服務的，而在此之前所有的鄉俗的階級性是屬於剝削階級的、舊的、反動的，新舊鄉俗之間是階級對立的關係，必須要在階級鬥爭中才能徹底打倒舊鄉俗，建立新鄉俗，並且在鬥爭中獲取鄉民們由衷的認同和支持，加入到新文化建設中來。這就導致了革命鄉俗敘事爲了實現這一敘述邏輯，刻意地忽略傳統鄉俗的歷史性和存在的合理性，偏執地將傳統鄉俗貼上地主階級的標簽，通過新舊二元對立的敘事方式，在作品中達到棄舊俗立新俗的敘事目的。但是當我們脫離階級視角，發現傳統鄉俗與階級革命理論之間的互動遠遠比作品本身複雜，我們將通過重回鄉俗本身，揭示建立無產階級政權前後，革命鄉土文學對於鄉俗不同的處理方法，從早期對舊鄉俗的直接顛覆到企圖經由「借俗宣雅」的途徑，實現新意識形態與舊文化心理的相互置換，那麼革命鄉俗敘事本質上是否眞正做到了「借俗宣雅」呢，有待於我們做進一步的探究。

　　首先，我們將革命作家賦予鄉俗的階級外衣脫下，以歷史的眼光去接近傳統鄉俗，以瞭解革命鄉俗敘事是如何將階級話語植入鄉俗，將之轉換成爲了階級壓迫的符號，並成爲政治言說的重要內容。傳統鄉俗在鄉土社會裏有著重要的地位，對於鄉民們來說，它是生活的準則與精神的寄託。例如求雨，這是革命鄉土文學經常表現的題材，也是「民國時期，流行最廣、影響最大的農作俗信」。〔註112〕實際上，不僅在生產力低下的民國鄉村，即使是現在，在絕大多數情況下，農業也依靠自然天氣，鄉民對「天」總是心存敬畏的。因此在乾旱的時候，鄉民向天向神求雨是農業生產中最正常不過的一個行

〔註111〕毛澤東：《新民主主義論》，《毛澤東選集》，北京：人民出版社，1991年，第2卷第694～695頁。
〔註112〕《中國民俗史》（民國卷）：鍾敬文等編，北京：人民出版社，2008年，第66頁。

為，祈求風調雨順帶來豐收才是鄉民們勞動的意義所在，也由於此，他們對這項儀式的重視程度超過了對政治權威尊敬，在浙江象山，求雨期間所迎的「龍聖」，其地位高於宗族與行政的首腦，「途經鄉村，概由族長迎送，如經縣城，則由縣長迎送」，還曾經因為鄉民對求雨儀式的虔誠導致了，「民國間曾兩次發生縣長出迎不恭，迎聖隊伍闖鬧縣堂事件」。〔註113〕如果按照階級學說，那麼這件事的解釋應該是：處於被壓迫地位的鄉民階級認為，統治階級在求雨儀式中對「龍聖」不夠恭敬，而大鬧代表地主階級利益的政府。顯而易見，史實的記載與革命鄉土文學呈現出完全相反的敘述，求雨的鄉俗是鄉土社會在生產力水平低，抗擊自然災害能力差的情況下，而形成的一種習俗，並不是哪一個階級可以隨心所欲掌控的，客觀來說，這只是民間自發的「調控人與自然的關係」的一種方法，「這是通過一些與自然相關的習俗方式來達到的，如求雨、求晴等巫術儀式，來調控自然界出現的不正常現象。……民俗文化調控自在的功能，是人們面對幾乎無法對抗的自然時的一種主動的精神勝利法。」〔註114〕階級色彩極其淡薄的求雨習俗，在革命作家將它作了階級分析之後，儀式還是相同的儀式，但是求雨的原因、目的都與階級剝削劃上了等號。在早期的革命文學中，求雨是還沒有接受階級革命的鄉民被剝削階級逼迫到走投無路時，最後的救命稻草，而在解放區文學中的求雨，則是新政權改造守舊鄉民的絕好機會，求雨的最終結果都是以求雨失敗，接受慘痛教訓的鄉民幡然醒悟，意識到即使求來了雨也依然難逃地主的殘酷剝削而家破人亡，只有走上階級革命的道路，或者終於領會到新政權才是拯救鄉民的真正力量。求雨這樣一個有著悠久歷史的民俗活動，通過階級視角的解讀，成為了驗證階級革命理論的「儀式」。在解放區文學中，我們看到了接受階級教育的鄉民再也不相信求雨，而是選擇相信政治的力量來對抗自然災害，可是時隔四十年，在路遙的《平凡的世界》裏這部描寫七八十年代之交中國鄉村的作品中，又再次出現了求雨的情節。在依然狠抓階級鬥爭的七十年代後期，雙水村乾旱，全村陷入即將絕收的恐慌之中，儘管政府將求雨當作迷信活動明令禁止，鄉民田萬有卻偷偷地在水井旁向「龍王、水神娘娘、觀音老母」等諸神求雨，雖然早已不是階級社會，但鄉民求助的仍然是被階級革命稱為「統治工具」的習俗經驗。

〔註113〕《象山縣志》：杭州：浙江人民出版社，1988年，第602頁。
〔註114〕陳華文：《民俗文化學》，杭州：浙江工商大學出版社，2014年，第47頁。

再來看宗族、祠堂這些鄉俗，在階級革命理論的解讀中是被劃爲壓迫鄉民封建宗法制度，張天翼的《脊背與奶子》就描寫了宗族、祠堂存在的荒謬性，反面證明了對其革命的必要性，吳組緗的《一千八百擔》也描寫了一群貪婪的族紳爲了爭奪義莊所存的一千八百擔稻穀，爾虞我詐、醜態百出，演了一齣荒誕鬧劇。雖然革命敘事是以階級革命爲理論背景，但是關於宗法制度的鄉俗敘事卻仍然遵循的是傳統的思維邏輯，即「把權威與道德連在一起的。凡居於權威地位而無德者，則其權威本身便不合理。紳士無德則爲劣紳，……而劣紳、污吏與暴君皆可叛反。這種叛反在中國文化中都是被承認、被允許的，甚至被認爲是『替天行道』」〔註 115〕，革命作家首先對掌管祠堂、宗族的族紳、鄉紳進行道德審判，其失德的行爲與品格直接否定了宗法權威存在的合法性，也就推導出對其革命的合理性與必然性，這樣的敘事邏輯符合傳統鄉土社會的心理認知過程，實質上的「替天行道」被表面的「階級革命」話語所置換。但實際上，在傳統鄉土社會，宗族、祠堂對於穩定社會秩序來說有著重要的作用，宗族制定家法族規，「補充了國法，成爲官府治理地方的輔助工具」，在村一級行政權力比較薄弱的帝制時代和民國時期，鄉村自治在很大程序上是依賴於宗族的。

除了社會穩定與倫理秩序，宗族在文化傳播方面也起了很大的作用，「以獎勉特別是強制的方式來宣揚中華民族傳統的思想品德」，這樣一些美德能夠一直保留至今，「極力宣揚民放傳統的思想品德並以各種獎懲辦法來作爲實施槓杆的家法族規，無疑是這合力之一」。〔註 116〕傳統的宗族還主動擔負起社會責任，例如陝西驥村的馬氏宗族憑藉自身的經濟實力與社會地位，「做了幾件彪炳青史的大事，這就是築寨、賑饑、修祠堂和建學校」，宗族裏的有識之士得風氣之先，還創辦新學和女校，「新式學堂建立後，許多非馬氏子弟也都可進入學校就讀。甚至一些貧民、佃農、長工的子女，因頭腦聰明，也由東家幫助得到接受初級教育的機會」，馬氏宗族在文化方面爲當地帶來了正面、積極的影響，「耕讀傳家、尊老愛幼、慎終追遠等觀念成爲家族乃至整個社區認同的思想基礎」〔註 117〕。馬氏宗族的做法實際上並不是特例，在民國時期，

〔註 115〕金耀基：《中國研究與社會科學 —— 兼評〈毛澤東的革命與中國政治文化〉》，《社會學與中國研究》，香港：牛津大學出版社，2013 年，第 86 頁。

〔註 116〕費成康主編：《中國的家法族規》，上海：上海社會科學院出版社，1998 年，第 200～202 頁。

〔註 117〕郭於華：《受苦人的講述 —— 驥村歷史與一種文明的邏輯》，香港：中文大學出版社，2003 年，第 50～53 頁。

宗族祠堂基本上都擔任著類似的社會責任與文化功能，「一些家族為了全力獎勉家族子弟讀書上進，確保子弟讀書得到經濟資助，將具體的措施寫入宗規之中」〔註118〕，這些措施包括了宗族為族中子弟從小學、中學、高等專門學校、大學提供學費、甚至於國外留學都可以獲得宗族的資助，義莊還為族人開辦小學，除了文具、伙食住宿費外，本族的學生全部免費，而學校的所有經費支出都由義莊撥款。宗族還承擔起對宗族內老無所依的老人的贍養、特困家庭的照顧等義務。〔註119〕因此，宗族的存在對於傳統鄉土社會來說是非常有必要的，對於鄉民來說更起到了庇護的作用。

但是，對於階級革命來說，承認宗族就會模糊階級性，一旦階級性不成立，那麼階級革命也就無從談起，革命鄉俗敘事必須將宗族打造成階級敵人，才有對其革命的理由。進入「告別革命」的九十年代，宗族以接近歷史真實的面貌進入了文學當中，陳忠實的《白鹿原》中花了大量的筆墨書寫白氏宗族以及族長白嘉軒的仁義之舉，在長達半個世紀的動盪中，歷經連綿不斷的兵患、匪患、抗日戰爭、內戰，還有社會混亂時期隨之而來的各種苛捐雜稅，白氏宗族在鄉村危難之機，最大限度地保護了鄉民的生命財產安全。而白氏宗族在維護白鹿村的安定秩序方面也起了重要的作用，小說中有這樣一個情節，族長白嘉軒發現村中不僅有賭博，還有兩家因為吸食鴉片而傾家蕩產時，「他敲響了大鑼，所有男人都集中到祠堂裏來」，共同見證如何懲處兩個煙鬼和參與賭博的人，根據《鄉約》的條文和戒律，白嘉軒給予他們的懲罰是，「著人用一條麻繩把那八雙手捆綁在槐樹上，然後又著人用乾棗刺刷子抽打」，承諾不再賭博，將手伸進滾燙的熱水鍋裏增加記憶，如若下次再犯，「下回就不是滾水而是煎油」。〔註120〕祠堂中懲處的威懾力讓村裏果然杜絕了賭博和吸食鴉片。因此，宗族和祠堂是保障鄉約村規得以實施的主要力量，維持著鄉土社會的傳統道德與日常生活秩序。

在革命鄉俗敘事中還有一個重要的鄉俗意象就是關帝廟、龍王廟等鄉村信仰場所，關帝、龍王等各種神鬼，並不是嚴格意義上的宗教信仰，而是出於鄉民功利目的而製造的迷信信仰。但是這種信仰的特殊之處在於，它代表了

〔註118〕鍾敬文：《中國民俗史》（民國卷），北京：人民出版社，2008年，第409頁。
〔註119〕費成康編：《餘姚朱氏民國二十年修譜續增宗規》：《中國的家族法規‧附錄》，上海：上海社會科學院出版社，1998年，第357～359頁。
〔註120〕陳忠實：《白鹿原》，北京：人民文學出版社，1997年，第109～111頁。

鄉民的一種社會認知和歷史意識。對於鄉民來說，「抬龍王祈雨和問病求藥的儀式都與最基本的生存狀態聯繫在一起，因而可將其視為一種生存技術。通過這樣一套技術、程序，他們得以與神明溝通，使其助益於自己的生活」，他們認為，神秘的鬼或神是這個世界的實際主宰，它們掌管著自然界的一切，風、雨、豐收、災害等，鄉民們生產與生活經驗中所遇到的事物，都是神鬼息息相關。尊敬神鬼、避免觸怒神鬼帶來厄運，所以鄉民們修建供奉它們的廟宇，並且用隆重的儀式來表達信仰的誠意，「人們在祈雨時對龍王爺頂禮膜拜、念念有詞，在抬轎時不辭辛苦、流血流汗，在雨下來時感動得長跪不起、涕淚交流，此時他們心中念想的是一年的收成，是一家大小的溫飽，因而他們的確是懷著滿腔的虔誠」〔註121〕。即使這種鄉俗確實是一種迷信，也是適應於傳統鄉土社會鄉民們重要的精神寄託，是勞苦生活的希望所在，有其存在的合理性。在定縣的社會調查中顯示，「一般民眾，尤其是婦女，崇拜偶像，幾乎無所不信」，每個村莊都有供鄉民信仰的廟宇，即使民國政府提倡破除迷信，但是「近數年來因天災人禍不斷發生，人民求助於鬼神的念頭又虔誠起來」〔註122〕。

因此鄉民的鬼神信仰與日常生活息息相關，同時由於各村都有供奉各路神仙的廟宇，也就有了固定的廟會，對於鄉民來說，「可以敬神燒香，許願還願，求神保祐，也是藉此機會享受多種娛樂，打破單調生活。並且臨時所成的集市可以活動經濟。有的廟會連廟已不存在，只為買賣東西，看看熱鬧而已」〔註123〕。這種民間信仰並不需要嚴格的清規戒律，只是鄉民們習慣性的精神寄託，與日常的生產生活緊密地聯繫在一起，即使時光荏苒，朝代更迭，鄉土社會的民間信仰卻相對固定，不曾斷裂，無論是哪個統治者當政，鄉民們求的都是一樣的神、拜的都是一樣的鬼。所以鄉民的歷史意識是靜止的，社會儘管一治一亂也同樣萬變不離其宗，正如黑格爾的評價「中國的歷史從本質上看是沒有歷史的。」〔註124〕鄉民的這種認知與共產革命理論所提出的歷史唯物主義相悖的，打破唯心又混亂的民間信仰，才能讓階級革命信仰在鄉間落地生根。

〔註121〕郭於華：《傾聽底層——我們如何講述苦難》，桂林：廣西師範大學出版社，
　　　　2011年，第95頁、第120頁。
〔註122〕李景漢：《定縣社會概況調查》，上海：上海世紀出版社，2005年，第406頁。
〔註123〕李景漢：《定縣社會概況調查》，第422頁。
〔註124〕〔法〕阿蘭‧佩雷菲特：《停滯的帝國：兩個世界的撞擊》，北京：生活‧讀
　　　　書‧新知三聯書店，1993年，前言頁。

　　遵循階級革命理論的革命鄉俗敘事正是通過文學的方式傳達或改變鄉民的歷史意識，必須在階級革命的重要參與者頭腦中建構一種新的歷史敘事。因此，我們看到，這些民間信仰的傳統符號失去了以前的功能，從某種角度來説，是新的意識形態用暴力的方式驅逐了舊的精神信仰。在《咆哮了的土地》、《星》還有《李家莊的變莊》等作品裏，關帝廟由農民革命指揮所發展到地主階級審判所，曾經被鄉民認爲的關帝神聖不可侵犯的威嚴已經被革命權威所替代，這是共產革命在鄉村能夠獲得成功非常重要的一個原因。杜贊奇在總結民國政府未能在鄉土社會進行有效的統治時認爲，「民國政權在鄉村無所作爲，一個很大的原因是他們無法創造出關帝神話的替代物，作爲身份認同以及國家與農民間進行溝通的符號體系。」〔註125〕相較於民國政權在鄉民文化認同方面的失敗，革命鄉俗敘事卻用巧妙的敘事方法，利用鄉民的迷信而作了意識形態的改造，在鄉民渾然不覺中，其迷信觀念已悄然置換。

　　例如被改編成多種藝術形式的《白毛女》，講述了一個被惡霸地主黃世仁逼債而家破人亡的少女喜兒，藏身於山裏的廟裏，從此失了蹤影，後來鄉民們發現用來供奉神仙的食品竟然常常不翼而飛，在迷信鬼神的頭腦裏，首先想到的是神仙顯靈現身吃供品了，白毛仙姑的傳説越來越神奇，引起了邊區政府的重視，最後發現原來是失蹤多年的喜兒，由於常年不見天日，一頭黑髮變成了白髮，在政府的幫助下，清算了黃世仁的罪惡，而喜兒也過上了正常、幸福的生活。從作品本身來説，拯救喜兒只是完成敘事的過程，更大的意義在於通過敘述給鄉民們形成這樣的意象：鬼神都是假的，如果説眞的有鬼，那也是舊社會把人逼成鬼，而新政府是將一個不敢見天日的鬼變成了光天化日之下挺直腰杆的「人」，封建迷信與舊社會劃上了等號，摒棄迷信就等同於摒棄舊政權，認同新政權，新的歷史意識由此建立。

　　通過以上對革命鄉俗敘事中幾個重要的鄉俗意象的分析，可以看到，鄉俗在傳統鄉土社會的存在有著強大的文化心理基礎和歷史合理性，作爲綿延數代的精神文化，其頑強的生命力遠不是依靠一個理論或文學宣傳就可以徹底清除的，革命鄉俗敘事顯示出新的階級力量或新生政權對鄉民群體在精神認同上的爭奪，如何讓鄉民接受新的意識形態，革命作家必須找到鄉民可以接受的敘事方式，來傳遞共產革命的思想意識，以達到借俗宣雅的目的。這

〔註125〕〔美〕杜贊奇：《復刻符號：關帝的神話》，《歷史意識與國族認同：杜贊奇讀本》，上海：上海世紀出版社，2013年，第26頁。

裡需要和白話文運動做一個區分，胡適等人認為白話文就是俗文學，是普通民眾可以看得懂和喜愛的文學，因此借用白話文來宣傳西方文化，這實際上也是一種「借俗宣雅」，但是他們忽略的一點是，白話文是一種文體，這種文體依然是用漢字所寫，對於文盲來說，不識字就意味著哪種文體都無法閱讀。因此，白話文運動只能是停留在精英層面的文化運動。而共產革命，首先剔除的是鄉村中的知識分子鄉紳、地主，同盟者與參與者只有廣大文盲半文盲的鄉民，因此要將階級革命、共產主義等來源於西方的概念讓他們理解接受，顯然是不太可能的，「農民的思想，一半是父傳子子傳孫的傳統下來，一半是從戲曲的歌文中所影響而成了一個很堅固的人生觀。」〔註126〕所以，必須借由鄉民可以理解的形式來進行意識形態的滲透，早期的階級革命文學起初也意識到這一點，作家努力貼近鄉民的文化習慣，這也就是為什麼我們在革命文學中看到了作家們大量使用鄉民的非常不雅觀的俗語，這樣的「俗」只是表面上的，幾個俚語的點綴也並不能抹掉知識分子精英話語的印記，也就不能從根本上解決讓鄉民從內心深處認同階級革命的問題，因此早期的革命鄉俗敘事仍然徘徊在作家用生硬的階級理論支配的話語進行自我言說，並未能真正撬開底層鄉民「堅固」的精神認同。這個問題的真正解決是革命陣營開展的民族形式的討論。

　　1938年，毛澤東在一篇報告中提出馬克思主義中國化的政治要求，「馬克思主義必須和我國的具體特點相結合併通過一定的民族形式才能實現」，「洋八股必須廢止，空調抽象的調頭必須少唱，教條主義必須休息，而代之以新鮮活潑的、為中國老百姓所喜聞樂見的中國作風和中國氣派」。〔註127〕作為政治附屬品的革命文藝，在政治的指揮棒下也提出了對民族形式〔註128〕的利用和改造。同年，向林冰在《全民周刊》上發表了《舊形式的新評價》，雖然有爭議，但不失為無產階級意識形態在文藝上向底層鄉民的潛移默化找到了可能正確的方向。向林冰認為「我們乃是根據著『想要征服它必先服從它』的

〔註126〕彭湃：《海豐農民運動》，《彭湃文集》，北京：人民文學出版社，1981年，第109頁。

〔註127〕毛澤東：《中國共產黨在民族戰爭中的地位》，《毛澤東選集》，北京：人民出版社，1991年，第2卷第534頁。

〔註128〕茅盾著有《舊形式·民間形式·民族形式》一文（《中國文化》1940年第2卷第1期），對這三個概念進行了辨析。因這不是本部份的重點，不擬對此三個概念做詳細的分析。

命題：在舊形式中的運用中來征服舊形式；在舊形式的量的改造中來爭取舊形式質的轉化；以肯定舊形式的起點而導出舊形式的自己否定；在舊形式的內部發揚積極的要素；捨棄消極的要素而建立起新的形式來」，這就是所謂的「舊瓶裝新酒」〔註129〕，實際上這是一種迂迴的做法，以退爲進。

1942 年，毛澤東在延安文藝座談會上所做的講話中，肯定了「舊瓶裝新酒」的做法，並且做了進一步的發揮，將之上升到了理論的高度，成爲了革命作家必須遵循的創作原則，同時是否在作品中貫徹了此原則，也成爲了檢驗作家階級性的標準。《講話》認爲，無產階級文藝的階級立場決定了是爲人民大眾服務的，因此只要有利於引導廣大民眾的思想認同，「對於過去時代的文藝形式，我們也並不拒絕利用，但這些舊形式到了我們手裏，給了改造，加進了新內容，也就變成革命的爲人民服務的東西了」〔註130〕，因此《講話》本質上就是馬克思主義意識形態如何通過文化的方式大眾化的問題，是馬克思主義與中國具體實踐相結合的組成部份之一。《講話》表明的是民俗舊形式的利用並不是最終的目的，而只是一個途徑，在舊形式中搭載新意識形態，利用「舊」形式反對「舊」思想，促使鄉民舊思想意識的改造、認同無產階級革命政權才是根本目的。在《講話》的指導下，解放區文學廣泛採用民俗形式，例如秧歌劇、信天遊、小曲、傳奇、說書等形式，創作了大量符合鄉民欣賞水平和習慣的文藝作品，將無產階級革命意識形態通過「喜聞樂見」的方式傳達給了底層鄉民，如《兄妹開荒》、《王貴和李香香》、《漳河水》、《李有才板話》等作品，都採用的是鄉民們熟悉和喜愛的民間藝術形式，這就是要「通過借其形式而變其內容的途徑改造傳統」〔註131〕，將鄉村社會整體地納入無產階級新政權建構之中。但是深入到文本的深層結構中，卻發現先進的無產階級意識形態最終未能遮蔽傳統的鄉俗理念。例如《小二黑結婚》，這篇雖寫於《講話》之前，但是發表於 1943 年，被評爲眞正實踐了《講話》的小說，受到了極大的讚揚，「謳歌新社會的勝利」、「謳歌農民的勝利」、「謳歌農民中開明、進步的因素對愚昧、落後、迷信等等因素的勝利」、「謳歌農民

〔註129〕向林冰：《舊形式的新評價》，《全民周刊》1938 年 2 卷 2 號。
〔註130〕毛澤東：《在延安文藝座談會上的講話》，《毛澤東文集》，北京：人民出版社，1991 年，第 3 卷第 855 頁。
〔註131〕〔英〕王斯福：《農民抑或公民？——中國社會人類學研究中的一個問題》，王銘銘等主編：《鄉土社會的秩序、公正與權威》，北京：中國政法大學出版社，1997 年，第 11 頁。

對封建惡霸勢力的勝利」〔註132〕。有趣的是，周揚認為作家表現了農民中「開明、進步」的部份，但恰恰趙樹理對人物的態度就不開明，他在描寫三仙姑外貌時，用了諷刺、漫畫的手法，以證明以三仙姑的年紀喜愛打扮是為老不尊，而小說結尾，三仙姑受到教育後，醒悟過來，將自己的打扮換成了一個長輩人應有的樣子。可見趙樹理的審美眼光依然是傳統鄉俗所規定的，三仙姑的打扮即使不符合鄉民的習慣，也不應該受到譏諷和嘲笑，作為一個傳播新文化觀念的作家，趙樹理和那些聽說三仙姑來了，跑來看熱鬧的鄉村婦女的觀念是一樣。因此他筆下的區長，這位掌握著新政權和新政策、提倡自由戀愛新習俗的革命幹部，也和見識低淺的村婦一樣，責問三仙姑：「你自己看看你打扮得象個人不像？」〔註133〕三仙姑按照自己的喜好打扮，竟然不像個人，可見這個區長表面上執行的是新政策，實際上頭腦中依然是舊鄉俗觀念。

同時，在趙樹理的許多小說中，都有一個共同的模式，即大團圓結局、這個結局的促成者都是擁有執法權的領導，這與傳統戲曲的模式是一樣，主人公歷經坎坷，最後由一位青天老爺主持公道。作家周而復曾講到過一個由四個農民創作的秧歌劇，認為這是開展群眾文藝運動的一個成果，這個秧歌劇講的是地主和佃戶之間為了減租而相互爭執的故事，重點在於這時來了一個鄉長，正好與地主有親戚關係，但是這位鄉長鐵面無私，堅持讓地主遵守政府法令減租，周而復認為「表現了新社會中的人與人之間的關係」〔註134〕，實際上這同樣是一個青天老爺斷案的傳統故事，只是人物轉換成了地主階級與農民階級而已，其實質並沒有改變。再例如《漳河水》、《王貴與李香香》、《孟祥英翻身》等反映婦女解放的作品中，從主題上來說確實表現了脫離封建「三綱」的婦女在政治、社會地位上獲得了解放，但是其主體意識雖然不再是由「三綱」主宰，但也並不是個性的、自主的，而是由新的意識形態超越了「三綱」，變成一種新的最高意識而成為婦女新的精神主宰，其主體性仍然是缺失的。可以看到，在革命鄉土敘事之中的婦女依然與傳統鄉俗觀念一樣，是男權社會所規定的思想意識的附屬品。而在現實中，通過階級革命獲

〔註132〕周揚：《論趙樹理的創作》，《趙樹理文集》，北京：工人出版社，1980年，第1卷第4～5頁。

〔註133〕趙樹理：《小二黑結婚》，《趙樹理文集》，北京：工人出版社，1980年，第1卷第14頁。

〔註134〕周而復：《邊區的群眾文藝運動》，《延安文藝叢書》第1卷（文藝理論卷），長沙：湖南人民出版社，1984年，第555頁。

得階級解放與性別解放的鄉村婦女群體事實上並沒有像文學作品中所描述的那樣，可以輕鬆和積極面對自己的社會工作與家庭生活。走出家門的婦女雖然有了參加社會勞動的權利，但是這「並非僅僅是勞動方式的轉換，事實上也是勞動量的增加」，在「集體化以後，婦女除與男子一樣必須按時出工勞動外，傳統性別分工的角色並未改變或由他人分擔」，也就是說，婦女在必須參加社會勞動之外，還有繁瑣的家務勞動，同時「作爲分配依據的工分始終是女性低於男性，……但婦女在勞動量和勞動強度上並沒有受到照顧」〔註135〕。因此，「翻身」對於鄉村婦女來說，社會地位的提高與性別的平等並不是無條件的，而是建立在勞動量被嚴格增加的基礎上。

例如在趙樹理的《鍛鍊鍛鍊》中，作家是從正面批判了在集體勞動中利用身體原因偷懶的兩個婦女「吃不飽」和「小腿痛」，因爲這兩人並沒有犯原則性的錯誤，趙樹理採用看似幽默的筆調講述了她們被農業社教育而不得不改正的過程，但是我們反過來看，不管是在村社被貼大字報還是在整風會上交代錯誤，都是強制性的，即使「小腿痛」已經是個五十多歲的婦女了，而「吃不飽」也只是因爲只願意留在家做針線之類的家務。那麼在《平凡的世界》裏的賀鳳英則是一個社會活動積極分子，是「鐵姑娘」中的一員，思想與行爲都符合當時的政治要求，但是卻無法兼顧家務，以至於家裏一團糟，達到了進家門卻無處下腳的地步。賀鳳英的「積極」成了鄉民們的笑柄，正是因爲她顧外不顧家，不是鄉俗所認同的傳統婦女形象。而作者路遙所讚賞的並不參與社會活動、專注家務的孫玉厚的老婆，雖然家窮，但仍然把家裏收拾得乾淨利落，或者是孫少安的老婆賀秀蓮全心全意的爲家庭付出，或者是孫玉厚的女兒孫蘭英，儘管丈夫是一個毫不顧家的農村二流子，仍然不離不棄，直至丈夫最後迴心轉意。從以上兩個文本，我們看到了兩類完全相反的婦女形象，但是在不同的時代卻同樣受到批判。因此，婦女解放、性別平等是否眞的可以依靠階級革命的成功而得以實現，依然是一個難以解決的問題。可見，當鄉土文學稍微偏離政治書寫的框架時，深藏在頭腦中的鄉俗觀念便不由自主地影響了創作，符合傳統鄉俗觀念的賢妻良母式的婦女形象得到了作家的認同與讚賞，而這正是以否定革命鄉俗敍事中的所謂新式女性形象爲前提的。身爲知識分子的作家尚且如此，更何況眞正的基層鄉民，因此，

〔註135〕郭於華：《受苦人的講述——驥村歷史與一種文明的邏輯》，香港：中文大學出版社，2013 年，第 129 頁。

革命鄉俗敘事中那些有著先進的革命意識、主動將個人生活融解在社會政治活動中的鄉村女性形象，只能作為一種意識形態規定的符號存活於文本裏面，而鄉俗卻無時無刻不在文本之外的所有地方發揮自己的效用。

　　再來看鄉民們的多神崇拜、迷信信仰也被無產階級政權用強制或宣傳的方式所打破，但這並不說明鄉民所習慣於精神依託的民俗文化心理就完全改變了，依賴信仰的傳統心理同樣存在，只是將關帝、龍王或其它諸神換成了政治救星的信仰，在鄉民的意識裏，救星同樣是神一般的存在。革命鄉俗敘事是對傳統鄉俗進行的一次整體性的改造，從直接的顛覆到婉轉的「以俗宣雅」，根本目的就是在於改變鄉民的精神認同，更加有利於新政權的建設與鞏固，革命作家們也做出了相當的努力來實現舊鄉俗形式與新意識形態的無縫對接，但是精英知識分子的理想與大多數文盲半文盲鄉民現實之間的距離，並不是簡單地用遷就鄉民的欣賞品味就可以拉近的，鄉民們所認可、喜愛的鄉俗形式決定了作品的本質，無論人物多麼先進、階級矛盾多麼尖銳、階級鬥爭的過程多麼激烈，最後符合的還是善惡終有報、青天老爺判公道、救星解救萬民等鄉民的習慣心理。因此，革命鄉俗敘事對傳統鄉俗的置換與利用，並未改變後者的本質內涵，鄉俗作為鄉土精神的重要載體，人為的或刻意的為了某種政治目的去改造，基本是徒勞的，因為「精神是不朽的；精神不是過去的，不是將來的，只是一個本質地現在的。」〔註136〕

第三節　傳承與象徵：自由主義視角下的鄉俗敘事

　　「我們每根肌肉纖維都維繫著凡俗世界，我們的感覺依附著凡俗世界，我們的生命也仰仗著凡俗世界。」〔註137〕在歷史的宏大敘事未能觸及到的細枝末梢中，正是人們生活的「凡俗世界」，它是抽象的文化觀念與具體的日常行為相結合的整體，它遠比歷史敘述更加真實，它無須粉飾，因為它就是歷史的本來面目。正是這個凡塵俗世維繫著民族和文化的根脈，與變幻無常的外部世界相比，它以一種恒常的方式綿延存在，永不休止。自由主義作家在有保留地承認鄉俗帶有一定的落後性的同時，更將它看作是一種審美對象，

〔註136〕〔德〕黑格爾：《歷史哲學》，王造時譯，上海：上海書店，2006年，第73頁。

〔註137〕〔法〕愛彌爾・涂爾幹：《宗教生活的基本形式》，渠東等譯，北京：商務印書館，2011年，第426頁。

一種延續傳統精神的重要載體，通過他們的視角，我們將發現鄉俗乃是民族精神的內核，也是民族存在根基所在。

1、傳統之本質：自由主義作家的鄉俗理念

「傳統──代代相傳的事物──包括物質實體，包括人們對各種事物的信仰，關於人和事件的形象，也包括慣例與制度。」〔註138〕對於生於斯、長於斯的鄉民來說，傳統對他們來說，就意味著鄉俗，他們遵循著數代相傳的經驗、習慣、禁忌等與日常生活有關的一切，無須自己費心，早有先例可供他們選擇。他們在重複前代習俗的同時，自己也將成爲下一代臨摹的對象。因此，時間與空間對鄉民們來說是沒有意義的，鄉俗已經規定了他們所有的生活與觀念，他們總是生活在「過去」。穩定的文化心態帶來了千載不變的生活方式，即使多次的戰亂動蕩、流離失所、遷徙他鄉，鄉民們都成爲了自覺的鄉俗傳承體，「民俗具有生活性和文化性雙重複合的屬性，作爲人們一種生活方式，一旦形成後就不會輕易改變，而且它能按照自身的規律像風一樣到處傳播，任何力量都無法隨意控制」〔註139〕。也由於此，鄉俗才能在歷史的長河中生生不息，這也正是自由主義作家所看重的鄉俗的文化價值，它是民族性與傳統性的核心所在。這樣的觀點決定了，自由主義視角下的鄉俗敘事，與啓蒙主義以禮教之罪去批判鄉俗不同，也與階級革命中以壓迫之名去解構鄉俗不同，更多強調的是鄉俗具有非功利性的藝術審美特質與傳統的文化維繫功能。

周作人是最早將民俗學〔註140〕引進到中國來的學者，他一生也致力於民俗學的研究與推廣，從他的散文作品中，我們可以看到民俗學方面的佔了很大一部份，內容包括了神話傳說、民間歌謠、地方風土等內容。周作人在民俗學方面的觀點與他的文學主張是緊密結合在一起的，兩者之間的互動也是同步的。他用散文的形式來表現民俗學觀點，而在某些散文中，某些文學內容也是民俗學思想的體現，即借文學言說民俗或者借民俗言說文學，但無論採取哪一種形式，都是周作人自己思想主張的體現，是一個有機的整體。正是由於民俗學與文學同時揉合在周作人的思想之中，而他的思想傾向的改變帶來了民俗

〔註138〕〔美〕E‧希爾斯：《論傳統》，傅鏗等譯，上海：上海人民出版社，1991年，第16頁。
〔註139〕鄭土有等：《五緣民俗學》，上海：同濟大學出版社，2013年，第20頁。
〔註140〕周作人的民俗學思想範圍廣，遠超出了鄉俗範疇，因此此處行文使用習慣性的「民俗」一詞。

學觀點和文學觀念的變化，但就周作人的民俗學思想來說，又有其一直堅持的觀點，即站在非功利的文化審美立場上，對中國傳統文化的關懷。

　　首先，我們來看民俗學是如何以一種啓蒙工具進入周作人的文學視野之中。周作人最初意識到民俗學的重要性，一是緣於日本的留學經歷，留日期間他發現了日本文化之美，抽象的文化理念表現在他所看到了風物、民情上面，他意識到了中日兩國雖有同樣的文化淵源，但卻呈現出不同的民間風俗，面對日本仍然保留著的唐風宋學，而這些文化留存在中國已然消失。同時兩國的民族性也完全不同，這種文化流變之謎只能從民俗的研究中才能得到答案，「要瞭解一國民的文化，……非從民俗學入手不可。……如以禮儀風俗爲中心，求得其自然與人生觀，……對於這國的事情可以有懂得的希望了。」〔註141〕從這裡可以看出，周作人傾心於民俗研究的原因和黃遵憲有相似之處，因此他對於黃遵憲的《日本國志》中的《禮俗志》也給予了高度的評價，「黃著四十卷，地理才三卷，刑法食貨共得十一卷，若其最有特色、前無古人，當推學術、禮俗二志，有見識、有風趣，蓋惟思想家與詩人合併，乃能有此耳。」〔註142〕周作人和黃遵憲一樣，認爲日本近代以來之所以強大，與日本的傳統民俗是分不開的。而通過研究民俗要達到何種目的，這就是周作人關注民俗學的原因之二——思想啓蒙的需要。

　　周作人認爲，民俗是一個國家、民族最爲眞實的文化狀況和生活狀況，也是產生文化、思想與國民性格的基礎，因此通過瞭解一個國家、民族的風俗才能在改造民族品格上有的放矢。正是因爲他如此看重風俗對國家與民族所產生的影響，所以，當魯迅發出的「救救孩子」的吶喊時，周作人在研究對兒童教育、成長有著巨大作用的社會風俗、文化環境，他認爲要培養有著自由民主思想的新國民，應當從人文環境入手，這才是最根本的有準備的做法，因爲「學校之外，有社會之影響，舉凡制度、禮法、宗教、習俗、職業、交遊皆是，於造成個性至有關係。」〔註143〕而這種社會影響正是周作人所說的對兒童成長關係至關重要的「外緣」，「兒童心理發達，總出二因，一爲天性，一爲外緣。若以教育言之，二者之中，以外緣爲重。」〔註144〕由此可見，周作人在思想啓蒙時代，對於民俗的重視緣於希望借由研究民俗、改造民族

〔註141〕周作人：《緣日》，《周作人散文全集》，第 8 卷第 441 頁。
〔註142〕周作人：《日本國志》，《周作人散文全集》，第 8 卷第 344 頁。
〔註143〕周作人：《遺傳與教育》，《周作人散文全集》，第 1 卷第 266 頁。
〔註144〕周作人：《外緣之影響》，《周作人散文全集》，第 1 卷第 350 頁。

文化，來達到啓蒙的目的。

這是一項相當緩慢的工作，而隨著啓蒙思潮的退卻，周作人雖然仍然關注民俗學研究，散文作品中關於民俗的題材也依然很多，但是其關注的重點已有所偏離。1924 年，在周作人所擬的《〈語絲〉發刊辭》裏，我們看到《語絲》的主旨在於「我們並沒有什麼主義要宣傳，對於政治經濟問題也沒有什麼興趣」，「提倡自由思想，獨立判斷，和美的生活」〔註 145〕，此時的周作人對於民俗學研究關注的目的與最初的啓蒙理想已經有了較大的改變，他的散文作品也仍然在文學與民俗學之間遊刃有餘。周作人不再借用民俗學來言說啓蒙思想，而是將之看成了審美對象，而這樣的思想也融入到了他的散文作品中，如果說啓蒙時期，周作人是以一種嚴肅的啓蒙態度將民俗學作爲題材來書寫的，此時他的民俗散文則多了一份從容和平淡。當民俗脫離了啓蒙的牽連，其文化與審美的功能便被周作人當作了主要的書寫內容，在《生活之藝術》一文中，周作人對於「禮俗」一詞有了新的看法，「生活之藝術這個名詞，用中國固有的字來說便是所謂禮」，但是何謂「禮」呢，周作人提到了與辜鴻銘之前對於《禮記》翻譯的意見，「從前聽說辜鴻銘先生批評英文《禮記》譯名的不妥當，以爲『禮』不是 Rite 而是 Art，當時覺得有點乖僻，其實卻是對的」〔註 146〕，rite 的英文意思爲儀式、典禮、慣例、習俗等，實際上就是傳統意義上的「禮俗」，但是周作人認爲 art，即藝術一詞更能體現「禮俗」的本質。

無論是將日常生活或禮儀本身審美化，還是周作人用審美的眼光去欣賞禮俗，這都是將民俗的藝術功能發揮到了極致。放棄民俗研究的功利性，這與周作人在文學上回歸「性靈」是一樣的，正如他自己所說，當別人都離開象牙塔走上十字街頭的時候，他卻願意在十字街頭造一個塔，安於塔內的看著街上的人來人往，「最好還是坐在角樓上，喝過兩斤黃酒，望著馬路吆喝幾聲，以出心中悶聲，不高興時便關上樓窗，臨寫自己的《九成宮》，多麼自由而且寫意」。〔註147〕此處「十字街頭的塔」與「自己的園地」表達的是同樣的想法，都強調的是獨立的思考空間，這是周作人放棄啓蒙思想之後一個精神轉向，儘管他仍然關注民俗學的文化意義，但是已經將視角轉換爲了文化審美。

〔註 145〕周作人：《〈語絲〉發刊辭》，《周作人散文全集》，第 3 卷第 510 頁。

〔註 146〕周作人：《生活之藝術》，《周作人散文全集》，第 3 卷第 513～514 頁。

〔註 147〕周作人：《十字街頭的塔》，《周作人散文全集》，第 4 卷第 76 頁。

　　由此，周作人將民俗當作瞭解文化的窗口與審美的對象，因爲民俗文化包羅萬象，地方戲劇、文學藝術都只是民俗文化的表象，研究它們必須要與民俗文化聯繫起來，只有這樣，才不會僅僅停留在研究文學藝術本身，否則只會流於表面。例如，對於神話研究，並不能僅僅止於神話本身，周作人認爲「我們欲考證神話的起源，必先徵引古代或蠻族及鄉民的習慣、信仰，藉以觀察他們的心理狀態，然後庶有所根據」〔註148〕，通過習俗瞭解文化的產生，這才是解開民族文化的密碼。例如，從浙江傳統的目連戲中，就「可以瞭解不少的民間趣味和思想，這雖然是原始的爲多，但實在是國民性的一斑，在我們的趣味思想上並不是絕無關係，所以我們知道一點也很有益處」〔註149〕。目連戲的內容、形式都與長久以來，人們的習俗有關係，而這些習俗實際上就是精神認同，作爲生長於此種文化環境中的周作人，也不可能不受此影響。所以瞭解習俗也就是瞭解自己的思想形成之緣。雖然文學藝術也是一個國家文化的體現，但是「在文學藝術方面摸索很久之後，覺得事倍功半」，因此在文學研究之外，必須借助於民俗文化的研究，才可能眞正地瞭解一個國家的傳統與文化，「民間傳承正是絕好的一條路徑」，所以「欲瞭解中國須得研究禮俗」。〔註150〕與重視民俗學在文化研究方面的重要作用一樣，周作人的文學創作與民俗學也是不可分離的，可以說他的散文作品既是民俗小論文，也是優美的介紹地方風土的美文。我們看到，周作人利用文學形式與民俗內容的完美結合，將民俗之美通過文學傳遞給讀者，同時也將文學之美附著在了民俗內容上，造就了獨特的周作人式的民俗散文。

　　沈從文是另一位將鄉俗作爲重要書寫對象的作家，雖然在文學創作思想的傾向上同爲自由主義，但沈從文與周作人在民俗觀、以及文學中的鄉俗敘事方面，卻有不同的表現。沈從文並不是爲了研究或者對當地鄉俗感興趣而書寫鄉俗，這與周作人一開始對民俗研究抱著某種功利目的是不一樣的，而與後期周作人轉向民俗審美化有相似處，但是沈從文之所以能對湘西那些在外鄉人看來落後野蠻的鄉俗抱以審美欣賞的眼光。除了因爲他與湘西那塊古老土地之間割不斷的文化血脈之外，還因爲他自身敏感、孤獨的內心世界。

　　面對著看似「風刀霜劍嚴相逼」的社會現實，他總是往回看留存在記憶

〔註148〕周作人：《神話的趣味》，《周作人散文全集》，第3卷第531頁。
〔註149〕周作人：《談目連戲》，《周作人散文全集》，第4卷第73頁。
〔註150〕周作人：《鄉土研究與民藝》，《周作人散文全集》，第9卷第221頁。

裏的湘西，他認為只有故鄉溫厚的胸膛才能給予安慰，那是沈從文的心靈安穩之家。「湘西山區周圍一些荒僻的小山城、村落——也就是我生命成長的那些小村小店，或河邊船上」，成長的環境影響了沈從文的審美取向以及文化認同，「我熟悉那個地方的風俗習慣，人民的哀樂式樣。它們在我生命中具有無比巨大的力量，影響我控制我」〔註151〕。這正如沈從文自己所言，這種文化心理的力量之大，因為「生理上所遺傳下來的行為只占很小一部份，而文化上的傳統的接力過程卻起著極大的作用」。〔註152〕這使得他除了生理上的無法改變的苗族血統之外，在文化上、心理上也難以抹去湘西烙印，以至於他一生都堅稱自己是「鄉下人」，永遠都在與城市劃清界線，因為他實在無法從內心裏認同或者遵循所謂的城市文化與習俗，「在都市住上十年，我還是個鄉下人。第一件事，我就永遠不習慣城裏人所習慣的道德的愉快，倫理的愉快」〔註153〕，他固執己見，近乎頑固地保留著湘西的鄉俗文化記憶。

對於沈從文來說，「湘西」這個名字並不僅是一個單純的地理標識，而更多的是一種文化意義上的歸屬之地。湘西的鄉俗文化是沈從文作品中作為整體性背景而存在著的，無論是那裏靜態的風景，還是動態的鄉民，無論是久遠的傳說，還是正在發生的故事，都是在這樣一個特定的鄉俗環境中活動。沈從文曾說：「生命流轉，人性不易」〔註154〕，而這人性正是由鄉俗文化培育而來的，與沒有盡頭的時間相比，生命總是易逝的，但生命總是在約定俗成的鄉俗文化框架裏生生不息、轉承啓合，數代不曾更改的是鄉民們都遵守的價值標準、思維方式、信仰觀念，這樣的傳統是湘西之所以成為湘西的靈魂所在。

1937年底，沈從文在戰亂中回到湘西，所見到的情景使他由衷地感歎湘西的民風鄉俗中那種血性與善良，「我那些大小鄉親，從遊移、苦悶、消極、猜忌複雜情緒中，變成單純而一致的，離開他們的家，和家中豢養的青毛鬥雞與龍睛魚，離開了果園和磨坊，離開了吃牛頭肉、喝燒酒、打小牌、睡午覺的習慣，以及一切生計事業，帶了自備的槍枝，自備的炊具和糧食，坐了小船小筏子，快快樂樂集中到沅陵聽候點編整訓了」〔註155〕。從他那充滿

〔註151〕沈從文：《德譯〈從文短篇小說集〉序》，《沈從文全集》，第16卷第408頁。
〔註152〕〔美〕露絲・本尼迪克特：《文化模式》，王煒等譯，北京：社會科學文獻出版社，2009年，第10頁。
〔註153〕沈從文：《蕭乾小說集題記》，《沈從文全集》，第16卷325頁。
〔註154〕沈從文：《〈看虹摘星錄〉後記》，《沈從文全集》，第16卷第346頁。
〔註155〕沈從文：《〈湖南的西北角〉序言》，《沈從文全集》，第16卷第354頁。

感情的描述中可以看到，在沈從文眼裏，有什麼樣的鄉俗便有什麼樣的鄉民，他們之間是互爲因果的，完美融合在一起，只有這樣才能構成一個完整的湘西，他記憶中、情感中的湘西。在都市無序的蔓延中，這種近乎原始、淳樸的傳統面臨著斷裂的危險，因此沈從文通過文字將湘西這種未經功利薰染的淳樸鄉俗傳遞給讀者，使湘西的風土人情在文本中得以永恆留存，同時這也是遠離故土的沈從文內心的情感需要，這使他在寫作過程中盡情的沉浸在關於湘西的回憶中，也不啻爲一種精神返鄉。儘管沈從文在晚年時期接受凌宇訪問，其中一個問題是關於某些作品是否存在提倡返歸自然、回覆野蠻的創作意圖時，沈從文回答當時只是爲了謀生而寫作，並無任何企圖。但是回到 1931 年寫成的《甲辰閒話》中，他曾提到在三十歲至五十歲之間將完成十一個作品中，其中擬定的一部作品主題就是「故鄉，故鄉的民族性與風俗及特殊組織」〔註 156〕，事實也證明了，不僅是一部作品，鄉俗幾乎遍佈於沈從文的所有作品之中，成爲他的創作特色。而蘇雪林也認爲，同樣寫湘西，在黎錦明的作品中，這只是一個故事發生的地點而已，換作其它故事發生地也無妨，「所以成功不大」，而沈從文「對於湘西的風俗人情氣侯景物都有詳細的描寫，好像有心要借那陌生地方的神秘性來完成自己文章特色似的。」〔註 157〕時間流逝，也許沈從文晚年時不再記得曾經的寫作計劃，因爲湘西的傳統鄉俗已經成爲沈從文的「無意識」，在不知不覺中永遠在他的筆底流淌。

在廢名的作品中，鄉俗並沒有成爲其特意書寫的對象，但也是他的鄉土敘事中必不可少的組成部份。在廢名所刻意營造的桃花源裏，人物、事件都可以是虛幻的，是按照廢名自己的意願來表達的，是否具有現實性，這不是廢名想要考慮的，但是作品中出現的鄉俗卻是唯一與現實相連的東西，也是唯一與傳統相連接的東西，這就使廢名作品中那如夢似幻的故事有了可依靠的背景，不再是單純的夢話或者童話，同時廢名通過鄉俗的書寫，也讓自己想要表達的思想有了被瞭解的可能性。廢名與周作人、沈從文的鄉俗敘事的相似之處在於，都是將之審美化，如果說周作人的鄉俗敘事除了個人的審美趣味，還有一些學術研究的意味在裏面，而沈從文則是由於文化認同與精神

〔註 156〕沈從文：《甲辰閒話（一）》，《沈從文全集》，第 14 卷第 48 頁。
〔註 157〕蘇雪林：《沈從文論》，沈暉編：《蘇雪林文集》，合肥：安徽文藝出版社，1996
　　　　年，第 3 卷第 293 頁。

依戀，使得他的鄉俗敘事在抒發個人情感的同時偏向審美的話，那麼廢名在鄉俗審美化方面比他們更加徹底，也更加純粹。

在廢名的作品中，鄉里鄉親的禮尚往來、節慶等鄉俗都體現著鄉村社會的人情美、倫理美，而這正是傳統鄉土社會的根基所在。在廢名的審美眼光看來，這些鄉俗充滿了溫暖的詩意，點綴在他的鄉土敘事中，同時也是溝通現實與夢境的橋梁，本來並非現實存在的鄉村，有了眞實鄉俗的加入，廢名的「菱蕩」或者「史家莊」彷彿都似眞似幻，值得追尋。但廢名的鄉俗敘事更爲深層的用意在於，傳統的鄉土社會寧靜、優美，正是由於這些千百年來形成的倫理、文化鄉俗，妥善地調節著日常生活、倫常秩序，每一天都在發揮著實際的作用，參與著鄉民的個體生命歷程，也參與著鄉村的農業生產、社會生活，對於整個國家、民族來說，鄉俗是微觀的存在，但形成的力量卻是巨大的，規定和影響著整個社會的文化認同，正是它們才是眞正的傳統本質。同樣的，對於淪陷區作家的鄉俗敘事來說，也是出於維護傳統的目的，但是創作緣由卻有了很大的不同。被侵略的壓抑心態使作家放棄了審美眼光，因此敘述視角不再是廢名似的唯美主義，也與沈從文的審美與故鄉情結不同，而是將重點放在了在異族的侵略統治下，鄉民們掙扎求存，對於淪陷區的鄉民們來說，謹守傳統，一是出於艱難世事的逼迫，不得不求助於上天給予好的天氣，好的收成，用古老的鄉俗儀式，求得鐵蹄下的一息尚存；二是侵略者統治下的鄉村日漸破敗，社會也越發混亂，傳統正是慢慢消失，外在的空間已被異族佔領，但是內在的精神空間卻依然憑藉著堅守的鄉俗來延續著對傳統的認同。因此，淪陷區作家的鄉俗敘事更加看重的是，其在文化傳統上的傳承功能，使鄉民在面對異族侵略時，仍然可保持本民族文化與心理的獨立，這是異族統治者用政治權力無法掌控的心理空間，「民俗的維繫功能，指民俗統一群體的行爲與思想，使社會生活保持穩定，使群體內所有成員保持向心力與凝聚力。」〔註158〕

綜上所述，我們可以看到，正是由於創作目的未受某種特定的意識形態控制，使自由主義作家的鄉俗敘事呈現出較爲複雜的狀態，但是無論出於哪種目的來書寫鄉俗，他們都承認，鄉俗雖然屬於底層民間社會，是鄉民的生活方式與思維方式，但卻是傳統文化中最爲活躍的那部份，如果將龐雜的傳

〔註158〕鍾敬文主編：《民俗學概論》，上海文藝出版社 1998 年版，第 30 頁。

統文化比作一個金字塔的話，那麼鄉俗則是最為堅實的塔基，它是傳統文化產生的基礎，也支撐著民族的文化認同與情感聯繫，只要鄉俗存在並發揮著作用，那麼受此種鄉俗文化影響的民族或社會就會一直延續下去。

2、情感之記憶：文化保守視角的鄉俗敘事

「中國現代轉型的根本基礎是中國的傳統核心文化」〔註159〕。縱觀整個二十世紀，基本都圍繞著「革命」這個主題詞，徘徊在是否「進行革命」、「繼續革命」還是「告別革命」，而「傳統」這個詞總是處於革命漩渦之中，從新文化運動的批判傳統到八十年代西潮襲來時的尋根文學，再到如今重提國學、傳統倫理道德，人們總是在取捨傳統的問題上搖擺不定，但在費正清看來，這個答案無疑是確定的，即中國應該固守傳統核心文化這個民族之本。就這一點來說，與自由主義作家的鄉俗觀念不謀而合，如果說傳統是一個國家或一個民族的內核，那麼億萬底層民眾不約而同的精神認同則是傳統的核心所在，只要這種精神認同不改變，那麼傳統文化就會像滾雪球一樣，越來越大，越來越緊密。但同時，難以挪移的精神認同也是一把雙刃劍，它使某些明顯落後的習慣心理失去了更新的可能性，自由主義作家完全意識到了鄉俗在文化上的兩面性，周作人、沈從文和廢名在各自的作品中都有反映，但是他們始終對鄉俗抱以瑕不掩瑜的想法，更多的是看重的是其對文化傳統的傳承與民族的情感凝聚力方面的作用。

首先來看周作人的散文作品，這些作品中有不少是關於民俗文化現象的，如何透過這些現象中尋找和瞭解其存在的文化的、心理的原因，同時抱以審美的心態去欣賞這些民俗風情，這是周作人民俗散文創作想要達到的雙重目的。從周作人的民俗散文來看，題材廣泛，神話、宗教、迷信、日常生活習慣等都是他關注的對象，以周作人深厚的文化底蘊與文學功力，文學與民俗在作品中得到了完美的結合，這些散文既可以看作是研究民俗小論文，也可以看作是精緻的美文，同時還體現了周作人在傳統文化的上思想主張。伴隨著周作人研究民俗目的的改變，即從曾經想利用改變傳統民俗進行思想啟蒙，到以審美的眼光對民俗進行非功利性的文化研究，這個的轉換帶動了周作人作品的中的鄉俗敘事發生了根本的改變。

〔註159〕〔美〕費正清：《中國：傳統與變遷》，張沛等譯，長春：吉林出版集團，2013年，第226頁。

1920 年，周作人在《鄉村與道教思想》中曾大力的抨擊鄉村啓蒙遇到的最大困難便是鄉民頭腦裏的舊思想，而這種根深蒂固的舊思想正是道教思想所造成的，在文章中，他將鄉村中「相信鬼神魔術」而引發的「教案、假皇帝、燒洋學堂，反抗防疫以及統計系統，打拳械鬥，煉丹種蠱，符咒治病種種」，「相信『命』與『氣運』」都加諸在了道教思想的惡劣影響上，而提出要改變鄉村的這些落後習俗，就要「灌輸科學思想」〔註160〕。時隔六年之後，同樣的文章題目，周作人推翻了之前的看法，承認了科學運動的無用，「國民的理性也很少有發展的希望 」，他同意弗雷澤所認爲的「現代文明國的民俗大都即是古代蠻風之遺留，也即是現今野蠻風俗的變相」，而「民眾始終是迷信的信徒，是不容易濟度的」〔註161〕。

對於民俗的不易改變，周作人深有體會，1927 年北京曾發生了官民一起求雨的事件，周作人特地寫了兩篇文章《求雨》、《再求雨》來表達他對這一事件的看法。與啓蒙視閾中認爲求雨這一迷信源於壓制自由思想的禮教傳統不同，也與階級革命視閾中認爲求雨是階級壓迫的表現不同，周作人對這一民俗現象作了客觀的文化分析，他首先指出的是「求雨」有著久遠的歷史，是帝制時代展現帝王家長權力的行爲，但是在民國已經成爲十幾年後，民國官員還帶領民眾求雨，這不得不說「這種主奴關係的宗教觀念十分堅固地存著，……在中國大多數也還相信天帝的攝理與跪拜的效力， —— 中華民國對於天廷還嚴謹地遵守帝制」。〔註162〕周作人在求雨的表面行爲背後看到的是在帝制消亡時代，社會心理卻仍未有大的改變，帝制時代遺留下來的文化觀念仍然在發揮著作用。同樣，對於關公迷信的民俗文化，周作人也給予了認眞梳理，關公崇拜作爲民間一種非常普遍的民俗現象，周作人追根溯源尋找在眞實歷史中只能算作普通一員將領的關公，爲何到了被崇拜至迷信的地步，「可知關帝聖君的名稱起於萬曆，萬曆是一位大昏君而其旨意在讀書人中發生了效力，十足三百年裏大家死心塌地的信奉」〔註163〕。因此關公迷信的背後依然是對帝制文化盲目遵從，這種牢固的文化觀念是無法用外力所改變的，周作人承認類似民俗客觀存在的現狀，在討論是否拆毀東嶽廟的時候，他的意見是辯證與客觀的。廟宇的存廢與民眾的迷信實在沒有太大的關係，

〔註160〕周作人：《鄉村與道教思想》，《周作人散文全集》，第 2 卷第 245～246 頁。
〔註161〕周作人：《鄉村與道教思想》，《周作人散文全集》，第 4 卷第 729～731 頁。
〔註162〕周作人：《求雨》，《周作人散文全集》，第 5 卷第 235 頁。
〔註163〕周作人：《談關公》，《周作人散文全集》，第 8 卷第 20 頁。

因爲「神鬼地獄等塑像是有形的，但迷信的根源是在無形的人心裏」，如果民眾不迷信，那麼即使廟存在，也不會有人去膜拜，但反之，「東嶽廟即便拆成一片白地，鬼神仍然寄居人民的心中」，不如保留「可供人家的研究或賞玩（如風景及建築好的）」，在周作人看來，拆廟無用最爲根本的原因在於，「我不大相信民眾會怎麼進步，我不能想像有一個時代會完會沒有宗教或迷信，無論社會制度如何改變，教育如何發達。」〔註164〕

　　民俗之所以能夠成爲民眾願意遵循的行爲模式與思維方式，與日常生活緊密相連，成爲了一種文化基因的代代相傳，而通過民俗現象探討其生成的深層原因，正是瞭解我們自己的文化與傳統，正如周作人談到家鄉人常說的河水鬼時，雖然河水鬼是一個看似荒謬的杜撰，但也不能輕視，「河水鬼大可不談，但是河水鬼的信仰以及有這信仰的人卻是值得注意的」，在這些民俗迷信的背後是「這凡俗的人世，看看這上邊有些什麼人，是怎麼想。〔註165〕脫離了啓蒙的功利目的之後，周作人仍然願意去瞭解、去研究民俗，但是也僅止於此，樂於在自己園地裏耕耘的他，終究不脫傳統士大夫的本質，因此這可以說是一種文化研究，但也可以說是一種文化的趣味，因此他對那些本來習以爲常的地方鄉俗也可以同樣抱以審美欣賞的趣味。

　　周作人在《談目連戲》裏，對這種家鄉的古老戲劇的演出形式、參演人員、唱詞內容，都做了詳細的介紹，他認爲從目連戲裏，可以看出民眾的喜好，也算是「國民性的一斑」，同時這也是一種文化的傳承，從中也可以瞭解一些「我們的趣味思想」〔註166〕從何而來，這是作爲文化研究對象的目連戲，七年之後，目連戲再一次進入了周作人的散文之中，這一次是作爲審美對象而出現的，在《村裏的戲班子裏》這篇散文裏，周作人如同現場攝影機一般，爲我們記錄下了鄉村裏夜晚演齣目連戲的情景，質樸的筆調描畫出這種古老鄉俗的悠遠，讓讀者彷彿置身於夜色蒼茫的水鄉，安靜、水墨畫般的鄉野風景中突起一個熱鬧的戲臺，正在敲鑼打鼓，咿咿呀呀地唱著只有本地人才聽得懂的方言與唱詞，臺下稀稀落落的聽眾，這種極具地方特色的鄉俗在周作人的筆下充滿了迷人的魅力，至於戲劇內容，宣揚迷信也好，宣揚宗教也好，都不再重要，這只是從古至今流傳下來、鄉民們習慣與認同的一種生活方式

〔註164〕周作人：《拆毀東嶽廟》，《周作人散文全集》，第5卷第79～80頁。
〔註165〕周作人：《水裏的東西》，《周作人散文全集》，第5卷第649頁。
〔註166〕周作人：《談目連戲》，《周作人散文全集》，第4卷第73頁。

而已。故鄉的烏蓬船、踏槳船、河水鬼等傳說、城門等建築、蓮藕等食物特產，都是周作人散文小品中的主角，既是民俗介紹，又是優美的散文，既是文化的研究，又是審美的過程，周作人的確將散文與民俗的結合做到了一個極高的水平，因此，周作人散文中的鄉俗敘事在呈現出文學美的基礎上，也傳遞了他的民俗文化思想。

與周作人摻雜著文化研究趣味的鄉俗敘事不同，沈從文作品中的鄉俗並不是作為他者進入沈從文的敘事當中，現實中的湘西鄉俗與沈從文本人的生命體驗是融合在一起的，是他所依傍的精神家園。沈從文置身於鄉俗的情境之中書寫鄉俗，他全身心地投入其中，與他作品裏的人物一起，在鄉俗的文化氛圍裏感受著世間冷暖。因此，沈從文的鄉俗敘事除了具有審美功能以外，還飽含著強烈的情感寄託。同時，正是這些古老的鄉俗將湘西這個神秘土地上的民族與其它民族區分開來，保持鄉俗也就是保持著自己民族的文化獨特性，這種對湘西地方文化來自精神深處的認同與依戀，使鄉俗描寫成為沈從文的湘西敘事中不可或缺的組成部份。因此，沈從文的鄉俗敘事不僅體現著湘西少數民族的文化特色，也是他對都市文化本能的抗拒方式，「血液裏流著你們民族健康的血液的我，二十七年的生命，有一半為都市生活所吞噬，⋯⋯如像那熱情、與勇敢、與誠實，早已完全消失殆盡，再也不配說是出自你們一族了。」〔註167〕關於湘西的所有記憶是沈從文最為重要的創作源泉，也是他至為珍貴的精神財富，他對湘西的書寫使他為自己構建了一個與外界疏離的堡壘，因遠離熟悉的故土與文化而產生的孤獨感在寫作湘西的時光裏得到緩解，同時也將回憶凝固在文字裏，終於「昨日重現」。

湘西對沈從文來說就是一個美好的淨土，只有如此仍留古風的風俗民情，才有了這樣的湘西地方，同時只有如此遠離現代世界的湘西，才了這樣的鄉俗，這二者是一個互為因果的整體。湘西鄉俗的特別之處，正如王德威所說，「當地居民不僅繼承了苗漢混雜的血統，而且千百年來一直依照一套獨特的道德習俗生活。⋯⋯也正是在這裡，身體與心靈被壓抑的能量得以釋放，形成道德風俗的奇麗風景，挑戰中原地區的禮儀規範，並跨越真實與幻想的界線」〔註168〕。但這並不是一個永恒不變的湘西世界，戰爭、現代文明都是

〔註167〕沈從文：《寫在「龍朱」一文之前》，《沈從文全集》，第 5 卷第 323 頁。
〔註168〕王德威：《寫實主義小說的虛構：茅盾，老舍，沈從文》，上海：復旦大學出版社，2011 年，第 286 頁。

這個世界遲早都會瓦解的原因，沈從文明知這是個不可避免的結果，他在鄉俗敘事中也時時流露出他的擔心與憂傷，鄉俗一旦被外力的衝擊下有所改變，雖然地理意義上的湘西會依然存在，但是文化意義上的湘西卻再無返回可能，這可以從長篇小說《長河》中看到沈從文不無道理的擔憂。

出於對湘西的深厚情感，沈從文在鄉俗的書寫上從來不吝筆墨，細微之處都可讀出作者的留戀之情，他的作品裏的鄉俗敘事可以分爲兩個類型，一是看似原始落後的鄉俗卻對男女婚戀有著異乎尋常的寬容，雖然沈從文那些關於湘西的作品中也不乏愛情悲劇，但造成悲劇的根本原因，沈從文並沒有將之歸因於鄉俗，儘管表面上看似與鄉俗的倫理規約有關，但他更願意認爲是命運的安排；二是對民風、民俗儀式的描寫。

首先來看第一種類型——婚姻鄉俗。在《阿黑小史》裏，美麗乖巧的少女阿黑與油坊少年五明兩情相悅、私訂終身，但是寬容的鄉俗卻並不以爲然，在一次由於阿黑生病，父親請來捉鬼法師爲她治病，而眼尖的法師卻看出了阿黑與五明之間的情意，暗示阿黑的父親。這位父親不僅沒有生氣，責怪女兒，反而認爲「兩個人在一塊，打打鬧鬧並不算大不了事體。人既在一塊長大，懂了事，互相歡喜中意，非變成一個不可，作父親的似乎也無取締理由」，這在父親看來青梅竹馬能夠開花結果是理所應當的事情，因爲那些「使人頑固是假的禮教與虛空的教育，這兩者都不曾在阿黑的爹腦中有影響」[註169]。所以阿黑的父親可以默許阿黑與五明之間未經媒妁之言的戀情。五明的乾爹也積極地促成這門婚事的成功，當五明的父親提出阿黑的年紀比五明稍大，是否合適的時候，乾爹卻說只看五明的意願就好，而五明的父親也只是這樣提了一下，並沒有採取實際的行動去阻止這門婚事的進行，反而讓五明的姑媽來到油坊，爲沒有母親的阿黑當作家裏人，以符合婚嫁的習慣。如此自由寬鬆的鄉俗給了五明與阿黑之間的戀情很大的空間，讓他們在無憂無慮之中享受著愛情帶給他們的歡愉。可是沈從文卻將這樣一個看似應該圓滿的故事變成了悲劇，在《雨》裏，五明瘋癲了，昔日熱鬧興旺的油坊成爲了一片廢墟，小說中並沒有明確的原因，只能從阿黑與五明對話中看出來這完全是一語成讖，在避雨的過程中，五明曾說阿黑死了或者被人搶去，自己就會瘋，而被人搶去顯然不會發生，因爲之前正在進行的一切都是爲了五明與阿黑的婚事，最爲可能的原因是阿黑突如其來的死亡使五明變成了一個顛子。《阿黑

〔註169〕沈從文：《阿黑小史》，《沈從文全集》，第 7 卷第 245 頁。

小史》是一個淒美的愛情故事，之所以淒美，在於這個悲劇的始作俑者並不是一般意義上習俗阻擋，而是無法抗爭的天意。

再來看《邊城》裏翠翠母親的愛情悲劇，翠翠母親與駐紮茶峒的一名軍人私下相好並懷孕，這讓他心生愧疚，便相約逃離茶峒，但是阻止他們逃走的並不是鄉俗，而是他們自己的原因，兩人感到如果逃走「一個違悖了軍人的責任，一個卻必得離開孤獨的父親」，於是便選擇了死亡的方式來作為了結。對於講究一般倫常的社會來說，家中發生了因私訂終身而殉情的事，老船夫的名聲也會受到影響，但是在作品中我們看到，鄉民們一如既往地尊重老人，並沒有將此作為一個污點，對老人有所非議。另一方面，翠翠是一個私生女，照理說是不會被社會接受的，但是老船夫養育翠翠並不以為恥，而因其從小失去父母，對她疼愛有加，視為掌上明珠。鄉民們也對翠翠母親發生過那樣的事不以為然，在當地最受人尊敬的船總順順還一心想與老船夫結為親家。由此可見，當地的鄉俗是多麼的溫厚寬容，所謂文明社會的綱常禮教在這裡完全不存在，人性都是健康而自由的。《蕭蕭》也寫了類似的故事，蕭蕭和翠翠一樣，也是一個沒有母親的孩子，父親也從未出場，從小是寄養於伯父家，根據當地普遍遵循的慣例，十二歲的她出嫁成為童養媳，丈夫只有三歲，這只能是名義上的丈夫，事實上的弟弟。蕭蕭在婆家生活得很不錯，我們沒有看到蕭紅的《呼蘭河傳》裏小團圓媳婦的悲慘遭遇在蕭蕭身上重演，「蕭蕭嫁過了門，做了拳頭大丈夫的媳婦，一切並不比先前受苦，這只看她半年來身體發育就可明白」〔註170〕。這引起了婆家所請的一個名叫花狗的工人的注意，沒有任何懸念的，懵懂的蕭蕭受到花狗的勾引而身懷有孕，這使得年少的蕭蕭不知如何處理，而花狗也想不出更好的辦法，害怕的心理使他很自私的一個人逃走了。事情終於被發現，婆家的人為此傷心氣憤不已，按照鄉俗，「請蕭蕭本族的人來說話，看是沉潭還是發賣？」，伯父終究捨不得讓蕭蕭沉潭，於是商議的結果就是再嫁出去。鄉俗雖然如此約定，但並沒有成為非要遵守不可的戒律規條，這裡的鄉俗到底還是寬鬆和靈活的，犯了錯的蕭蕭就這樣在婆家生活下去，也沒有人為此虐待蕭蕭，反而在蕭蕭生下兒子後，「大家把母子二人照料得好好的，照規矩吃蒸雞同江米酒補血，燒紙謝神。一家人都歡喜那兒子。」〔註171〕命運仍然在輪迴中繼續，十二年後，蕭

〔註170〕沈從文：《蕭蕭》，《沈從文全集》，第 8 卷第 252 頁。
〔註171〕沈從文：《蕭蕭》，《沈從文全集》，第 8 卷第 263〜264 頁。

蕭也當上了婆婆。從這裡可以看出，湘西的鄉俗裏雖然對於失貞的女性有懲罰的規定，這一部份相當於漢族的「禮教」，是一種原則或者說是立場，這是出於維持家庭與社會秩序穩定的需要，但在實際操作上，並不是那樣的鐵板一塊，必須要不講情面、毫無偏差的執行，民風的善良使這樣的禮教停留在了理論上，因此真正的鄉俗並沒有難爲蕭蕭這樣失貞的女人。我們在《丈夫》裏也可以看到，鄉村裏的女人們由於家貧而進城當了船妓，但是鄉俗對於她們這樣的女人卻並不嚴苛，從城裏回到鄉下的女人們還是可以回歸正常的家庭生活，婚姻也不會因此而被破壞，不會有人站在道德制高點上說三道四的非議那些曾經做過妓女的女性。身爲一個湘西人，沈從文無疑也認同這樣的婚戀習俗，這使得他在《邊城》與《柏子》裏都帶著欣賞的態度描述著湘西妓女的有情有義，這是源於對於失貞婦女不歧視、平等待之的鄉俗，讓妓女也可以有一個較爲寬鬆的空間，即使出賣自己的身體，但是並不出賣自己的情感與靈魂。在沈從文看來，如此的鄉俗造就出來的人都是高尙的，遠比表面道貌岸然、實質無所不可出賣的城市功利習俗高貴多了。因此，湘西的婚戀習俗遠遠比所謂的文明社會開明更多，沒有道學家的指責，沒有輿論的逼迫，這種自然生存的鄉俗正是沈從文所欣賞與留戀的。

在《龍朱》裏，沈從文描寫了湘西大膽自由的婚戀習俗，逢年過節都是男女盡情地展示自己，表達愛情的好時機，「大年時，端午時，八月中秋時，以及跳年刺牛大祭時，男女成群唱，成群舞，女人們，各穿了峒錦衣裙，各戴花擦粉，供男子享受。平常時，在好天氣下，或早或晚，在山中深洞，在水濱，唱著歌，……一個人在愛情上無力勇敢自白，那在一切事業上也全是無希望可言，這樣人決不是好人！」〔註172〕這和《邊城》裏天保與儺送在同時愛上了翠翠，於是兄弟倆約定用唱歌的方式來公平競爭，只是天保的嗓音先天不如儺送，而選擇了自願退出，但是兄弟倆坦白、勇敢地承認自己的情感，這正是一個「好人」的所作所爲。可見，在湘西的鄉俗裏認同的是自然健康的生命力，開放的鄉俗賦予了鄉民們自由抒發情感的機會與權利，他們可以肆無忌憚地宣洩內心的情感，膽怯懦弱、循規蹈矩的人反而被認爲是「不好的人」，這種價值取向與漢族禮儀文化截然不同。

沈從文作品的鄉俗敘事第二個類型是關於湘西鄉俗儀式的書寫，包括了當地一些節日盛會，類似於狂歡的民俗活動和迷信信仰的儀式。就民俗學上

〔註172〕沈從文：《龍朱》，《沈從文全集》，第 5 卷第 327 頁。

來說，這些儀式總是會定期或不定期的進行，根本原因是爲了本民族文化的延續，增強鄉民的精神凝聚力，「民俗的『重複』展演，從表層上看，是民俗儀式得以傳承、民俗教化功能得以實現的重要保障；而更重要的意義在於心理層面構成一種『集體認同』。這就是心理學上所說的『刺激』功能，通過反覆『刺激』加深印象，其儀式所具備的象徵含義便逐漸積澱於人的心靈深處，形成一種榮格所說的集體潛意識。」〔註 173〕沈從文所詳細描寫的這些展現湘西文化特色的鄉俗儀式，一方面是出於對這些鄉俗的審美性欣賞，另一方面則是爲了說明正是這些千載不變的鄉俗儀式，使湘西鄉民幾乎沒有時間意識，湘西之外翻雲覆雨的歷史變革，在這裡幾乎沒有蕩起絲毫的漣漪，人們在這些在規定時間就會上演的鄉俗儀式中，並沒有感到時代的變化，只要這些儀式每年按時進行，對於湘西人來說，一切就沒有改變，「邊城所在一年中最熱鬧的日子，是端午、中秋與過年。三個節日過去三五十年前，如何興奮了這地方人，直到現在，還毫無變化，仍是那地方居民最有意義的幾個日子」，在作品中，我們看到端午這一天到來的時候，邊城的鄉民們沉浸在了節日的氛圍之中，賽船、搶鴨子的小夥子們拼命表現自己的好水性、好身體，而其它的鄉民則「莫不穿了新衣，額角上用雄黃蘸酒畫個王字。任何人家到了這天必可以吃魚吃肉。⋯⋯全茶峒人就吃了午飯，把飯吃過後，在城裏住家的，莫不倒鎖了門，全家出城到河邊看划船。」〔註 174〕鄉民們對於這個儀式全情投入，他們不僅是儀式的旁觀者，更是儀式的參與者、傳承者。

對於作者本人來說，湘西鄉俗儀式的永恒不變代表著湘西文化的內核也仍然保持著原樣，而湘西文化精神可以長久的持續下去，也是沈從文內心所需要的，因爲這意味著回憶裏的精神家園將永遠以最初的樣子，安撫著在城市生活中無所適從的沈從文那善感、孤獨的內心。正是由於湘西文化與外界的隔閡才能保持自身的獨特性，這也使許多原始的迷信鄉俗得以保持，同樣成爲湘西鄉民的集體無意識。例如天保與儺送的名字，由於船總順順更加偏愛小兒子，所以將之取名爲儺送，「天保祐在人事上或不免有齟齬處，至於儺神所送來的，照當地習氣，人便不能稍加輕視了」，而儺神正是苗族最爲敬重的神，「儺者，苗語意爲聖，即苗族的聖公聖母──伏羲女媧。」〔註 175〕圍

〔註 173〕鄭土有等：《五緣民俗學》，上海：同濟大學出版社，2013 年，第 16 頁。

〔註 174〕沈從文：《邊城》，《沈從文全集》，第 8 卷第 73 頁。

〔註 175〕庹修明：《中國儺文化述論》，《二十世紀中國民俗學經典・信仰民俗卷》，北京：社會科學文獻出版社，2002 年，第 289 頁。

繞著儺神，產生了一系列的儺文化，而在凡人與儺神之間的溝通者，即巫及巫文化也同樣在湘西鄉俗中盛行。

在《阿黑小史》中，阿黑髮燒生病，拜神還願、求醫問藥都不見傚之後，最後求助的只有巫師了，「老師傅把紅緞子法衣穿好，拿了寶刀和雞子吹著牛角，口中又時時刻刻念咒，滿屋各處搜鬼」，而打鬼的辦法也很有趣，五明指向哪裏，法師便將一個雞蛋扔向哪裏，扔完九個雞蛋後，便宣佈鬼也捉完了。隨著阿黑病情的好轉，人們都相信這是老巫師的法力起了作用，這是一種日常進行巫術，所以並不那麼正式與嚴肅，更像是在日復一日的平庸生活中的一種調劑和娛樂。但是在正式的儀式上，巫師則需要鄭重地履行神與人的溝通職責，在《鳳子》裏，沈從文細緻描寫了一種謝土儀式，此時的巫師不再是為阿黑驅鬼的行遊師傅了，而是負責要為鄉民們表達對神的敬畏之情與祈願之心，「巫師換上了鮮紅如血的緞袍，穿上青絨鞋，拿一把寶劍，一個牛角，一件用雜色繒帛作成的法物。助手擂鼓鳴金，放了三個土炮，巫師就全幅披掛上場。起始吹角，吹動那個呼風喚雨召鬼樂神的鏤花牛角，聲音凄厲而激揚，散播原野，上通天庭。」對於沈從文來說，這個儀式除了是信仰活動之後，也是一場審美活動，儀式上的強烈色彩帶來了足夠的視覺刺激，彷彿身臨其境，使這個儀式充滿了莊嚴、神聖之美。

無疑，在沈從文的作品中，湘西的鄉俗裏有著散發著原始、神秘的氣息，這種異質文化在沈從文看來是非常值得保存的，但是這種健康、崇尚自然的鄉俗卻無法逃脫來自大山之外的外來文化的改造。在沈從文前期的鄉俗敍事中，我們看到，作品裏的湘西鄉俗被渲染得幾近完美，但越完美越脆弱，清醒如沈從文是不可能沒有感受到的，他寫的是他記憶中或者是夢想中的湘西。一旦沈從文願意面對現實，便能發現曾經那些與湘西山水美景一起和諧存在的溫厚鄉俗，在社會變遷中已逐漸變得凜厲，《邊城》、《龍朱》等小說裏的美好鄉俗只能留在他的作品中，成為虛幻的過往。

在《長河》中，他寫到了鄉俗的改變，「敬鬼神畏天命的迷信固然已經被常識所摧毀，然而做人時的義利取捨是非辨別也隨同泯滅了。『現代』二字已到了湘西，可是具體的東西，不過是點綴都市文明奢侈品」〔註176〕。善良忠厚的民風逐漸改變，也就有了殘酷的事，例如讀了幾本「子曰」的族人，「自以為有維持風化道德的責任，……一遇見族中有女子丟臉事情發生，把那女

〔註176〕沈從文：《〈長河〉題記》，《沈從文全集》，第10卷第3頁。

的一繩子捆來，執行一陣私刑，從女人受苦難情形中得到一點愉快」，更有甚者，犯了鄉俗的女人會被執行沉潭的私刑，「把全身衣服剝去，頸項上懸掛一面小磨石，帶到長潭中去『沉潭』」〔註177〕。在《秋》裏，鄉民們不瞭解新生活運動，但是他們也不喜歡新生活運動不請自到的進入他們的日常生活，對此，鄉民們很緊張，擔心在「新生活」到來之後，他們的生活習俗會被迫發生改變，他們只是希望可以延續世世代代習以爲常的生活與習俗。而在作品中，沈從文用鄉民戲謔的方式調侃新生活運動，不能不說這是沈從文從內心裏對於儒家禮教的輕視，他對於新生活運動的嘲笑，一方面是由於他根本不相信這個所謂的新生活運動會眞的帶來文明的「新生活」，這種使用政治力量強制改變傳統鄉俗的行爲根本就行不通，另一方面，沈從文本人就是受到新文化運動的影響而走出湘西，尋找新思想，而新文化運動正好批判的就是禮教文化，現在新生活運動寄希望於曾被打倒的傳統和禮教，這種對新文化運動的反動也是對歷史潮流的反動。同時新文化運動給了沈從文走上文壇的機會，如果說他的湘西文化背景曾經是他的創作資源之一的話，但最終沈從文的精神還是回歸了他離開的這片土地。沈從文的《長河》從反面否定了外來文化對湘西會產生積極的影響，對於他來說，湘西的鄉俗存在，才有湘西的存在，一旦失去了這個文化之底，湘西也只能是地圖上的一個地名而已了。

　　與沈從文相比，廢名的鄉俗敘事沒有像沈從文那樣對鄉俗傾注了複雜而又強烈的情感，對於廢名來說，鄉俗從來都不是一個特意敘述的對象，廢名是將心力與筆力集中在如何營造一個世外桃源上，在他用風景美與人情美編織起來的小小天地裏，鄉俗必不可少地會出現，但也是和整體沖淡的敘事風格一樣，若隱若現，讓讀者體驗到獨有的鄉俗美。

　　在《火神廟的和尚》裏，廢名講述了一個名叫金喜的和尚的故事，整個小說平淡無奇，當然廢名也並不是想寫一個情節豐富、扣人心弦的故事，這不是他的創作初衷，他想表達的是「情」。和尚不能碰葷腥，這除了是出家人應該謹守的戒律，也是普通人都知道的一個習俗，但是金喜卻「上街割肉，一年也有三回，都是割給王四爹煨湯的」，街上的屠戶也並不以爲然，問一句「和尚吃葷呵！」〔註178〕，也只是爲了多賣幾根骨頭給他。在這裡清規戒律也不外乎人情，鄉民們對於金喜孝敬王四爹的善舉都是給予充分理解的。小

〔註177〕沈從文：《人與地》，《沈從文全集》，第10卷第18頁。
〔註178〕廢名：《火神廟的和尚》，《廢名集》，第1卷第101頁。

說裏還寫到了由於中秋節前三天，城裏的一場大火，而使得鄉民們紛紛到廟裏燒香、安神，祈求平安，在廢名的敘述中，這樣的鄉俗再自然不過的了。廢名既沒有像周作人那樣視之以文化傳統，也沒有當作審美對象，而是鄉俗就是日常生活本身，只是對於金喜和尚來說，廟裏的香火盛了，可以改善一下平時清苦的生活。中秋夜裏，鄉里的風俗是「八月十五夜偷菜，名之曰『摸秋』，是不能算賊的」，而這個「摸秋」的風俗更像是一個惡作劇似的遊戲，來「摸秋」的人打開門、跳上牆，聽到金喜的罵聲，還在園外一陣大笑，說著廟裏種的壺盧，「好大！眞眞大！」〔註179〕

　　同樣是對和尚生活的描述，汪曾祺的《受戒》與這篇小說有異曲同工之妙。在《受戒》所寫的當地風俗習慣裏，當和尚並不是爲了信仰，而是一個職業，荸薺庵裏的和尚不用守清規戒律，他們做法事收錢、打牌賭博、有家眷、除了正大光明的吃肉以外，過年還會殺豬。可見，在汪曾祺看來，鄉俗不是一個規約鄉民的束縛，而是與自然人生相一致的。從鄉俗敘事這一點來看，汪曾祺與廢名的創作觀點更加接近，更傾向於「道法自然」的哲學觀，而這種自然寫意的人生觀也使鄉俗在廢名的作品中充滿了超脫俗世的詩意，廢名在《橋·洲》中寫到了一座塔的民間傳說，描述了一座塔和一棵樹的來歷，這實際上是一種鄉俗迷信的傳說，但是在小說中的人物小林充滿童眞的眼睛看來，卻可以想像成一幅美麗的圖畫，「觀世音見了那淒慘的景象，不覺流出一滴淚，就在承受這眼淚的石頭上，長起一棵樹，名叫千年矮，至今居民朝拜」，「小林異想天開了，一滴淚居然能長一棵樹，將來媽媽打他，他跑到這兒來哭！他的樹卻要萬丈高，五湖四海都一眼看得見，到了晚上，一顆顆的星不啻一朵朵的花哩。」〔註180〕在這裡我們看到，鄉俗成爲了孩童編織童話的材料，對於鄉俗寄予如此美好的願望，不能不說是廢名的奇思妙想，現實的鄉俗一樣可以進入他一手締造的夢想田園裏，在現實與非現實的交織空間中，訴說著一種沒有時間感的恒常生活，而這樣的恒常最終是與傳統連接在一起的。

　　再來看淪陷區作家的鄉俗敘事。面對處於戰爭與異族統治下的殘酷現實，淪陷區作家的鄉土文學敘事主要書寫戰爭造成的社會災難，鄉民爲求生存而將希望寄託在世代相傳的鄉俗上，而最終結果的無能爲力是爲了控訴戰

〔註179〕廢名：《火神廟的和尚》，《廢名集》，第 1 卷第 108 頁。
〔註180〕廢名：《橋·洲》，《廢名集》，第 1 卷第 363 頁。

爭的罪惡。馬驪的《生死路》一開始，就引用了《西線無戰爭》中的一句「要述説這一代的人們，雖然他們也許逃出了炮火，但終被那戰爭所毀滅了。」實際上，這是小説的開頭，也指明了小説的結局，在戰亂的時代裏，鄉民是不可能有出路、有希望的，這條「生死路」其實只是一條通向死亡之路。嚴重的旱災來襲，鄉民們依靠著老祖宗的辦法 —— 祈雨，「關帝爺，甚至土地爺，三義廟的張三爺，只要是傳説中能以下雨或者能替人祈雨的神胎全搬出來了，曬在太陽下」，每個鄉民「無論男女老幼，在村長的命令下都到神胎前去跪壇，上面是太陽的曉月曬，下面是熱地的焦炙」，〔註 181〕想盡了所有的辦法，並沒有盼來下雨，就連鄉紳柳二爺家八十年未曾乾涸的水井這時也混濁了，對於這個凶年，天順嫂的解釋是「做官的，領兵的，全是些凶星臨凡，凶星呀」，「再説，那年頭都城逃出了十萬冤鬼，全投了胎，今年閻王要收冤鬼了。」〔註 182〕鄉俗完全解決不了天災，但比天災更加嚴重的是戰爭帶來的人禍將鄉民逼上的絕路，戰亂時代，收成不好，但一點不妨礙各種各樣的機構、村長、縣公署、縣政府，還有維持會之類的，對鄉民橫征暴斂，「飢餓的迫害，死亡的嚇駭」使曾經鄰里互助的美好鄉俗也消失殆盡，「鄰里斷了一元錢的借貸，至戚親友沒有一升米的周濟；誰都有個私心眼：願自己死前的時間比別人延長一段」，在這樣的情況下，誰也顧不得鄉俗禮節了，能把女兒以出嫁的名義送出去的也不講究合不合規矩了，「已經説定了婆家的，並不徵得對方的同意，爹娘就要送走她」，即使明白「女兒出門是她一生惟有的一回大事要按『行嫁月』才吉利，要爲她作些妝奩才對得住她」，但在這非常年月，沒有嫁妝，也不可能定吉日了，只要送出女兒，家裏少一張嘴吃飯，即使「姑爺已經出了門的，那也一樣要送去；『娶空房』在目下已不再那樣忌諱了」。〔註183〕戰爭摧毀了鄉村的經濟，掙扎在生死邊緣上的鄉民，再也沒有力量去遵守鄉俗，因此戰爭也摧毀了鄉土社會的文化傳統。戰爭不僅是一場生命的浩劫，也是一場文化的浩劫。這些鄉間的禮俗何時重返鄉民的日常生活，那一定就是戰爭結束之時，在此，作家的反戰思想通過鄉俗敘事得到了表達。

　　總體來説，自由主義的鄉俗敘事是出於文化保守主義視角，贊成保持文

〔註181〕馬驪：《生死路》，《中國淪陷區文學大系：新文藝小説卷》，（下）第 379 頁。
〔註182〕馬驪：《生死路》，《中國淪陷區文學大系：新文藝小説卷》，（下）第 383 頁。
〔註183〕馬驪：《生死路》，《中國淪陷區文學大系：新文藝小説卷》，（下）第 386～387頁。

化的多樣性，也才能保持各地方文化或各民族文化的獨特性，鄉俗更是地方與民族文化最爲重要的組成部份，也是社會穩定的重要因素。對於自由主義作家來說，面對一浪接過一浪的主義與思潮，他們更願意守護一個「傳統中國」。因此，無論是周作人研究與審美並重的鄉俗敘事，或者沈從文堅持保存地方特色的鄉俗敘事，廢名將鄉俗當作純粹的審美對象鑲嵌在夢中之鄉的鄉俗敘事，還是淪陷區作家以鄉俗的凋落來控訴戰爭災難的鄉俗敘事，我們都可以從中看到他們對於鄉俗傳統性的重視，因爲鄉俗是一個國家或者一個民族的傳統底色，這種綿延不斷的文化認同是超越歷史的，同時也是影響歷史進程的，因此風雲湧動的歷史只是一種呈現的表象，傳統習俗才是歷史的內核與操控的力量。

3、理性之阻礙：民間文化心理的歷史思辨

「一個傳統不因爲古老而有價值，甚至可以說正好相反，恰恰因爲有價值它才古老」〔註184〕，對於自由主義作家來說，這也正是他們主張保留鄉俗的原因所在，鄉俗的價值體現在四個方面。一是這是一種自我確認，是區別於他者的文化認同，這種區分存在於國家之間、民族之間和地域之間；第二，鄉俗也是一種文化傳承，當它與民間日常生活完全融於一體時，傳承內容與方式有機融合在一起，其結果是有效的，這也是傳統文化能一直延續、未曾斷裂的原因之一；第三，通過這樣的傳承，鄉俗維持了國家、民族或地域的精神認同，在某種程度上達到了維持底層社會穩定的目的；第四，富有地方色彩、民族色彩的審美價值。鄉俗所具有的這四個文化價值，在自由主義鄉俗敘事中得到了充分的體現，我們在承認鄉俗在中國傳統鄉土社會中具有重要的積極作用的基礎上，將視線拉遠，嘗試著把鄉俗放在整個歷史進程當中，將會發現在鄉俗的文化價值與社會功能之外，需要對它進行重新的理性認知與反思。

對於傳統鄉土社會來說，鄉俗不僅是一種生活方式，更進一步說，「民族性格、思維方式、倫理道德、善惡美醜標準，其實都是民俗不同造成的」〔註185〕。大多數文化水平低下的鄉民，不必具備理性知識，依靠約定俗成的鄉俗

〔註184〕〔德〕赫爾曼・鮑辛格等：《日常生活的啓蒙者》，吳秀傑譯，桂林：廣西師範大學出版社，2014年，第79頁。
〔註185〕陳華文：《民俗文化學》，杭州：浙江工商大學出版社，第28頁。

來進行農業生產或日常生活。同時，他們的理解力與思考力也囿於鄉俗，由於缺乏理性的文化認知，因此這是一種排他性的鄉俗認同，「這裡的傳統就是人們所說他們總是做的東西，他們加入其中，同時他們也在排斥其它」〔註186〕，整個鄉土社會也一直在封閉的經驗世界中失去了時間感，也無法在理性的思維中更進一步。黑格爾曾認為中國人也有理性，叫做「道」，「道」是存在的最高形式，但是這個「道」由於包羅萬象，每個人都可以有自己的解釋，太過於抽象而陷入了虛無論之中，他還認為孔子的著作是「中國風俗禮節的根本」，但是孔子的思想「含有一種反覆申說、一種反省和迂迴性，使得它不能出於平凡以上」〔註187〕。理性思維的缺失，使鄉俗未能獲得形而上的反思與提升，永遠只能徘徊在感性經驗與熟知的世界裏，「經驗型的俗文化對於異質文化的看法帶有直觀片斷性，接受或排斥具體事物，很少做一般性概念判斷」〔註188〕。站在西方中心論的黑格爾認為，無法上升到形而上的高度，這是中國人的民族性特點所在：「凡是屬於『精神』的一切，在實際上與理論上，絕對沒有束縛的倫常、道德、情緒、內在的『宗教』、『科學』和真正的『藝術』──一概離他們都很遠」。〔註189〕沒有理性支撐的鄉俗形成了民間非理性的思維方式與認知習慣，沒有理性調和的思考方式使社會充滿了不確定因素，儘管這些不確定因素在日常行為中難以發生，但不表示不存在，這些潛藏的因素隨時都有可能被引發。

因此，在鄉俗成為社會穩定原因之一的同時，它也可以成為社會動蕩的緣由。當我們回看歷史之時，就會發現每週社會的大動亂，其間必有非理性的鄉俗在起作用，這似乎也成為了一種傳統，這種非理性的傳統在歷史上也扮演著重要的角色。《史記》中這樣記載歷史上第一次農民起義之前的經過，「卜者知其指意，曰：『足下事皆成，有功。然足下卜之鬼乎！』陳勝、吳廣喜，念鬼，……乃丹書曰『陳勝王』，置於罾魚腹中。……夜篝火，狐鳴

〔註186〕〔英〕王斯福：《帝國的隱喻：中國的民間宗教》，趙旭東譯，南京：江蘇人民出版社，2009年，第21頁。

〔註187〕〔德〕黑格爾：《歷史哲學》，王造時譯，上海：上海書店，2006年，第126～127頁。

〔註188〕桑兵：《晚清學堂學生與社會變遷》，桂林：廣西師範大學出版社，2007年，第48頁。

〔註189〕〔德〕黑格爾：《歷史哲學》，王造時譯，上海：上海書店，2006年，第128頁。

呼曰『大楚興，陳勝王』」〔註190〕。利用神秘的啓示來號召鄉民起事並且得以成功，源於荒誕迷信的鄉俗使鄉民對於這一類的啓示習以爲常，所以也就深信不疑，鄉民並不會去追究這種啓示的眞假，在妖魔鬼神無所不信的鄉俗中，可以說他們完全沒有認知的底線。沒有理性思考能力的鄉民們選擇的是「寧可信其有，不可信其無」，不論是什麼，鄉俗都寬容接納，需要製造動亂的人，只要利用鄉俗中的這一點，便可以達到目的。孔飛力在《叫魂》中記錄了一場發生在乾隆時期的妖術事件，這一事件引發了全國性的大恐慌，但是追究起來，這只是一個以訛傳訛、毫無根據的謠言，但鄉民們都對事件中出現的叫名索魂、剪髮索命的巫術、邪神、怪蟲等信以爲眞。正如作者評價的，「即使叫魂這樣的事其實從來沒有發生過，人們仍然普遍地相信，任何人只要適當『技巧』便可通過竊取別人的靈魂而召喚出陰間的力量。這是一種既可怕又富有刺激的幻覺」〔註191〕因此，沒有理性調和的鄉俗依附於各種迷幻色彩濃厚的傳說、神話，總是可以掀起一次又一次的腥風血雨。十九世紀中期爆發的太平天國，表面上與基督教有關，但實際上完全是一次用鄉俗迷信點燃的災難，洪秀全所闡發的教義，只是借用了基督教中「天父」這樣一個名義，實際上他所說的斬妖除魔之類，全部都是傳統的迷信，洪秀全不僅無法理解基督教，也不可能眞正的皈依基督教，從他對自己的怪夢所作的描述來看，夢裏所出現的人物全部都是鬼神迷信，與基督教沒有什麼關係，他所創立的拜上帝教與民間的其它迷信信仰是一樣的。爲自己的歪理邪說披上一件西方的宗教外衣，這是他的特別之處，他對教義的解說都是符合鄉俗迷信的信仰習慣，也就符合了鄉民的認同習慣——鬼神啓示與召喚。

　　值得注意的是，在革命文學《地泉》中有這樣一幕，在階級革命的號召下，陳鎭鄉民響應號召，開始暴動，書中是這樣描述的，「羊角叉，大關刀，長棒，梭鏢，土槍，土炮……這些八十年前的遺物，這些曾經和洋鬼子的洋槍洋炮比過高低的遺物。今天又密密麻麻的在這空場中閃動著明耀的光輝和威凜的神彩了」〔註192〕。作者在這裡想說明的是，階級鬥爭時期的鄉民接續的是太平天國時期的戰鬥精神，這不禁讓人思考，鬼神迷信和科學理論這兩種性質截然不同的思想指導，都可以讓鄉民做出相同的暴力反抗，可見在非

〔註190〕司馬遷：《史記》，北京：中華書局，1959年，第6冊第1950頁。
〔註191〕〔美〕孔飛力：《叫魂——1786年中國妖術大恐慌》，陳兼等譯，北京：生活·讀書·新知三聯書店，2012年，第285頁。
〔註192〕華漢：《深入》，《地泉》，第154頁。

理性的鄉俗思維習慣之下，鄉民究竟是爲了什麼而暴動，他們自己都不清楚，使用非正常的手段解決生存危機或社會問題，這也是鄉俗的一部份。同樣的，晚清時發生的義和團運動，聲勢浩大，一般的解釋這是一場反帝愛國運動，但實際上，這仍然是一場符合鄉俗邏輯的鄉民暴動，嚴重的自然災害使求助於上天與神靈毫無效果，陷入生存危機的鄉民「越來越絕望，煩躁和焦慮的情緒很容易在最後演變爲大恐慌」〔註193〕，而最終這場大恐慌在號稱神兵附體、刀槍不入的迷信中醸成了危及國家安全的災禍，以前所未有的割地賠款才結束了這場災難。柯文認爲義和團運動之所以能夠興起，源於鄉民的思維模式，即「一個由於難以預測和不可把握的自然災害使人們經常遭受飢餓之苦的生存環境中，人們自然而然地會把造成飢餓的直接原因（久旱無雨）與人的某些不適當行爲 —— 破壞宇宙平衡的行爲，義和團運動時期是洋教的入侵 —— 掛起鈎來。長期以來，此種思維模式深深地印刻在中國人的文化活動中」。〔註194〕

　　非理性的鄉俗思維模式，使中國人無法深入地探討和思考事件的起因、後果，歷史總是在循環往復中重演，鄉民的思維模式決定了，一旦發生類似的事件就會按照相同的辦法去理解、去解決。羅威廉通過對一個小縣城 —— 麻城長達七個世紀歷史的考察，發現無論在傳統時代也好，還是在階級革命時代也好，這個縣城從未走出過由於非理性而造成的暴力衝突。從理論上來說，階級革命學說是一套系統的而嚴密的理論學說，是由現象到本質的邏輯推理而得來的，進入中國之後，理性言說的部份未被理解與接受，但是其中的暴力革命方式與中國歷來的鄉俗認同不謀而合，並得到了響應，究其本質，這種暴力習俗從來都存在，正如羅威廉所說，「當國民革命嵌入這個一觸即發的場景，並提供了關於階級鬥爭的理論和關於復仇與拯救的天啓式承諾時，其結果就是一場極度騷亂的血腥屠殺（血洗）」〔註195〕。例如在茅盾的《秋收》，葉紫的《豐收》、《火》，丁玲的《水》等革命鄉土文學，甚至在當代作家劉震雲所寫的《溫故 1942》裏，都提到了因爲某種自然或社會的原因，鄉民的生存遇到威脅時，他們都採用成群結隊、集體性的「吃大戶」或者「搶糧」的

〔註193〕〔美〕柯文：《歷史三調：作爲事伯、經歷和神話的義和團》，杜繼東譯，南京：江蘇人民出版社，2000 年，第 63 頁。

〔註194〕〔美〕柯文：《歷史三調：作爲事伯、經歷和神話的義和團》，第 72 頁。

〔註195〕〔美〕羅威廉：《紅雨：一個縣域七個世紀的暴力史》，李里峰等譯，北京：中國人民大學出版社，2014 年，第 252 頁。

方式來解決生存危機，在革命敘事中，這是鄉民團結起來進行階級鬥爭的表現，但並不是只有在階級革命理論下指導下鄉民才會集體暴亂，搶奪地主糧倉，吃大戶也是一種鄉俗。這在歷史上屢見不鮮，但是在賦予其階級性之後，這種非理性的鄉俗成為了合法性的革命。在小說《溫故 1942》中，飢餓的人們佔據了村裏一個地主的小樓，「拿著幾把大鍘、紅纓槍，佔了俺家一座小樓，說要起兵，一時來俺家吃白飯的有上千人！」〔註196〕現實狀況也是如此，在1940～1942 年期間，外國學者在四川所做的社會調查中，也記載了類似的事情，還發生在並算不是災荒年間，「每年歲尾當地富戶有開倉放糧、賑濟窮人的習慣。五年前許多地方的莊稼歉收，鎮上最大的財主陶躍顯向來以慳吝聞名，只捐出一石稻穀。這下犯了眾怒，饑民們逼著他的手下打開糧倉，往外搬糧食。」〔註197〕如果在階級話語中，這樣的行為立刻就可以被賦予先進的革命性，而事實上，這種行為與政治完全沒有關係，只是一個在非常時期就算「合法」的鄉俗習慣。

　　非理性的鄉俗思維模式也使鄉民的信仰只能停留在迷信層面，無法以某一種宗教作為自己的理性信仰，混亂的認知讓迷信泛濫，民國時期所做的定縣社會調查中，我們看到，小小的一座縣城在 1930 年時，共有廟宇至少 879 座，而這些廟宇供奉的神仙五花八門，特別在鄉村裏，在鄉村共計 435 座廟宇之中，為招魂追悼而敬奉者為 68 座五道廟，為祈求降雨者玉皇、龍王之類的有 50 座，為鎮邪祟者有真武、二郎等 48 座，為祈祐子嗣者有 23 座奶奶廟……〔註198〕，其餘各種求免災、免病、免蟲、求財等廟宇不勝枚舉，連《西遊記》裏的孫悟空都有供奉的廟宇，因為在書中是齊天大聖，鄉民們便相信他可以捉妖鎮邪。1928 年，民國政府曾頒佈了神祠存廢通令，保存與佛教、道教、伊斯蘭教有關的廟宇，而拆除廢止民間信仰廟宇，但是鄉民們對此的反應不能不讓人啼笑皆非，「本來是一座二郎廟，鄉人們知道這在被打倒之列，於是把二郎塗抹成個大紅臉，插上五綹長髯，改頭換面，變作一關帝像」〔註199〕，可見用強制性的政

〔註196〕劉震雲：《溫故 1942》，《作家》1993 年第 2 期。

〔註197〕〔加〕伊莎白、俞錫璣：《興隆場：抗戰時期四川農民生活調查（1940～1942）》，邵達等譯，北京：中華書局，2013 年，第 64 頁。

〔註198〕李景漢編著：《定縣社會概況調查》，上海：上海世紀出版社，2005 年，第 417 頁。

〔註199〕呂超如編著：《藥王考與莫卩州藥王廟》，李文海等主編：《民國時期社會調查叢編（二編）》（宗教民俗卷），福州：福建教育出版社，2014 年，（上）第 123 頁。

治外力無法改變鄉俗，鄉民的認知習慣決定了企圖用異質因素去改造或者替換鄉俗文化，基本上是不可能的。例如，在鄉村革命中被當作經驗推廣的發動鄉民「訴苦」，曾有學者認為，這是中共為了在鄉村開展階級革命而使用的一個技術手段，「這種種痛苦是彌散在生命之中而且通常無處歸因的苦。而將個體的身體之苦和精神之苦轉變為階級苦、階級仇，正是通過『訴苦』、『挖苦根』引導發掘農民階級意識的歸因過程。」〔註200〕但實際上，這只是鄉俗行為模式的一個變形而已。鄉村有數量巨大的廟宇，是鄉民日常生活的精神寄託，在社會生活中處於弱勢地位的他們在受到不公平的待遇或者與人結怨、發生糾紛之時，無法直接申訴，只能求助於廟宇裏掌管各種行當的鬼神，當他們在向鬼神傾訴自己的怨恨與詛咒時，內心的痛苦與對他人的指責都得到了緩解，如果日後被詛咒之人果然遇到了不幸，那麼便是一種得到鬼神支持的因果報應。這種訴苦與在階級訴苦會上的傾訴本質上是一樣，區別只是在於前者由於沒有政權支持成為了個人行為，而後者由於政權支持成為了革命行為。由此可以看到，作為精神寄託的鬼神迷信在日常生活中是鄉民的自我安慰，從而有安定社會的功能，而在非常時期便有足夠的力量成為破壞社會的有力武器。

鄉俗規定著傳統鄉土社會的思維方式、行為模式，非理性的核心本質使鄉俗如同一個固若金湯的城池，任何新質的、理性的因素都難以滲透到其中起到改造、更新的作用。鄉俗作為一種集體無意識，也注定了自身不可能產生理性的力量從內部來改變，這是一個封閉的、自我的文化圈，雖然其中也有適應鄉土社會、延續傳統文化的功能存在。自由主義鄉俗敘事對於鄉俗的文化功能與審美功能做了充分的言說，也可以說是為了營造一個和美的鄉土世界，他們選擇了鄉俗中那最能體現淳樸人情美的那一部份，我們並不能否認鄉俗中美好的部份，但是也並不能一葉障目地忽視鄉俗中那遠離理性文明、原始殘酷的一面，「一切跡象表明，中國村落裏的農民生活，絕不能想像為和諧的宗法式的田園牧歌」〔註201〕。

自由主義鄉俗敘事成為了遙遠的往事，只能在回憶裏重溫，隨著八十年代新一波西方思潮的襲來，鄉俗傳統再一次進入了作家視野。韓少功在《文學的根》中認為，不能在西潮中迷失自我，作家還是應該在傳統中尋找精神

〔註200〕郭於華：《訴苦：一種農民國家觀念形成的中介機制》，《傾聽底層——我們如何講述苦難》，桂林：廣西師範大學出版社，2011年，第60頁。
〔註201〕〔德〕馬克斯·韋伯：《儒教與道教》，洪天富譯，南京：江蘇人民出版社，2010年，第101頁。

資源，「陰陽相生，得失相成，新舊相因，萬端變化中，中國還是中國，尤其在文學藝術方面，在民族的深層精神和文化物質方面，我們有民族的自我，……」因此，「文學有根，文學之根應深植於民族傳統文化的土壤裏」〔註202〕。此時尋根文學裏的鄉俗與自由主義的鄉俗敘事不可同日而語，雖然認為文化資源應該立足於傳統，但是作家的眼光是帶著理性精神去審視鄉俗傳統的，在韓少功的《爸爸爸》裏就可以看到原始、野蠻的鄉俗受到了批判，一個永遠長不大的弱智侏儒正是鄉俗的形象化體現，弱智代表著無法進行理性的思維，侏儒正是由於永遠處於非理性的思維之中，而無法成長。也有其它一些尋根文學也在重新發現鄉俗傳統中有文化價值的那一部份，例如《小鮑莊》、《我的遙遠的清平灣》等作品。但是尋根文化也只是曇花一現，對於傳統的思考與追尋似乎嘎然而止，緊接著目不暇接的思潮早已將傳統拋在了身後。

　　時光流逝，隨著鄉土社會的瓦解，鄉俗的形式必然只能成為文字留在作品之中，但是鄉俗的思維模式卻未必會隨著形式的消失而消失，這種非理性的集體無意識潛藏在精神深處，在機緣巧合之下，未必不會爆發出可怕的力量。雖然沈從文在最後那篇未完成的文章裏，總結他的文化觀念時認為，「新」的不一定就是好的，「新」的也不一定就不能與「舊」的和諧存在，應該保持文化的多樣性，「正猶如近代科學家還相信宗教，一面是星際航行已接近事實，一面世界上還有人深信上帝造物，近代智慧與原始愚昧，彼此共存於一體中，各不相犯，矛盾統一，契合無間」〔註203〕，但是我總以為，舊的鄉俗傳統作為歷史與文化遺留值得尊重，可是需要在理性的約束與判斷之下有保留地傳承，避免歷史災難重演。

　　鄉俗，是傳統鄉土社會的文化底色，同時也作為一種集體無意識潛藏在社會行為準則與思維方式的背後，它是一種身份認同，也是一種非人力可控制的精神認同。晚清以來，西方文化的強勢來襲，在對傳統文化整體性的否定與批判聲中，強制性的干預鄉俗、改造鄉俗也成為了知識精英們的社會改造內容之一，反映到鄉土文學中，無論是啓蒙鄉俗敘事還是革命鄉俗敘事，雖然出於不同的敘事目的，但是都將鄉俗中的那些日常陋俗加以放大，而這

〔註202〕韓少功：《文學的根》，《作家》雜誌 1985 年第 4 期。
〔註203〕沈從文：《抽象的抒情》，《沈從文全集》，第 16 卷第 528 頁。

些陋俗對於整體性的鄉俗文化來說，只是一些細枝末節，他們的選擇性敘事未能對鄉俗進行一個全面的、深度的、客觀的瞭解與評價。面對西方式的現代文明與現代性階級革命所描畫的「鳥托邦」來說，傳統鄉俗的前現代性，甚至可以說某些鄉俗仍然保留著原始性，確實是落後的，但必須看到傳統鄉土社會的性質決定了會產生與其相適應的鄉俗，社會性質與其文化是相輔相成的，因此，既然鄉俗能夠一直傳承，證明了它存在的合理性。自由主義視角的鄉俗敘事在某種程度上矯正了啟蒙與革命鄉俗敘事，偏重於鄉俗的傳統性與審美性，這當然是和他們的傳統文化觀念相契合的。不可否認，自由主義鄉俗敘事為我們提供了觀看鄉俗的另一種文化與審美的可能性。但無論是罪惡的禮教、剝削的工具，還是審美的對象，對於鄉俗的言說都只停留在鄉俗的內容與形式的層面，如果說中國的歷史進程是一部厚重的書，那麼更為重要的是鄉俗傳統所形成的文化心理和思維方式已經成為了這部書的語法，在編織著歷史的書寫。正如哈維爾認為在全球化的表皮之下，掩蓋或隱藏了文化的、種族的、以及歷史傳統和歷史形塑的態度的差異（In essence, this new, single epidermis of world civilization merely covers or conceals the immense variety of cultures, of peoples, of religions world, of historical traditions and historically formed attitudes, all of which in a sense lie "beneath" it.）〔註204〕一樣，中國對於現代的渴望，使鄉俗傳統還未被認真的瞭解，就被放置在「現代」的對立面，更是在「現代」的外表之下，鄉俗的形式與內容、鄉俗的地域性和民族性，本體逐漸消逝或者被視而不見，但是鄉俗傳統的深層心理結構卻仍然在發揮著作用，身於其中的每個人都無法徹底擺脫，越深入地瞭解鄉俗文化，才能更瞭解我們自己。鄉俗文化是一個豐富的存在，理性、客觀地尊重和理解它們、評價它們，誠如列維‧斯特勞斯在談到必須重視地方傳統以保護文化多樣性時所說，「應當諦聽麥子的生長、鼓勵隱秘的潛能、喚起歷史為共同生活而保留下來的各種天職。……寬容並不意味著一種僅對過去和今天才寬宏大量的沉思冥想的立場。它是一種活躍的態度，本質在於預見、理解和倡導那些希望存在的東西」。〔註205〕

〔註204〕Václav Havel: Civilization's Thin Veneer, Yearbook of the Nation Society for the study of Education, 2008, VOL107 p.36～37.

〔註205〕〔法〕克洛德‧列維——斯特勞斯：《結構人類學》，張祖建譯，北京：中國人民大學出版社，200年，第2冊第746頁。

結論：文學・歷史・意義的多重敘事

　　在鄉土文學研究範式與成果都已經較爲完備的當下，想要另尋新路重述鄉土敘事，是一件並不容易的事情。在此應該注意到的是，無論是鄉土的發現，鄉土文學的發生以及近年來的鄉土文學研究，無論是文學史研究、文化研究還是敘事學研究，甚至於曾在特定的時期內佔據主要地位的意識形態研究，都源於西方學術影響，這是一個不爭的事實。對於這個既定的事實，我們無法迴避，也無法繞行。但是如果我們在利用西方學術研究方式取得的成果基礎上，再試著將研究方向移動至中國的學術傳統，兩者結合之下，也許會有新的收穫。

　　首先，何謂文學，何謂歷史，它們之間有著怎樣的辯證關係，這是我爲什麼要在鄉土文學研究中引進歷史研究的立論基礎。根據《辭海》中的解釋，「文學」是「古代可以用一切文字書寫的書籍文獻統稱爲文學」，對於現代來說，指的就是「語言藝術」，特別強調的是「文學通過作家的想像活動把經過選擇的生活經驗體現在一定的語言結構之中」，所以「它是一種藝術創造，而非機械地複製現實」，那麼文學的最基本和最重要特徵也就是「虛構性、想像性和創造性」〔註1〕。那麼文學在非漢語中的含義是否和在漢語中是一樣的呢？文學（literature）在英語裏爲「用文字記錄下的作品的總稱。常指憑作者的想像寫成的詩和散文」〔註2〕，從這裡可以看到，英語中的文學與漢語中的文學，其解釋基本是相似的，同樣有廣義與狹義之分，但也有不同之處。英

〔註 1〕 《辭海》：上海：上海辭書出版社，2009 年，第 4 冊第 2384 頁。

〔註 2〕 《不列顛百科全書》（國際中文版）：北京：中國大百科全書出版社，1999 年，第 10 冊第 128 頁。

語解釋更為直接與簡單，與漢語含義的不同之處在於，英語中的文學並不特別強調與現實的關聯。同時，從《辭海》的解釋中，我們看到文學的基本含義有歷時性的改變，從古代的一切文字記載皆為文學的廣義文學，到現代具備了虛構性、想像性與創造性的、同時也是與現實生活經驗有關的語言藝術的狹義文學，而在英語中文學的含義只有分類上的不同而已。但是不論漢語與英語中的文學有哪些不同，我們現在通常所說的文學指的都是狹義上的文學。虛構與想像是文學區別於其它文類的特點所在。再來看歷史的含義，同樣也有廣義與狹義之分，從廣義上來說，歷史「泛指一切事物的發展過程，包括自然史與社會史。通常僅指人類社會的發展過程，它是史學研究的對象」，那麼從狹義上來說，「關於歷史的記述和闡釋，也稱為歷史」，或者是「過去事實的記載」〔註3〕。我們一般對於歷史的理解都是來自於狹義上的歷史，是基於真實存在過、發生過的事情或者事物的記錄。

　　如此看來，我們所認同的文學與歷史，是完全不同的兩種概念，前者是虛構與想像的產物，後者是真實的記錄。但是實際上，它們之間的關係絕非如此簡單。回到概念的起始處，文學與歷史在某些部份是重合的，歷史記載本身就是文學，那麼反過來，文學作品就是以物質的方式成為歷史存在的組成部份，文學作品所敘述的內容則是以一種非物質的、精神文化的方式存在於歷史之中。從這個角度來說，歷史記載就是文學文本的一種，而文學作品也同樣是歷史的遺存之一。如果我們將歷史記載看作是文學文本的一種，那作為一種人為書寫，我們就不能不考慮歷史除了真實性之外，應該就會存在著人的主觀敘述的因素。而一旦引入了主觀意識，那麼就不可能有絕對的客觀態度與客觀敘述，因為敘述本身就是一種態度與選擇。

　　雖然歷史編寫者以一種全知視角向隱含的讀者描述曾經發生的一切，但是這種全知視角只是由於預知結果而帶來的全知，結局已然清楚，所以這是一種由結果倒推經過的書寫，結果決定了書寫者只能按照既定結果來編排造成這種結果的各種因素。雖然對於文學創作來說，文本所呈現的內容在讀者看來，由於虛構與想像的原因，從而讓讀者感受到在閱讀中，彷彿處於一種作者與讀者一樣都是未知結局的狀態，只能隨著故事的發展，直到文本最後才可獲知結果。這種未知實際上是由創作技巧造成的，因為作家必定是帶著某種目的去寫作的，個人的意志與思想將通過創作來表達，從這個意義上說，

〔註3〕《辭海》：上海：上海辭書出版社，2009 年，第 2 冊第 1353 頁。

文學創作同樣是由預定目的來決定創作經過的。因此，儘管歷史是一種對事件、社會的逆向闡釋，文學看似是一種對作家個人意圖的正向闡釋，但作家的正向闡釋正是處於歷史逆向闡釋的場閾之中，或者說歷史的逆向闡釋正是對文學的正向闡釋的闡釋。

文學是一種虛構與想像的創作，但這種虛構與想像卻只能建立在現實基礎上，無法完全分離，即使是科幻小說，其想像也不可能完全脫離作家本人所處的現實。也就是說，虛構與想像確實是文學區別於其它文類的重要特徵，但是虛構與想像卻不可能是絕對的，而只能是相對的，正如伊瑟爾所說，「虛構化行為充當了想像與現實之間的紐帶。因為，受虛構引導的想像，或多或多地分享了對象的現實性或真實性」，所以「文本可以順理成章地看做是虛構、現實與想像相互作用和彼此滲透的結果」〔註4〕。怎樣想像或者說如何去虛構都與現實所提供的條件有著或多或少的關係，從這個角度來說，文學文本總是與創作當下的現實有關的，這是以一種文學創作的方式記錄著創作此時的當下現實。

文學是處於歷史場閾之中的，它並不預知某段歷史的結果，它以自身的存在成為歷史進程中的一個組成部份。雖然文學可以以自己的想像來預先書寫還未發生的歷史，但正是這種緣於現實的想像可以為我們提供回看歷史的可能。至此，我們看到，以記載真實經歷為目的的歷史不可避免地帶有主觀敘述與選擇的印記，而以主觀想像與虛構的目的的文學文本卻客觀地帶有記錄現實的功能。因此，文學與歷史之間並非概念所區分的那樣，我們完全可以從文學與歷史的對話中重新解讀文學或者歷史。基於此，回到論文所進行的現代鄉土文學研究，通過文學文本與歷史的碰撞，我們在現代鄉土文學研究中究竟會有哪些新的收穫。眾所周知，中國新文學的產生是由社會政治原因所引起的，清亡所帶來的權力分散，在某種程度上造就了較為自由的文化與思想空間。在帝制與民國的間隙中，傳統知識分子或主動、或被動地向現代知識分子轉型，隨之而來的是，話語方式的轉型，從文言文體到白話文體，小說這個本來不登大雅之堂的文體一躍而成為了文壇主角。傳統知識分子以天下為己任的社會責任感與文以載道的文學傳統，使文學與社會變革之間發生了聚合的化學作用，文學運動成為社會運動的一部份。

〔註4〕〔德〕沃爾夫岡‧伊瑟爾：《虛構與想像：文學人類學疆界》，陳定家等譯，
　　　長春：吉林人民出版社，2003年，第16頁。

　　文學創作本身是一種個人行爲，如何去創作也取決於作家本人的意願，某位作家的單獨作品都可以說是某種偶然存在。但對於新文學來說，並不如此簡單。將文學寄寓於社會運動的新文學，使作家們傾向於成立文學社團，有名的如文學研究會、創造社等，這也就使本來屬於個體的文學創作變成了群體性創作。這種群體創作也就不再是單純的文學創作了，而是帶有某種明確目的性的社會舉動，或者政治性舉動。對於鄉土文學來說，如果某個作家書寫鄉村如何地落後與蕭條，鄉民如何地愚昧，鄉紳如何地僞善，鄉俗如何地壓抑，那麼這只是單獨個體的行爲與看法，但是如果當時的一批作家都群體性地敘述鄉村的落後與愚昧，那麼塑造與傳遞的就是鄉村的整體意象。就像一位歷史學者說的那樣，「歷史是瞬時性的過程，一旦發生之後，就會成爲記憶或者遺忘的對象。如何記憶或者遺忘，既由行爲主體的意志所主導，也受到具體語境乃至深層文學傳統的制約」〔註 5〕，瞬時性的歷史如同時間切片，而能夠保存這些切片的載體就是敘述文本，歷史記載是一種形式，文學文本則是保存的另一種形式。

　　怎樣去敘述、保存怎樣的記憶，都是由書寫者所決定的，無論是文學還是歷史，不可避免地都是選擇性敘述，這種選擇直接決定了歷史意象與記憶的內容。因此，當時的鄉土社會究竟怎樣，歷史文本可以提供眾多的數據與社會調查去窺見一二，文學提供了一種更加直觀和親近、以文字圖像的方式勾畫出來，以至於由文學文本所提供的鄉村意象覆蓋了歷史文本裏的鄉村社會現實。很顯然，現代鄉土文學的群體性創作就是以文學建構鄉村整體意象與歷史記憶爲目的的。在新文學發生近百年的現在，我們仍然無法擺脫由那些鄉土文學作品所營造的鄉村氛圍，啓蒙主義作家筆下的那廢墟般陰冷絕望的鄉村，革命作家筆下充斥著革命鮮血與階級仇恨的黑暗鄉村，自由主義作家對於前兩者有所糾正，但是不問世事的桃源鄉村對於前兩者實在不具備足夠的說服力，反而走向了另一個極端。鄉土文學所形成的鄉村意象成爲了主流歷史記憶，或者說成爲了集體記憶。這種集體記憶的形成摒棄鄉村敘述另外的可能性，那麼我們是否可以繞開既定的記憶與意象，追尋一種新記憶的可能性，重構另一種鄉土敘事呢？

　　隨著時間的推移，現代作家對於鄉土社會的群體性書寫，使得鄉土社會

〔註 5〕李恭忠：《歷史三味：康熙帝與明孝陵的故事》，孫江主編：《新史學》（第 8
　　　卷・歷史與記憶），北京：中華書局，2014 年，第 209 頁。

的整體意象逐漸模式化與歷史化，其反作用力影響到了鄉土文學研究。身爲研究者，在接觸到研究對象之前，頭腦中必定有前知識存在的，不可能完全空白地面對研究對象，具體到鄉土文學研究，那些已經歷史化的鄉土文學意象成爲研究者潛意識認同的知識，這實際上已經與作家創作的主觀意識保持了同步，也就是說研究者只能在作家早已限定的框架內進行闡釋。同時，對於研究者自身來說，這也是在已有的知識背景與觀點認同的情況下進行的，研究者與研究對象之間沒有構成碰撞與對話的關係，這種研究的主觀意識化反而是延續和強化了文學文本所營造的鄉土社會的整體意象和歷史記憶。

正是由於未能擺脫研究的主觀意識化，從而使研究視角單一化，例如魯迅等同時期作家的鄉土文學作品書寫了他們所認同的中國傳統鄉村社會的封閉與落後，那麼研究者的論述基點就是當時確實封閉與落後，而在面對茅盾、蔣光慈等有著共產革命背景的作家的鄉土作品時，又是以認同當時鄉村社會階級鬥爭高漲的觀點爲論述前提。研究主體性的缺失使研究者缺乏全局視角和掌控文本的主動性。本書試圖避免研究主觀意識化的傾向，特意設定了啓蒙、革命、自由主義三種不同的創作視角來對文本加以觀照。當然，作家的創作並不是一成不變的，在不同的時候，思想觀點的變化造成文學創作的變化不足爲奇，但是如果一些基本的或者主要的觀點未出現顛覆性的轉變，那麼其文學創作也就不可能有大的改變。所以，根據文本創作的基本視角來劃分作品，對於絕大部份作家的創作來說是可行的。而這三個視角基本囊括了鄉土文學的所有創作傾向，可以作比較全面的考察。同時，將文本他者化，儘量避免追隨作家的創作視角去闡釋作品，研究也並不僅僅是對文本進行學術話語的解讀，而是要在既定的鄉土意象與歷史記憶之外，在文本與歷史的衝突與對話中去還原歷史，去修正群體性鄉土文學創作所帶來的鄉土整體意象的固定化，讓文學回到文學，而不是去承擔歷史書寫的責任。因爲群體性創作並非文學創作的常態，文學始終有自身的創作規律，現代鄉土文學的群體性創作是由當時的政治與社會環境所形成的。

所以，帶有某種特定目的性的群體性鄉土敘事所造成的歷史意象應該被重新修改，或者說現在需要重新完整我們的記憶。歷史記載儘管也並不是完全客觀與眞實，但是可以選取相對來說比較客觀與眞實的，雖然沒有可以回到歷史原場的時光機器，但是可以通過不同史實與文本的比對，出現差距也好，完全相反也好，抑或恰好重合也好，起碼可以提供了不一樣的可能性。

例如我們可以看到在啓蒙鄉土文學中凋零破產的鄉村圖景之外，實際上還存在著傳統社會安居樂業的穩定，在革命鄉土文學中深重的階級壓迫與地主階級的黑暗統治之外，還有地主與農民共同構成的鄉村共同體，而在自由主義鄉土文學中靜謐脫俗的田園牧歌之外，依然有自由主義作家刻意隱瞞的不那麼美好的一面。因此，通過三個不同的視角，四個不同的敘事主題進行多角度的歷史與文本的良性互動，在碰撞與對話中，不僅重構了一個完整的鄉土文學敘事，同時對已形成定式的傳統鄉土社會整體意象與歷史記憶予以修正與補充，通過這樣的方式，眞正地還原歷史，還原鄉土文學中的那個被不斷言說的「鄉土」。

部分參考文獻

一、文學作品

1. 魯迅：《魯迅全集》，人民文學出版社 2005 年版。
2. 胡適：《胡適文集》，歐陽哲生編，北京大學出版社 1995 年版。
3. 周作人：《周作人散文全集》，鍾叔生編訂，廣西師範大學出版社 2009 年版。
4. 沈從文：《沈從文全集》，北嶽文藝出版社 2002 年版。
5. 郁達夫：《郁達夫全集》，吳秀明主編，浙江大學出版社 2007 年版。
6. 蔣光慈：《蔣光慈文集》，上海文藝出版社 1982、1983、1985、1988 年版。
7. 丁玲：《丁玲全集》，張炯主編，河北人民出版社 2001 年版。
8. 蕭紅：《蕭紅全集》，黑龍江大學出版社 2011 年版。
9. 廢名：《廢名集》，北京大學出版社 2009 年版。
10. 汪曾祺：《汪曾祺全集》，北京師範大學出版社 1998 年版。
11. 葉紫：《葉紫文集》，線裝書局 2009 年版。
12. 蹇先艾：《蹇先艾文集》，貴州人民出版社 2003 年版。
13. 魯彥：《魯彥文集》，線裝書局 2009 年版。
14. 葉聖陶：《葉聖陶集》，江蘇教育出版社 2004 年版。
15. 柔石：《柔石作品集》，河南大學出版社 2004 年版。
16. 華漢：《地泉三部曲》，湖風書局 1932 年版。
17. 茅盾：《茅盾全集》，人民文學出版社 1984 年版。
18. 張天翼：《張天翼文集》，上海文藝出版社 1985 年版。
19. 沙汀：《沙汀文集》，上海文藝出版社 1986 年版。
20. 張天翼：《張天翼文集》，上海文藝出版社 1985 年版。

21. 艾蕪：《艾蕪集》，花城出版社 2011 年版。

22. 周立波：《周立波文集》，上海文藝出版社 1981 年版。

23. 王統照：《王統照文集》，書林主編，線裝書局 2009 年版。

24. 吳組緗：《吳組緗──一千八百擔》，中國現代文學館編，華夏出版社 2009 年版。

25. 師陀：《師陀全集》，劉增傑編校，河南大學出版社 2004 年版。

26. 洪深：《洪深文集》，中國戲劇出版社 1957 年版。

27. 李葆琰編選：《文學研究會小說選》，人民文學出版社 2011 年版。

28. 高捷編選：《山藥蛋派作品選》，人民文學出版社 2011 年版。

29. 馮健男編選：《荷花澱派小說選》，人民文學出版社 2011 年版。

30. 王培元編選：《東北作家群小說選》，人民文學出版社 2011 年版。

31. 錢理群主編：《中國淪陷區文學大系──新文藝小說卷》（上、下），廣西教育出版社 1998 年版。

二、研究專著

1. 陳振國編：《馮文炳研究資料》，知識產權出版社 2010 年版。

2. 王德威：《寫實主義小說的虛構：茅盾 老舍 沈從文》，復旦大學出版社 2011 年版。

3. 〔美〕孫康宜、宇文所安主編：《劍橋中國文學史》，（上、下），三聯書店 2013 年版。

4. 宋劍華：《生命閱讀與神話解構──20 世紀中國文學經典文本的重新釋義》，廣東人民出版社 2010 年版。

5. 宋劍華：《百年文學與主流意識形態》，湖南教育出版社 2002 年版。

6. 賀仲明：《一種文學與一個階層：中國新文學與農民關係研究》，人民出版社 2008 年版。

7. 吳海清：《鄉土世界的現代性想像：中國現當代鄉土文學敘事思想研究》，南開大學出版 2011 年版。

8. 張麗軍：《想像農民──鄉土中國現代化語境下對農民思想認知與審美呈現（1895～1949）》，山東人民出版社 2009 年版。

9. 張麗軍：《鄉土中國現代性的文學想像──現代作家的農民觀與農民形象嬗變研究》，上海三聯書店 2009 年版。

10. 趙園：《論小說十家》，生活讀書新知三聯書店 2011 年版。

11. 謝錫文：《邊緣視域人文問思：廢名思想論》，光明日報出版社 2011 年版。

12. 李大釗：《李大釗全集》，人民文學出版社 2006 年版。

13. 陳獨秀：《獨秀文存》，安徽人民出版社 1987 年版。

14. 余英時:《現代危機與思想人物》,三聯書店 2005 年版。

15. 余英時:《中國思想傳統的現代詮釋》,江蘇人民出版社 2004 年版。

16. 余英時:《士與中國文化》,上海人民出版社 1987 年 12 月版。

17. 霍韜晦:《從反傳統到回歸傳統》,中國人民大學出版社 2010 年版。

18. 張朋園:《知識分子與近代中國的現代化》,百花洲文藝出版社 2002 年版。

19. 唐小兵編:《再解讀——大眾文藝與意識形態》,北京大學出版社 2007 年版。

20. 劉禾:《跨語際實踐——文學、民族文化與被譯介的現代性(中國,1900～1937)》,三聯書店 2008 年版。

21. 黃子平:《革命・歷史・小說》,牛津大學出版社 1996 年版。

22. 孟悅:《歷史與敘述》,陝西人民出版社 1991 年版。

23. 張宏卿:《農民性格與中共的鄉村動員模式》,中國社會科學出版社 2012 年版。

24. 李躍力:《革命與文學的深層互動——中國現代文學中的「革命話語」研究》,中國社會科學出版社 2013 年版。

25. 文學武:《革命時代的文學敘事和話語——以 1937～1949 年的中國文學為中心》,上海交通大學出版社 2012 年版。

26. 劉再復、林崗:《傳統與中國人》,中信出版社 2010 年版。

27. 劉再復、林崗:《罪與文學》,中信出版社 2011 版。

28. 劉涵之:《沈從文鄉土精神論》,湖南大學出版社 2013 年版。

29. 王光東等:《中國現當代鄉土文學研究》(上、下),東方出版中心 2011 年版。

30. 張堂會:《民國時期自然災害與現代文學書寫》,中國社會科學出版社 2012 年版。

三、歷史學與社會學論著

1. 費孝通:《費孝通全集》,內蒙古人民出版社 2009 年版。

2. 毛澤東:《毛澤東選集》,人民出版社 1991 年版。

3. 〔美〕費正清等編:《劍橋中國晚清史》(上、下卷),中國社會科學出版社 1985 年版。

4. 〔美〕費正清等編:《劍橋中華民國史》(上、下卷),中國社會科學出版社 1994 年版。

5. 吳晗、費孝通:《皇權與紳權》,嶽麓書社 2012 年版。

6. 梁漱溟:《梁漱溟全集》,山東人民出版社 1992 年版。

7. 張憲文等:《中華民國史》,南京大學出版社 2012 年版。

8. 張玉法：《中華民國史稿》（修訂版），臺灣聯經出版社 2011 年版。

9. 陳永發：《中國共產革命七十年》（修訂版），臺灣聯經出版社 2011 年版。

10. 陳旭麓：《近代中國社會的新陳代謝》，中國人民大學出版社 2012 年版。

11. 郭於華：《受苦人的講述——驥村歷史與一種文明的邏輯》，中文大學出版社 2013 年版。

12. 郭於華：《傾聽底層——我們如何講述苦難》，廣西師範大學出版社 2011 年版。

13. 嚴中平等編：《中國近代經濟史統計資料選輯》，中國社會科學出版社 2012 年版。

14. 李文海主編：《民國時期社會調查叢編（二編）》（鄉村經濟卷）（上、中、下），福建教育出版社 2009 年版。

15. 李文海主編：《民國時期社會調查叢編——鄉村社會卷》，福建教育出版社 2005 年版。

16. 李文海主編：《民國時期社會調查從編——人口卷》，福建教育出版社 2004 年版。

17. 李文海主編：《民國時期社會調查叢編——宗教民俗卷（二編）》，福建教育出版社 2014 年版。

18. 李文海主編：《民國時期社會調查叢編——婚姻家庭卷》，福建教育出版社 2005 年版。

19. 李景漢：《定縣社會概況調查》，上海人民出版社 2005 年版。

20. 張聞天：《晉陝調查文集》，張聞天選集傳記組等編，中共黨史出版社 1994 年版。

21. 黃正林：《陝甘寧邊區社會經濟史（1937～1945）》，人民出版社 2006 年版。

22. 馮和法編：《中國農村經濟資料》（上、下），華世出版社民國 67 年版。

23. 《中華民國法規大全》第三冊，商務印書館民國 25 年。

24. 郭衛編：《六法全書》，上海法學編譯社民國 21 年。

25. 劉大鵬：《退想齋日記》，喬志強標注，山西人民出版社 1990 年版。

26. 王先明：《變動時代的鄉紳——鄉紳與鄉村社會結構變遷》，人民出版社 2009 年版。

27. 王先明：《走近鄉村——20 世紀以來中國鄉村發展論爭的歷史追索》，山西人民出版社 2012 年版。

28. 徐秀麗、王先明主編：《中國近代鄉村的危機與重建：革命、改良及其它》，社會科學文獻出版社 2013 年版。

29. 渠桂萍：《華北鄉村民眾——視野中的社會分層及其變動（1901～1945）》，人民出版社 2010 年版。

30. 周榮德：《中國社會的階層與流動——一個社區中的士紳身份的研究》，學林出版社 2000 年版。

31. 楊懋春：《一個中國村莊——山東臺頭》，張雄、沈煒、秦美珠譯，江蘇人民出版社 2012 年版。

32. 張仲禮：《中國紳士》，李榮昌譯，上海科學院出版社 1991 年版。

33. 金耀基：《社會學與中國研究》，牛津大學出版社 2013 年版。

34. 高華：《歷史筆記》，牛津大學出版社 2014 年版。

35. 夏明方：《民國時期自然災害與鄉村社會》，中華書局 2000 年版。

36. 秦暉、蘇文：《田園詩與狂想曲——關中模式與前現代社會的再認識》，中央編譯出版社 1996 年版。

37. 秦暉：《鄉村社會權力和文化結構的變遷（1903～1953）》，陝西人民出版社 2013 年版。

38. 張鳴：《鄉土心路八十年——中國近代化過程中農民意識的變遷》，陝西人民出版社 2013 年版。

39. 高王淩：《租佃關係新論——地主、農民和地租》，上海書店出版社 2005 年版。

40. 徐秀麗等編：《中國近代鄉村研究的理論與實證》，社會科學文獻出版社 2012 年版。

41. 王海洲：《合法性的爭奪——政治記憶的多重刻寫》，江蘇人民出版社 2008 年版。

42. 紀程：《話語政治：中國鄉村社會變遷中的符號權力運作》，中國社會科學出版社 2011 年版。

43. 許金華：《社會變遷與鄉村革命（1860～1928）：贛南農民暴動的源起研究》，江西人民出版社 2013 年版。

44. 許紀霖、宋宏編：《現代中國思想的核心觀念》，上海人民出版社 2011 年版。

45. 金觀濤、劉青峰：《開放中的變遷：再論中國社會超穩定結構》，香港中文大學出版社 1993 年版。

46. 金觀濤、劉青峰：《中國現代思想的起源：超穩定結構與中國政治文化的演變》，香港中文大學出版社 2000 年版。

47. 趙樹岡：《星火與香火——大眾文化與地方歷史視野下的中共國家形構》，聯經出版社 2014 年版。

四、海外研究專著

1. 〔美〕夏志清：《中國現代小說史》，劉紹銘等譯，香港中文大學出版社 2001 年版。

2. 〔美〕魏斐德：《中華帝制的衰落》，黃山書社 2010 年版。

3. 〔美〕舒衡哲：《中國啓蒙運動——知識分子與五四遺產》，新星出版社 2007 年版。

4. 〔美〕孔飛力：《中國現代國家的起源》，陳兼、陳之宏譯，三聯書店 2013 年版。

5. 〔美〕孔飛力：《中華帝國晚期的叛亂及其敵人》，謝亮生等譯，中國社會科學出版社 1990 年版。

6. 〔美〕黃宗智：《華北的小農經濟與社會變遷》，中華書局 2000 年版。

7. 〔英〕雷蒙・威廉斯：《城市與鄉村》，韓子滿等譯，商務出版社 2013 年版。

8. 〔美〕羅書瑞、羅友枝：《十八世紀中國社會》，陳仲丹譯，江蘇人民出版社 2009 年版。

9. 〔美〕李丹：《理解農民中國：社會科學哲學的案例研究》，張天虹等譯，江蘇人民出版社 2009 年版。

10. 〔美〕馬若孟：《中國農民經濟：河北和山東的農民發展，1890～1949》，史建雲譯，江蘇人民出版社 2013 年版。

11. 〔日〕溝口雄三、小島毅編：《中國的思維世界》，江蘇人民出版社 2006 年版。

12. 〔美〕李懷印：《華北村治——晚清與民國時期的國家與鄉村》，歲有生等譯，中華書局 2008 年版。

13. 〔加〕卜正民：《爲權力祈禱——佛教與晚明中國士紳社會的形成》，張華譯，江蘇人民出版社 2008 年版。

14. 〔美〕柯文：《歷史三調：作爲事伯、經歷和神話的義和團》，杜繼東譯，江蘇人民出版社 2000 年版。

15. 〔英〕王斯福：《帝國的隱喻：中國的民間宗教》，趙旭東譯，江蘇人民出版社 2009 年版。

16. 〔美〕杜贊奇：《文化、權力與國家：1900～1942 年的華北農村》，王福明譯，江蘇人民出版社 1996 年版。

17. 〔美〕白凱：《長江下游地區地租、賦稅與農民的反抗鬥爭：1840～1950》，上海書店出版社 2005 年版。

18. 〔法〕古斯塔夫・勒龐《革命心理學》，佟德志、劉訓練譯，吉林人民出版社 2011 年版。

19. 〔法〕古斯塔夫・勒龐《烏合之眾》，馮克利譯，中央編譯出版社 2005 年版。

20. 〔德〕黑格爾：《歷史哲學》，王造時譯，上海書店 2006 年版。

21. 〔美〕勒内·韋勒克、奧斯汀·沃倫：《文學理論》，劉象愚、邢培明、陳聖生、李哲明譯，江蘇教育出版社 2005 年版。

22. 〔美〕明恩溥：《中國人的氣質》，劉文飛、劉曉暘譯，譯林出版社 2011 年版。

23. 〔美〕彭慕蘭：《腹地的構建：華北內地的國家、社會和經濟（1853～1937）》，馬俊亞譯，社會科學文獻出版社 2005 年版。

24. 〔美〕史書美：《現代的誘惑：書寫半殖民地中國的現代主義（1917～1937）》，何恬譯，江蘇人民出版社 2007 年版。

25. 〔加〕伊莎白、俞錫璣：《興隆場：抗戰時期四川農民生活調查（1940～1942）》，邵達譯，中華書局 2013 年版。

26. 〔美〕羅伯特·芮德菲爾德：《農民社會與文化：人類學對文明的一種詮釋》，王瑩譯，中國社會科學出版社 2013 年版。

27. 〔英〕沈艾娣：《夢醒子：一位華北鄉居者的人生（1857～1942）》，趙妍傑譯，北京大學出版社 2013 年版。

28. 〔美〕羅斯：《變化中的中國人》，公茂宏等譯，時事出版社 1998 年版。

29. 〔香港〕科大衛：《皇帝和祖宗——華南的國家與宗族》，卜永堅譯，江蘇人民出版社 2009 年版。

30. 〔美〕E.希爾斯：《論傳統》，傅鏗等譯，上海人民出版社 1991 年版。

31. 〔美〕弗蘭克林·哈瑞姆·金：《古老的農夫 不朽的智慧——中國、朝鮮和日本的可持續農業考察記》，李國慶等譯，國家圖書館出版社 2013 年版。

32. 〔美〕黃宗智：《明清以來的鄉村社會經濟變遷：歷史、理論與現實》（全三卷），法律出版社 2014 年版。

33. 〔德〕馬丁·海德格爾：《林中路》，孫周興譯，上海譯文出版社 2008 年版

34. 〔法〕克洛德·列維——斯特勞斯：《結構人類學》，張祖建譯，中國人民大學出版社 2006 年版。

35. 〔美〕羅威廉：《紅雨：一個縣域七個世紀的暴力史》，李里峰等譯，中國人民大學出版社 2014 年版。

36. 〔日〕柄谷行人：《日本現代文學的起源》，三聯書店 2003 年版。

37. 〔日〕實藤惠秀：《中國人留學日本史》，譚汝謙譯，北京大學出版社 2012 年版。

38. 〔美〕漢娜·阿倫特：《論革命》，陳周旺譯，譯林出版社 2007 年版。

39. 〔德〕赫爾曼·鮑辛格等：《日常生活的啟蒙者》，吳秀傑譯，廣西師範大學出版社 2014 年版。

後 記

　　後記應該是一個論文或者書稿完成的標誌，類似於一篇文章最後的那個句號一樣，但是在此時，我卻感到就此書而言，這個後記意味著只是一個階段性的分隔符，因為還有很多的想法值得再深入探討、還有很多的文字值得再打磨、還有很多的論述需要再完善，所以我願意將此書作為過去的總結與未來研究的新起點。

　　在此書的寫作過程中，衷心感謝我的博士導師宋劍華教授認真而耐心的指導，讓師父在繁忙緊張的教學與研究工作之餘還要為評閱我的論文耗費心力，為此我常感抱歉。而師父對於學術的嚴謹與不斷進取的精神，以及對學術真摯的熱忱是激勵我不斷前行的榜樣和力量。另外，此書的出版也有賴於師父的關心與幫助，在此深表謝意。在此，我還要特別感謝師母張嵐老師，這一路上幸有師母溫暖的關懷，讓我在迷茫與困難時有勇氣去面對、去克服。

　　最後，感謝花木蘭文化出版社能夠出版這本小書，讓它成為我學術道路上，乃至於人生道路上的一個醒目記號。

2016 年 9 月初秋